Joana

Ein Liebesroman

von

KhBeyer

aus der Reihe

Der Saisonkoch

dersaisonkoch.com

und

dersaisonkoch.blog

Vorwort

Um wirklich Liebe empfinden, geben und empfangen zu dürfen, bedarf es meines Erachtens bestimmter Voraussetzungen.

Zunächst bedarf es eines Gesellschaftssystems, in welchem das menschliche Leben geachtet und geliebt wird.

Es bedarf eines Gesellschaftssystems, das frei ist von Existenzangst.

Es bedarf eines Erziehungswesens, in welchem das menschliche Miteinander und Füreinander an erster Stelle steht.

Es bedarf einer Gleichberechtigung und gegenseitigen Achtung.

Es bedarf der konsequenten Einsicht in die Verschiedenheit menschlicher Charaktere.

Es bedarf einer partnerschaftlichen Offenheit.

Es bedarf einer nicht übertriebenen, elterlichen Fürsorge.

Es bedarf der Verfügbarkeit von genügend persönlicher Freizeit in der Entwicklungsphase.

Das bisher einzige Gesellschaftssystem, das die meisten dieser Bedingungen für alle Gesellschaftsmitglieder anstrebt und erfüllt,
ist der Sozialismus.

KhBeyer

Der Roman ist eine Konstruktion aus gesellschaftlichen
Verhältnissen und ihre Auswirkung
auf das Zusammenleben
von Individuen.
Alle handelnden Personen, Orte und Gegebenheiten
sind frei erfunden.
Die Basis des Romans sind Erlebnisberichte
Betroffener.

Der Beginn

Eine Selbstständigkeit in der DDR war eher für Personen geeignet, die gern etwas länger und intensiver arbeiten wollten als ihre Mitbürger. Das Konzept der DDR Führung war nicht unbegründet. Die freiwillige Mehrleistung des Unternehmers brachte neben Steuereinnahmen auch innovative Anregungen im Umgang mit schwer verkäuflichen Sortimenten. Bei diversen Handelsabkommen mit Freunden oder wichtigen Handelspartnern fielen bisweilen Produkte an, die in der DDR einfach keinen regen Absatz fanden. Ein Gastwirt in der DDR hatte neben dem gastronomischen Auftrag, auch einen Handelsauftrag in Form von Straßenverkauf außerhalb der Ladenöffnungszeiten. Heute wird das entweder mit verlängerten Ladenöffnungszeiten oder mittels Tankstellen realisiert.

Der einfachste Weg, ein Gastwirt zu werden, war in der DDR der Weg über die Kommission. Der Betreffende konnte entweder bei der HO oder beim KONSUM, Kommissionär werden. HO und KONSUM waren die beiden führenden Handelsorganisationen der DDR. Mit welchem Partner der zukünftige Gastwirt ein Geschäft eröffnete, hing meist mit der Lage des Betriebes zusammen. KONSUM war eher eine ländliche Handelsgenossenschaft, während sich die HO auf Städte konzentrierte.

Unausgebildet, konnte kein Bewerber in der DDR, Gastwirt werden. Ein Meisterzeugnis erleichterte den Wunsch ungemein.

In meiner Gaststätte gab es nur einen Arbeiter. Das war ich selbst. Ich tat es als Koch genauso wie als Barmann, Verkäufer und Bedienung. Selbst die Reinigung des Betriebes war meine persönliche Aufgabe. Ich war sozusagen, ein Einpersonenunternehmen.

Meine Gasträume boten Platz für einhundert Gäste. Zu DDR Zeiten. Das heißt, unsere Gaststätten wurden auch rege besucht. Nicht wie im Westen, wo selbst der Konsum von zehn Bieren, die Haushaltskasse ins Wanken bringt. Genau aus dem Grund, konnten wir in der DDR, täglich oder fast täglich, unsere zahlreichen Stammkunden bedienen. In dem Zusammenhang bildeten sich familienähnliche Verhältnisse. Bei Reparaturen oder sonstigen Schwierigkeiten, musste ein Gastwirt nicht zu lange suchen. Die Abhilfe war praktisch unter seinen Stammgästen zu finden.

Der Gastwirt des Ortes war Bestandteil des Ortes; aber auch seine Nachrichtenzentrale. Neben dem Frisör, dem Fleischer, Lebensmittelhändler und Bäcker, war der Gastwirt ein Nachrichtenportal. Heute fällt diese Aufgabe dem Internet zu.

Mit dem Wunsch, Gastwirt zu werden, verfolgte ich die Familientradition meiner Eltern. Das Leben in diesem Umfeld gefiel mir und bot sehr viel Raum für kreative Ansätze. Daneben war der Bekannten - und Freundeskreis ungeheuer groß. Genau dieses Leben passte sehr gut zur Philosophie der DDR Staatsführung. Arbeit mit und für den Menschen. Die DDR Gastwirte waren sozusagen, mitunter auch ungewollt, Vollstrecker des sozialistischen Gedankens im Sinne der Arbeiter- und Bauernmacht.

Die Gesetze und deren wirksame Kontrolle, verhinderten Betrug und Missbrauch von Geschäften. Mit einer wirkungsvollen Steuergesetzgebung wurden private Bereicherungen eingeschränkt und ein gesellschaftlicher Nutzen aus dem Engagement gewonnen. Die gesellschaftliche Anerkennung des Berufes Gastwirt war sehr hoch.

Die DDR hatte einer der größten gesellschaftlichen Errungenschaften, der Preisbindung, den Vorrang gegeben. Sämtliche Bewerber auf dem Markt hatten nur eine Art der Konkurrenz: Die Qualität ihrer Produkte. Es gab keinen Preiskampf, keine Ausbeutung deswegen und eine ziemlich wirkungsvolle Planpolitik. Kein Händler konnte zu Lasten seiner Konkurrenz, mehr verkaufen als der Plan für ihn vorsah. Er konnte das nur mittels besserer Qualität, Kreativität und einem allmählichen, planvollen Wachstum im Rahmen gesamtstaatlicher Vorgaben. Eine Gesellschaft, ein Wachstum zusammen.

Selbst der gemeine Beschiss zu Lasten der Kunden, wurde ziemlich wirkungsvoll verhindert. Die festen Preise erforderten auch deren Einhaltung. Gastronomen denken jetzt, sie hätten da genug Spielraum. Irrtum. Der Spielraum war gesetzlich vorgeschrieben. Selbst der Gewichtsverlust durch Schälen und Garen, war erprobt und vorgeschrieben. Dafür gab es Tabellen.

Sämtliche Speisen und Getränke, insbesondere Mixgetränke, sollten kalkuliert werden. Dabei wurde für zehn Portionen kalkuliert; auf den Zehntel Pfennig genau. Ein Rundungsfehler konnte bei einer Prüfung empfindliche Busgelder auslösen. Die wurden auf zwei

Jahre zurück berechnet. Ich habe mich auch mal um einen halben Pfennig verrechnet. Dabei rundete ich die sechste Stelle nach dem Komma falsch. Der halbe Pfennig kostete mich nach einer Betriebsprüfung den Monatslohn eines Dreischichtarbeiters.

Selbstverständlich gab es Kollegen, die beim Umgang mit Zahlen ein paar Probleme hatten. Für die wurden alle Kalkulationen fertig in einem Register angelegt. Das konnte man sich kaufen oder bei Kollegen, abschreiben. Heute gibt es Gastwirte, Bedienungen und Barhilfen, die ohne einem Abrechnungsprogramm in der Kasse, nicht in der Lage wären, eine korrekte Rechnung auszustellen. Das ist schon ein gewaltiger Unterschied.

Die Kalkulationsblätter waren auch gleichzeitig Ratgeber bei der Menügestaltung. Man setzte auf das Baukastenprinzip. Beilagen, Saucen, Fleischgerichte, Desserts und so weiter; alles war einzeln für jede Garmethode aufgeführt. Der Westen braucht dafür noch hundert Jahre.

Im Ort sprach sich schnell herum, dass ich die Gaststätte allein betreibe. Unter meinen Gästen waren schnell Frauen und Männer, die mir Hilfe anboten. Natürlich gegen ein kleines Entgelt.

In der DDR gab es dafür ein Pauschalsystem. Auf diesen Lohn, der nur mit fünf Prozent besteuert wurde, waren viele fleißige DDR Bürger verrückt.

Auf die Art, konnte ich mir gelegentlich eine Putzhilfe leisten. Die freie Zeit nutzte ich für Einkäufe oder für die Verbesserung meiner Gaststätte.

Die einzige Reinigungsarbeit, die an mir permanent hängen blieb, war die Toilettenreinigung. Bei den

Mengen Alkohol, die wir unseren Gästen verkauften, kann sich Jeder gut vorstellen, wie die Toiletten am Abend aussahen. Seien Sie gewiss, schon in den ersten zwei Monaten lernte ich nahezu jeden menschlichen Charakter kennen, den eine Gesellschaft zu bieten hat. Meine jugendlichen und gleichaltrigen Freunde feierten regelmäßig Partys bei mir. Oft kamen Angebote von jungen Frauen und Kolleginnen, mir helfen zu wollen. Das Ganze hatte aber einen Nachteil. Sobald meine Freunde zum Feiern kamen, blieb auch meine Kehle nicht trocken. Meine Mutter, eine gestandene Gastwirtin, empfahl mir, keinen Alkohol mit zu trinken. Dafür habe ich mir dann Flaschen mit Saft oder Tee gefüllt. Diese Getränke mussten dem entsprechenden alkoholischen Getränk, farblich ähneln. In der DDR gab es Sorten aus Rumänien und Bulgarien, die nie von einem Gast verlangt wurden. Genau in so eine Flasche füllte ich die Nachahmung. Etwas Alkohol musste trotzdem rein in das Getränk. Viele meiner Gäste rochen an den Flaschen. Sie hatten die Absicht, mich nachhaltig einzuseifen, um sich diese oder jene Rechnung zu sparen. Andere, vor allem die Stammtischbesucher, versuchten das mit Einzelbestellungen. Damit wollten sie mich provozierend in Stress versetzen in der Absicht, keinen Strich auf den Deckel zu bekommen.

Zu diesen Zeiten wurden die Rechnungen auf dem Bierdeckel erfasst. Ein Bier war ein Strich, für Speisen schrieb ich den Preis und für Schnäpse, ein Kürzel. Die Deckel wurden manchmal weich vom übergetretenen Bierschaum. Bestimmte Gäste versuchten dann, den einen oder anderen Strich zu löschen. Der Gastwirt brauchte also auch ein ungeheuer funktionierendes Gedächtnis. Das Training des ersten Jahres war ganz sicher nicht verlustfrei. Verluste musste der Wirt ausgleichen.

Genau das war aber in der DDR fast ein Kinderspiel. Warum? Der DDR Gastwirt lebte vom Trinkgeld. Nicht von seinem Lohn oder den Prozenten. Mein Lohn für meine Arbeit betrug in etwa eintausend Mark pro Monat.

Nur ein Beispiel. Ein Bier kostete dreiundvierzig Pfennig. Kein einziger Gast ließ sich auf fünfzig Pfennig heraus geben. Das kennen wir erst seit wir den Westen kennen. Die verschenken ihre Gelder lieber an Tankstellen und an Zinsen für ihre Kredite. Keinesfalls darf ein Mitbürger von ihrem Geld leben wollen. Es sei denn, er arbeitet für eine Bank, eine lügende Zeitung oder eine das Recht beugende Versicherung. Das löst aber einen ungeheuren gesellschaftlichen Neid aus. Dafür holt sich ein Westdeutscher eben in der Kaufhalle, palettenweise billigstes Gesöff, das er Bier nennt.

Gesoffen wird nicht etwa in einer Gaststätte. Nein. Dafür gibt es Garagen, Keller und Abfallräume. Westdeutsche Kultur nennt sich das.

In der DDR galt eben noch ein altes Sprichwort, ein deutsches. Unter Freunden gesoffen, ist Kotzen keine Schande. Wenn man aber keine Freunde und nur Heuchler kennt, ist dieses Sprichwort überflüssig. Westdeutsche Kultur eben. Und schon sind wir bei der vielbeschworenen Freiheit. Das ist Freiheit von dümmsten Großmäulern, die echte Freiheit eben nicht kennen.

Gegen Zwölf, also Mitternacht, war in der DDR, Polizeistunde. Bars, Tanzlokale und ausgewählte Lokale waren davon befreit. Das konnte jeder Gastwirt beantragen. Dafür gab es bestimmte Auflagen, die normalen Gastwirten einfach zu lästig waren. Unsere Gemeindepolizei, der ABV, kontrollierte regelmäßig die Einhaltung der Polizeistunde. Eine sehr vorteilhafte und gute Einrichtung war das. Bisweilen hatte ich Gäste in einem Zustand, der dazu einlud, die Polizeistunde zu missachten. Nicht selten musste ich dafür das Hausrecht bemühen. Volkstümlich würden wir sagen: den Gast rausschmeißen. Leider hatte ich hin und wieder Gäste, denen ich körperlich nicht unbedingt gewachsen war. Und genau da war mir eben der ABV sehr behilflich. Der ABV war ein Gemeindevolkspolizist. Und der kannte eben jeden Bürger der Gemeinde. Oft half nur dessen Erscheinung. Handgreiflich wurde es sehr selten.

Mein Vorbild in der Hinsicht war mein Vater. Er war ziemlich resolut bei der Durchsetzung des Hausrechtes und musste nicht selten von der Familie gebremst werden. In erster Linie ging es darum, zu zeigen, wer der Hausherr und damit, der Platzhirsch ist. Es geht um Respekt.

Zu einer Party bei mir brachte die Clique ein Mädchen mit, das sich mit Joana vorstellte. Zu der Zeit haben schon andere Mädchen versucht, in das Geschäft einzusteigen. Es erschien ihnen interessant genug. Sie putzten bei mir und wollten auf die Art meine Gunst erreichen. Zu der Zeit habe ich noch oft in der Gaststätte geschlafen, wenn es zu spät wurde. Ich stellte mir ein paar Stühle zusammen, und legte mich auf denen zur Ruhe. Hauptsächlich war das aber notwendig, wenn ich größere Gemüselieferungen bekam.

Gemüse kam in der DDR im gesäuberten Erntezustand. Also, nicht gefroren. Um Verluste zu vermeiden, war eben Nachtarbeit angesagt. Interessant war das, wenn Rosenkohl, Karotten oder Schwarzwurzel geliefert wurden. Schwarzwurzel war in der DDR der Arbeiterspargel und äußerst begehrt. Rosenkohl natürlich auch. Entscheidend war die Verhinderung von Verlust. Der wäre zu meinen Lasten gegangen. Lebensmittelverschwendung in den unerträglichen Ausmaßen von heute, gab es nicht in der DDR. Die hätte ich protokollieren müssen und dafür hätte man mir die Hosen straff gezogen. Dazu sollten ausführlich, Verlustprotokolle verfasst werden. Eine recht mühevolle Aufgabe.

Die anderen Freundinnen boten mir schnell an, ich könnte bei ihnen übernachten. Manchmal tat ich das. Vor allem, wenn ich blau war. Zumindest sparte mir das ein Taxigeld oder die Nacht auf den Stühlen. Nicht selten kam es zu sexuellen Belästigungen mir gegenüber, nach heutigem Sprachgebrauch. Auf die Art lernte ich sehr schnell die Schönheit der Verschiedenheit kennen. Unsere Frauen und Mädchen waren nicht zu feige, die Schönheit ihrer Figuren zu präsentieren.

Der Sportunterricht, die Freizeitgestaltung, die Arbeit und die damit verbundene Bewegung, bescherte uns Partnerinnen, die durchweg gesund, klug, fleißig und schön waren.

Prälat Hinter vom Tölzer Bulle, würde jetzt sagen:

„Die gesegnete Gabe von Schönheit und Klugheit wurde in der DDR mit einhundertzehn Prozent erfüllt." Im Westen dagegen, wurden wir mit den misslungenen Auslagen und Versuchen der Kosmetikindustrie und Chirurgie geschockt. Nicht selten wurde versucht, aus Truthennen, Truthähne zu kreieren. Und umgedreht. Leider hat das bis heute noch Keiner am Gehirn probiert. Bei diesen Kreaturen hätte die vollständige Entnahme, keinen Schaden angerichtet. Eher, eine leichte Verbesserung.

Zum Glück, können wir diese Kreaturen in Zeitungsredaktionen, Fernsehen, Rundfunk und Parlamente abschieben. Bei den Kreaturen in den Westparlamenten bin ich mir nicht ganz sicher, ob bisweilen bei einer Gesichtsoperation, nicht das Gehirn mit erwischt oder entfernt wurde. Ich stelle mir gerade vor, wir müssten mit diesen chirurgischen Fehlgriffen arbeiten. Grauenhaft. Sie müssen sich nur vorstellen, wie die Bitte: „Bring mir mal bitte eine Kaffee mit", aus einem chirurgischen Fehlversuch klingt. Sie würden wahrscheinlich das Auto der Kreatur aufschließen.

Joana half mir bei der Nachtarbeit. Sie putzte mit, schälte mit und sie schlief einmal mit auf den Stühlen. Irgendwann fuhren Joanas Eltern übers Wochenende nach Thüringen zu ihrer Familie.

„Heute und morgen, kannst Du bei mir mit schlafen."
Ich tat Joana leid.

Eigentlich hatte ich eine Wohnung, die ich mit einer Familie teilte. Mit meiner Familie. Bei der Planung der Familie war ich leider nur ein praktischer Bestandteil. Zu der Familie kam ich in Ausübung des femininen

Hausrechtes: „Ich bestimme, wer der Vater meiner Kinder ist!".

Ein junger Mann lässt sich bisweilen von Dingen blenden, die das Gehirn restlos ausschalten. Meine erste Frau war sehr lieb, fleißig, schön, gesellig und nicht eifersüchtig. Ich hingegen, war es anfangs. Fast schon krankhaft.

Es musste Etwas getan werden, um das Eifersuchtsgefühl zu brechen. Arbeit. Viel Arbeit. Und genau das führte mich zu dem Plan, eine Gaststätte zu betreiben.

Das Eifersuchtsgefühl hatte nicht unbedingt sexuelle Ursachen. Mir war nur die komplette Familienplanung entglitten. Ich wurde so zu einem Hampelmann degradiert. Britta, meine erste Frau, hat mich praktisch, kalt gestellt. Mir half nur der rechtzeitige Ausbruch, um auch meinem Leben einen Sinn zu geben. Ich sah das ja bei meinen Eltern und denen gelang es. Meine Berater waren mir also sicher.

Die Genossen in meinem Betrieb waren eher traurig. Sie hätten mich gern als Ausbilder gesehen. Sie liebten wie unsere Lehrlinge, meine legere Art der Ausbildung. Mir lag die spezielle Begabung meiner Lehrlinge besonders am Herzen. Einer konnte sich in der Kalten Küche oder Patisserie besonders gut bewegen, der Andere in der Restaurantküche. Trotzdem unterstützten mich meine Genossen und Kollegen tatkräftig bei der Umsetzung meines Wunsches nach meiner eigenen Gaststätte. Nicht etwa mit finanziellen Zugaben oder Beziehungen zu Einrichtungsgegenständen. Nein. Mit Ratschlägen. Ich rede von richtigen Ratschlägen und nicht von

Klugscheißerei. Jeder Ratschlag der Genossen war hilfreich.

Nach dem Dienst in der Gaststätte gingen Joana und ich zu ihr. Joana stammt aus einer sehr kinderreichen Familie. In der DDR war das keine Seltenheit.

Nach der Abendtoilette kamen wir gleich zur Sache.

„Nimmst Du die Pille?", war praktisch die erste Frage in der DDR.

„Ja."

Die üblichen Streicheleinheiten und die herrliche Figur Joanas bescherten uns einen wirklich schönen Abend. Die Erstbesteigung blieb uns erspart.

„Wie hat es Dir gefallen?"

„Das passt. Wir können zusammen gehen."

Joana wollte von Anfang an mit Vorsatz feststellen, ob es in der Mitte passt. Und wenn die passt, wird der Rest passend gemacht. Ein häufig angewandtes, sehr praktisches DDR Sprichwort. Das klingt jetzt vielleicht zu sachlich. Man könnte fast denken, das Praktikum kommt vor dem Genuss. Und genau damit, lagen wir richtig. Der Rest ist ausbaufähig.

Wir leben unser Leben von der einfachen Seite her. Ohne zu große Erwartungen und Pläne. Obwohl wir gerade in der DDR sehr weit im Voraus planen konnten. Das erleichterte mir das zielgerichtete Sparen auf zukünftige Investitionen. Selbstverständlich konnte ich die in der DDR eine Firma abschreiben. Die Abschreibung wurde aber auch versteuert. Grundmittelsteuer nannte sich das. Eine sehr gerechte Steuer, mit der der Verschleiß von Arbeitsmitteln geplant wurde.

Zuerst stand natürlich die Scheidung von meiner Britta samt meiner Familie an. Ganz arm waren wir nicht. Ich habe drei Jahre in der Sowjetunion gearbeitet. Britta wollte sich nicht scheiden lassen. Die erste schwere Prüfung stand uns damit bevor.

In der DDR wäre die Scheidung an sich kein Problem gewesen. Nur, jetzt kommt die Besatzung, Plünderung der DDR durch die Westbesatzer dazu. Und die bringen ihre missratenen, deutbaren Gesetze mit. Eine Schar von Rechtsverdrehern aus dem Westen überfällt die DDR Bürger und plündert deren Privatkassen mit provoziertem Streit. Faschisten in Nadelstreifen. Und die nehmen das Wort: Recht in den Mund. Mir kraust bei der Vorstellung. Und schon sehen wir es abwandern, das schwer verdiente Geld.

Frauen im Westen können gar keine Alimente bekommen, weil deren geschiedene Männer von Anwälten und Richtern geplündert werden. Und Frauen, die das zu verantworten haben, verspielen damit ihr Recht, gleichberechtigt behandelt zu werden. „Wir schwören uns Treue in guten und in schlechten Zeiten", heuchelt die normale Westbraut in einem geliehenen oder auf Kredit gekauften Brautkleid. Britta musste einsehen, dass die drei Jahre Arbeit in der Sowjetunion unser sehr wackliges, junges Familienleben zerstört hatten. Wir waren nicht die Einzigen. Ein hoher Preis für Gas und Öl, das uns der Westen geklaut hat.

Joana verliebt sich praktisch in einen Mann, der bis auf einen alten sowjetischen Koffer, kein Eigentum besitzt. An diesem Mann sind schon zehn Jahre mehr vorbei gegangen. Vorbei. Ohne Gewinn. Ein Start bei Null. Was soll das jetzt werden?

Zur Wendezeit sind unsere schönsten Frauen von kriminellen Westbesatzern gekauft worden. Wenn sie sich haben kaufen lassen. Die Bordsteine waren sehr lang. In sehr kurzer Zeit durften wir den Unterschied zwischen Frau und Nutte kennen lernen. Man könnte fast den Eindruck bekommen, die Nutten hätten gewonnen. Haben sie nicht. Sie sind jetzt Mitinhaber von Westschuldscheinen. Der Bordstein hat sich damit nur verlängert. Joana war eine Ausnahme. Sie wollte bleiben.

Das Zusammensein mit Joana war sehr schön. Wir wechselten uns ab beim Eier braten in den Pausen. In der Kaufhalle mussten schnell noch ein paar Eier gekauft werden. Dazu haben wir hausschlachtene Blutwurst, etwas Schinken und Jagdwurst gekauft. Für große Küche fanden wir keine Zeit. Ein paar frische Brötchen vom Bäcker und fertig war das Mahl.

Joanas Eltern kamen nach dem Wochenende wieder. Trotz der peinlichen Putzaktionen Joanas, wussten sie sofort Bescheid. Ich denke heute manchmal, das war so geplant.

Das gemeinsame Kaffeetrinken war damit angesagt. Kuchen hatten wir vom Bäcker mitgebracht. Eierschecke, Kirmeskuchen und Zupfkuchen. In Sachsen war es fast eine Tradition, seine zukünftigen Schwiegereltern bei einem Kaffeetrinken kennen zu lernen.

Die zukünftigen Schwiegereltern stellten sich vor. Bei den Gesprächen ging es sofort darum, womit ich mein Brot verdiene. Gastwirt war damals noch ein

ehrenvoller Beruf. Herbert war davon begeistert.
Brigitte auch. Schon bei dem ersten Zusammentreffen
wurde mir klar, ich soll Schwiegersohn werden.
Herbert kannte meine Eltern. Mich auch. Davon wusste
ich aber nichts. Herbert arbeitete beim Straßenbau.
Und die Arbeiter kannten praktisch jede Gastwirtschaft
im Kreisgebiet. Vor allem die Gastwirtschaften mit
einem Speiseangebot. Bei schlechtem Wetter waren die
Arbeiter ziemlich lange in der Gastwirtschaft. Das
nannte sich Regenschicht. Arbeiten mit Bitumen waren
damals, bei dem Wetter, schlecht möglich. Ebenso
Markierungsarbeiten und Arbeiten an Straßengräben.
Herbert erzählt nebenbei, er hätte von meinen Eltern
ein Doppelstockbett gekauft. In dem habe ich oben
geschlafen. Ich hatte das längst vergessen. In diesem
Bett schlief auch Joana und ihr Zwillingsbruder. Joana
schlief auch oben. Damals noch ohne mich. Dieser Zufall
wurde in unserer Ehe fast schon ein heiliger Spruch. Wir
lachen heute noch oft darüber.
„In diesem Bett hatte ich meinen ersten Sex", sage ich
oft scherzend zu Joana. Ich möchte sie dazu bringen,
etwas über ihre ersten Erfahrungen mit der Liebe zu
erzählen. Der erste Sex als Kind war selbstverständlich
die manuelle Variante.
„Hast Du das etwa gespürt?"
Joana hat bis heute, nichts dazu gesagt. Ich respektiere
das. Notlügen will ich keine hören. Das passt nicht zu
uns. Wir haben ein ganzes Leben Zeit, Dieses oder
Jenes zu beichten. Je länger Etwas her ist, desto größer
wird der Spaß damit.
Brigitte arbeitete auch. Fünf Kinder wollten ernährt
sein. Auch in der DDR. Brigitte und Herbert haben das

prächtig hinbekommen. Ich jedenfalls, kann mich nicht beklagen.

Brigitte arbeitete als klassische Sekretärin. Trotzdem sie eine wirklich schöne Frau war, hatte sie es nicht nötig, ohne Unterwäsche auf Arbeit zu gehen. Brigitte war klug, gerecht, lieb und trotzdem ziemlich dominant. Sie übte ihre Dominanz in einer Art ruhiger Überlegenheit aus.

Montag und Dienstag hatte ich Ruhetag. Herbert war natürlich interessiert, wie ich meine Gaststätte betreibe. Wir fuhren zusammen mit dem Bus. Joana war ziemlich aufgeregt.

Trotzdem ich Ruhetag hatte, stand genug Arbeit an. Die Brauerei hatte geliefert. Es standen vier Fässer Bier vorm Haus. Die Flaschenlieferung war dienstags. Das war mein zweiter Ruhetag. Herbert wollte sofort die Fässer in den Keller rollen. Als ich ihm die Kellertreppe zeigte, ließ sein Interesse sofort nach. Das war ihm eindeutig zu gefährlich. Mein Bierkeller war ein ehemaliger Luftschutzraum. Fünfzehn Stufen hatte die Treppe. Ein Fass, das dort ins Rollen kam, ging sofort kaputt. Selbst die leeren Fässer hoch zu transportieren, war schon eine Kraftanstrengung. Die Brauerei hatte mir dafür eine wirklich feine Sackkarre gegeben. Das Fass konnte ich darauf anketten. Die Karre zeigte ich Herbert. „Das ist zu schwer für mich."

Für den Transport in den Keller, bei dem ich extra noch den Kopf extrem einziehen muss, braucht es schon einige Routine. An Tagen, an denen ich da bin, fährt mir der Bierkutscher die Fässer in den Keller. Der kennt die Gegebenheiten genau. Und er ist bedeutend kürzer als ich. Ich gab ihm dafür auch etwas Trinkgeld.

Wir gehen in die Gaststätte. Ich bin dort Pächter. Der Besitzer ist ein Bauer. Er arbeitet in der LPG als Traktorist, Techniker und Elektriker. Wenn ich komme, steht der schon hinter den Gardinen und beobachtet mich. Heute auch.

Er könnte uns sicher genau erzählen, wie viele junge Mädchen bei mir hier mit übernachteten. Heute sieht er einen Unterschied. Meine halbe Familie will das Restaurant sehen.

Vor seinem Haus steht auch ein Krankenwagen. Die Jungbäuerin lief aufgeregt auf dem Hof umher. Frank, der mit mir befreundete Krankenwagenfahrer, sah mich und kam sofort zu uns.

„Die Altbäuerin ist gestorben."

„Oh. Das ist schade. Sie war die Einzige, mit der ich mich besonders gut verstanden habe." Sie war in dieser Gaststätte die Gastwirtin.

Der Jungbauer wollte sein Restaurant eigentlich selbst bewirtschaften oder für mehr Geld verpachten. Er war deshalb ein ziemlich unfreundlicher Zeitgenosse. Seine Frau, die Bäuerin, hätte er bei mir auch gern als Hilfe gesehen. Sie hat das Restaurant früher schon mit ihrer Mutter betrieben und wegen der Geburt einer Tochter, dem zweiten Kind, aufgegeben. Die beiden Jungbauern hatten sich ein neues Haus gebaut. Im Haus des Restaurants wohnte die Altbäuerin. Ihre Wohnung wird jetzt frei.

Trotz des tragischen Ablebens, bietet sich damit die Chance, ihre Wohnung zu mieten. Das würde die Nächte im Gastraum auf Stühlen und Luftmatratzen überflüssig machen. In der Trauer ist doch ziemlich oft auch etwas Freude versteckt.

Der Jungbauer kommt und stellt sich mit Jürgen vor. Das erste Mal seit Monaten. Die Jungbäuerin ist dabei. Sie hat entzündete Augen. Schluchzend stellt sie sich mit Andrea vor. Ihren Namen kannte ich aber schon von meinen Stammgästen her. Die fragten mich oft, warum ich sie nicht bei mir arbeiten lasse. Ganz einfach. Sie wollte zu viel Geld. Wenn sie meine Gäste bedient, bekommt sie auch das Trinkgeld. Das hätte ich ihr nicht zahlen können. Ich sparte auf ein Auto. Meinen Kleineinkauf musste ich immer noch mit einem Rucksack und dem öffentlichen Verkehr erledigen. Das war nicht einfach und ziemlich zeitaufwendig.

Die Familie geht mit mir und Joana zusammen in das Restaurant. Herbert gefiel das sofort. Ich hatte die Gaststätte neu tapeziert und gestrichen. Die Küche hatte ich mit Haushaltgeräten ausgestattet. Im Hinterzimmer habe ich ein Billard aufgebaut. Das war ein Geschenk meines Vaters. Er hatte es in seinem Gasthof abgebaut. Meine Eltern brauchten den Platz für ihre Gäste. Sie wollten auch den damit verbundenen Krach los werden.

Am Billardtisch wurde ziemlich oft gestritten. Unsere Bauern spielten nicht selten um Teile ihres Viehbestandes oder um diverse Liegenschaften.

„Und Du machst das ganz allein?", fragt mich Herbert.

„Ja. Das ist eine ziemliche Rennerei. Der Stammtisch will natürlich bedient werden. Die Anderen, vor allem jüngeren Gäste, setzen auf eine Art Selbstbedienung. Das funktioniert."

„Und wenn hier voll ist?"

„Hin und Wieder habe ich eine Abrechnung vergessen. Das kann zu bestimmten Zeiten ziemlich hektisch werden."

Brigitte staunt bei der Schilderung. Sie kann sich schlecht vorstellen, wie das ein Mann allein erledigen kann. Ich konnte mir schlecht vorstellen, wie eine Frau, fünf Kinder groß ziehen kann und das bei einer Vollzeitarbeit im Büro. In der DDR ging das eben. Im Westen ist so etwas unvorstellbar. Außer vielleicht bei unseren Gastarbeitern heute. Die müssen das bringen. Sie bekommen auch grundsätzlich den halben Lohn und die doppelte Miete. Das nennt sich westdeutsche Gastfreundschaft.

Andrea bot mir im Beisein Joanas, umgehend an, die Wohnung der Mama zu räumen, damit wir einziehen können. Ich soll mir die Wohnung selbst etwas frisch machen. Und schon war die Mietverhandlung beendet. Gesagt getan. Wir waren uns sofort einig. Jürgen, der Jungbauer, wurde langsam etwas gelöster. Damit ist ja schon mal der Hausstand gegründet.

Herbert wollte gleich ein Bier probieren. Ein Fassbier. Brigitte wollte einen Kaffee. Den hat Joana für sie gekocht. Unweit der Gaststätte gab es eine Bäckerei. Der Bäcker war ein Mal mein Gast. Seine zwei Kinder waren bei mir fast Stammgäste. Sie gehörten der gut organisierten Jugendgruppe des Ortes an. Ich renne schnell hin, um uns ein paar frische Windbeutel zu holen. Windbeutel waren in der DDR äußerst beliebt. Die Bäckerin bietet mir noch ein paar Liebesknochen an, die sie heute auch frisch gemacht hatten.

Liebesknochen war die Bezeichnung für einen mit Sahne gefüllten Eclair. Die Liebesknochen wurden mit reichlich Schokoladenüberzug versehen und waren vergleichbar mit einer Portion Stracciatella. In dem Fall, durften wir die Verpackung aber mit essen.

Unser Kaffeetrinken ist damit schon mal gerettet und ich habe meinen zukünftigen Schwiegereltern sicher ein gutes Bild abgeliefert.

Nach dem Kaffeetrinken macht Herbert einen Rundgang durch meine Gaststätte. Er bewunderte das Billard.

„Spielen mer ne Runde?", hab ich ihn gefragt.

„Das kann ich nicht", antwortet mir Herbert. Herbert war ein leidenschaftlicher Skatspieler. Das hat sicher mit seinem Beruf zu tun. Herbert ist Brigadier in der Straßenbaufirma. Bei schlecht Wetter haben die eher geknobelt oder Skat gespielt. Billards gab es nur in wenigen Gaststätten.

Gebäck wollte er keins. Herbert ist zuckerkrank. Schon in den kommenden Minuten durfte ich miterleben, wie er sich spritzte.

„Wie oft musst Du Dich spritzen am Tag?"

„Ein bis zwei Mal. Kommt darauf an, was ich esse und trinke."

Andrea die Bäuerin kommt herein.

„Oh. Das sieht recht gut aus hier. Hast du frisch tapeziert?"

„Ja. Gefällt' s Dir?"

„Das ist schön! Willst Du oben die Wohnung sehen?"
„Gerne."

Wir gehen im Haus zur ersten Etage hinauf und sie schließt uns die Wohnung auf.

„Ich räume aus, was Du nicht brauchst."

„Ich brauche eigentlich nur ein Zimmer und ein Badezimmer."

Sie zeigt uns das Badezimmer. Der Badeofen ist elektrisch. Der geht auch als Durchlauferhitzer.

„Im Grunde reicht das. Den Rest haben wir Unten."

„Übermorgen ist das fertig ausgeräumt."

„Danke. Wollt Ihr die Miete offiziell oder schwarz?"

„Am liebsten offiziell. Das Andere gibt Probleme. Die wollen wir nicht. Gib uns das mit der Gaststättenmiete."

"Gut! Das kann ich dann absetzen."

Schön, dass wir uns so schnell einig sind. Das wäre sozusagen, unser erstes gemeinsames Nest. Joana freut sich darüber.

Eigentlich wäre es jetzt die Zeit, mein Motorrad mit hier her zu nehmen. Das erleichtert mir den Einkauf. Joana ist begeistert. Gelegentlich können wir so auch auf den Automarkt fahren und schauen, ob für uns ein Auto da steht. Ein gebrauchtes. Am besten, ein Kombi.

Nach der Besichtigung fahren wir wieder nach Hause zu Joana. Ich bekomme einen Platz mit ihr zusammen im Kinderzimmer. Der wurde frei, als ihre Schwestern in die BRD umsiedelten. Sie sind mit ihren Männern ausgewandert.

In der DDR war das scheinbar nicht einfach. Funktioniert hat es aber trotzdem, wie wir sehen durften. Und sie haben das sogar lebend geschafft. Und das, ohne arbeitslos zu werden oder gar in Not leben zu müssen. Ausreisewillige wurden in der DDR von ihren Kollegen eher etwas heimlich belächelt. Von ihren Freunden hingegen, wurden sie bewundert. Witzigerweise sind jene, von denen wir dachten, sie würden sicher gehen wollen, geblieben.

Unseren ersten Arbeitstag verbringen wir zusammen. Joana will sich bei mir als Gaststättenhilfe anmelden und bei sich auf Arbeit, kündigen. In der DDR gab es dafür keine Fristen. Auf der neuen Arbeitsstelle, konnte der Betreffende, sofort neu anfangen. Ich weiß jetzt nicht mehr wie das hieß. Ich schätze, wir haben einen Aufhebungsvertrag gemacht. In aller Regel wurden beliebte Mitglieder eines Kollektives, mit einem kleinen Fest verabschiedet. Das wurde von den Kollegen organisiert. Wir feiern das nachträglich bei uns in der Gaststätte, die wir auf die Art auch gleich den Kollegen vorstellen.

Als Gastwirt war ich natürlich selbstständig. Uns blieb also nicht erspart, die Anmeldung selbst durchzuführen. Und schon da zeigte Joana ihre besondere Fähigkeit, mit Beamten umgehen zu können. Schon in der DDR war mir das ein Graus. Obwohl mir dort Beamte, jede erdenkliche Hilfe gewährten. Irgendwie bin ich zu einer Art Eigenbrötler erzogen worden von meinen Eltern. Vielleicht komme ich auch zu sehr nach meinem Vater. Der hatte grundsätzlich Probleme damit, Beamte zu mögen.

Abends reden wir gern über unsere Pläne, träumen zusammen von einer Zukunft und versprechen uns, keine Kinder zu wollen. In der DDR ging das leicht zu realisieren. Wobei ich eigentlich einen großen Fehler gemacht habe. Ich hätte mich sollen sterilisieren lassen. Zwei Kinder aus der ersten Ehe sind eigentlich schon Belastung genug für einen Vater. Für die Mutter natürlich auch. Aber in der DDR fiel das nicht so gravierend auf, wie heutzutage im Kapitalismus. Die Belastung des Vaters trägt natürlich auch seine neue

Frau mit. Und das ist eigentlich das Böse an diesem System. Zuerst müsste also die Frage gestellt werden: Wer wollte die Kinder? Und genau das sollte auch ein Vertragsgegenstand einer Ehe sein.

Wir Zwei wollen keine Kinder und Joana steht dazu. Und das ist ein Liebesbeweis, den ich selten von einer Frau erwarten kann. Frauen bevorzugen Kinder als Erpressungsmittel. Ob ausgesprochen oder nicht. Deren Ehe steht sozusagen, auf einer kriminellen Basis. Erpressung. Auf Grundlage dieser Basis, kann sich unmöglich eine feste Liebe entwickeln. Auf dieser Basis entwickelt sich eine Zweckgemeinschaft. Das kennen wir aus den Rechtsformulierungen. Dort wird das Zugewinngemeinschaft genannt. Die Ehe wird damit ein Sachgegenstand. Liebe ist in so einer Ehe, Zufall.

Joana als Gastwirtin

Weil Joana Verkäuferin gelernt hat, lag es uns natürlich am Herzen, dass sie die Bedienung und den Service übernimmt. Die Entscheidung ist gar nicht so übel. Joana bekommt einfach mehr Trinkgeld als ich. Zu aller Erst musste meine Joana lernen, Bier zu zapfen. Das Anschreiben und Abrechnen ist ihr eine Leichtigkeit. Joana verliert auch nicht den Überblick. Zusehens spüren wir, der Beruf macht Joana extrem glücklich. Sie findet es einfach besser als im Laden zu stehen. Meine Gäste finden das auch besser. Von einem Tag zum Anderen, bin ich nicht mehr ihr Ansprechpartner. Sie verlangen immer Joana als Bedienung von mir. Dadurch kann ich mich endlich mehr um die Küche bemühen. Im Nu sind wir Gesprächsthema Nummer zwei im Ort. Also, kurz nach den aktuellen Neuigkeiten. Unsere Staatsführung gibt das alte Preisniveau teilweise auf. Wir Gastwirte bekommen plötzlich das Angebot, eine neue Preisstufe beantragen zu können. Wir sollen das neue Delikatsortiment in unsere Kalkulationen einfließen lassen. Das ist natürlich auch abhängig von der Preisklasse. Ich kann also nicht über Nacht, Champignons auf alle Gerichte schmeißen. Auf die Art, versuchen viele Kollegen, ihr Angebot etwas zu verteuern. Es lockt eine etwas größere Handelsspanne. Plötzlich gibt es wieder endlos beliebte Likörsorten. Leider gibt es wenig Nachfrage; bei den Preisen. Dafür gibt es aber harte Diskussionen am Stammtisch. Joana kann diese Diskussionen gut abmildern. Im Grunde bleibt Alles beim Alten. Der Einkauf wird für mich etwas komplizierter.

Neuerdings kommen zu uns unsere vietnamesischen Freunde. Sie haben oft Dinge im Gepäck, die bei uns am Stammtisch ziemlich gefragt sind. Es entwickelt sich ein kleiner Zusatzmarkt. Sozusagen, Straßenverkauf mit Prämien als Zusatzangebot. Darunter sind auch Körpersprays aus dem Westen oder zumindest mit einem Westmarkenname. Unsere vietnamesischen Freunde haben praktisch die Überschüsse der DDR Lizenzproduktion an den Mann gebracht. Die Produkte sind nicht billig. Zudem sind sie wirklich schwer absetzbar. In der DDR gibt es Besseres zu günstigeren Preisen. Aber damit wird am Stammtisch eine Welle erzeugt, die ernstere Folgen provozierte. Ich bekomme jetzt häufiger Besuch von unserer Volkspolizei auf der Suche nach Schwarzhändlern. Ich wurde auch erwischt beim Verkauf. Sämtliche Waren wurden konfisziert und ich durfte mir einige Tage lang, schwere Vorwürfe, Schulungen und Belehrungen anhören.
Die Volkspolizei ist sehr engagiert, uns Sündenböcke nachhaltig aufzuklären.
Montags, zu unserem Ruhetag, finden jetzt komische Versammlungen auf unseren großen Plätzen der Kreisstadt statt. Teile unserer Stammgäste luden uns zu so einem Treffen ein. Wir gingen einmal mit. Als Sprecher und Sprecherin stehen ausgerechnet Ärzte auf dem Podium. Und die schwätzten etwas von Demokratie. In einer Demokratie, von der die da schwärmen, wären sie nie Arzt geworden. Das verschweigen die uns. Die Leute machten sich damit lächerlich. Die knapp zweihundert Zuhörer gehen kopfschüttelnd vom Platz. Wahrscheinlich werden

solche Treffen, wöchentlich abgehalten. Ehrlich gesagt, Gastwirte haben für so einen Stuss, einfach keine Zeit. Mittwochs ist das natürlich Thema bei uns im Lokal. Es gibt auch ein paar Antragsteller auf Ausreise in den Westen. Zwei meiner Stammgäste waren da und geben sich alle Mühe, die Leute von der Realität im Westen zu überzeugen. Joana kann etwas mitreden bei dem Thema. Sie hat Westverwandtschaft und auch eigene Geschwister da.

Bei uns treffen sich immer mehr junge Paare und junge Leute. Wir diskutieren über Partys, Konzerte, gemeinsame Abende und anstehende Feiern. Es entwickeln sich gute Freundschaften. Wir glauben das zumindest. Zwei der Paare wollen schließlich in den Westen und hatten einen Antrag zu laufen. Es kann also jeden Tag die Nachricht eintreffen, dass deren Ausreise genehmigt wird.

Die Schwester eines befreundeten Ehepaares hatte sich bereits verhurt im Westen und galt als deren Vorbild. Sie hat sich einem windigen Geschäftsmann geangelt und haut gewaltig auf die Welle. Eine alte Kollegin von Joana, auch eine Verkäuferin, war dadurch in den Verwandtschaftskreis dieser Dame geraten. Sie kommt mit ihrem Mann häufig zu uns. Er ist Hilfsarbeiter und Heizer. Ein gut bezahlter Beruf in der DDR. Man feiert praktisch, ein halbes Jahr lang, den endgültigen Abschied von der DDR. Von diesen Feiern lassen sich natürlich auch ein paar vereinzelte, trinkfeste Stammgäste anstecken. Die wollen plötzlich auch ausreisen. Die alten Bergmänner und Genossen an meinem Stammtisch winken ab: „Um die ist es nicht schade." Ein alter Lehrer sagt: „Das Ventil hätten wir eher öffnen sollen."

In unserem Vereinszimmer, in dem mit dem Billard, treffen sich neuerdings zwei Züchtervereine. Der eine züchtet Rassekaninchen und die anderen sind eine Gartengemeinschaft. Viele oder gar alle Mitglieder dieser Vereine sind Mitglieder der Staatssicherheit. Sie haben zu mir entweder Vertrauen oder sie überwachen Teile meiner Kunden. Das erfahre ich leider erst zum Ende unserer Gaststätte. Die Mitarbeiter haben mir das erst gestanden, als es bereits zu spät war für die DDR. Der wirklich rege Betrieb bescherte uns die Möglichkeit, ein gebrauchtes Auto kaufen zu können. Es war ein Trabant mit vergrößertem Tank, extra Geräuschdämmung zum Motorraum und einem Faltdach. Den bekam ich für runde zehntausend Mark. Ab jetzt war der Einkauf einfacher und zudem ein mancher Ausflug möglich. Endlich können wir mit Herbert und Brigitte zusammen, Ausflüge unternehmen. Die Zwei haben sich das wirklich verdient. Herbert wird Zusehens stolzer auf Joana und mich.

Es gibt einen Nachteil, den wir schnell abstellen wollen. Joana hatte noch keinen Führerschein. Sie kam nach ihrer Mutter. Die wollte keinen. Herbert hatte auch keinen. Es hat einige Zeit gedauert, Joana davon zu überzeugen, einen Führerschein zu erwerben.

Doch plötzlich stehen wir am Stammtisch, hören mit unseren Gästen Radio und hören von einem Zug aus Dresden in Richtung Prag. In Prag würden DDR Bürger begehren, in den Westen zu kommen. Kaum kommt die Nachricht im Radio, springen ein paar Stammgäste auf und wollen mit diesem Zug fahren oder zumindest, den Insassen zuwinken. Ich dachte, jetzt wäre ich endlich die problematischsten Trinker für immer los. Wenn die in den Westen gehen, müsste bei mir kein Volkspolizist mehr stehen und die Polizeistunde durchsetzen.

Die Freude war etwas zu früh. Am Tag darauf sind wieder Alle da. Ab dem Tag bestehe ich darauf, nicht mehr anzuschreiben. Die Anschreiber müssen sofort zahlen. Das wirke besser als die Revolution von 1917. Ab da, muss ich nie wieder einen Gast rausschmeißen. Disziplin zog ein.

Nach der Öffnung der Grenzen sterben mir viele Genossen weg. „Dafür haben wir jeden Samstag Subotniks gemacht?" „Für diese Verräter?" Das sind die Aussagen der Enttäuschten. Binnen drei Wochen sterben mir vier echte Genossen; Bergmänner der ersten Stunde. Beste Freunde. Ich kann zusehen, wie sie von ihren zwei Bier auf ein Bier und eine Limo und später, nur auf eine Limonade um bestellen. Kein Bier mehr, kein Schnäpschen. Schon am folgenden Tag kommen die Meldungen über deren Ableben. Der Schock ist überwältigend.

Plötzlich kommt die Meldung, die Grenze wäre offen. Man könnte in den Westen fahren und bekäme noch Geld dafür. Joana sagt mir, wir könnten ja unsere Verwandtschaft besuchen fahren. „An unserem Ruhetag, ja."

Die Grenzöffnung

Unser Stammtisch ist leer. Zwei alte Bergmänner sitzen bei uns und wir reden von der offenen Grenze.

„Das bringt nichts Gutes!", seufzt Kurt. „Ich muss da nicht hin. Die haben Angehörige meiner Familie jahrelang eingesperrt, weil sie Kommunisten waren."

„Du bist doch gar kein Kommunist, Kurt."

„Ich habe die Vereinigung mit der SPD nicht mit gemacht."

„Ja. Aber Du bist ja Verfolgter des Naziregimes."

„Mich graust bei der Vorstellung, die kommen jetzt ungestraft hier her."

Joana hat Kurt einen Kirschlikör ausgegeben. Kurt trinkt keine harten Schnäpse. Er, mit seiner Bergmannslunge, kommt dabei fürchterlich ins Husten. Kurt hat mir immer seine Monatsration von Bergarbeiterschnaps verkauft. Ich habe den zu Kirschlikör gemacht. Schwarz. Das Zeug hat sich gut verkauft. Mitunter habe ich daraus mit Puddingpulver, Eierlikör hergestellt. Der verkaufte sich zeitweise, extrem gut in Schokobechern. Unsere Frauen waren verrückt nach diesem Gesöff. Viele Kollegen fragten mich neidvoll, woher ich die Schokobecher habe. Das war zeitweise Mangelware wegen der hohen Nachfrage. Jetzt, da Joana da ist, finde ich bisweilen die Zeit, ein paar Dutzend zu gießen.

In den kommenden drei Tagen konnten wir uns auf unseren Einzug konzentrieren. Andrea hat uns mit Jürgen zusammen, die Wohnung geräumt. Neben einem Bett, einem Schrank und dem Fernseher brauchten wir nicht viel für unsere erste gemeinsame

Wohnung. Unser Leben spielte sich in den Gasträumen und beim Einkauf ab.

Zwischendurch fanden wir schon die Zeit, an unseren Ruhetagen im Sommer, baden zu gehen. Wie fast alle DDR Bürger, bevorzugten wir FKK. In unserer Nähe gab es reichlich Badeseen und Bäder mit diesem Angebot. Unser neues Auto war dafür das beste Bewegungsmittel.

Im Spätherbst fuhren wir eher in die CSSR, um uns da Dinge zu kaufen, die wir bei uns eher seltener fanden. Ölsardinen und Dorschleber sind bei uns Zweien eine beliebte Schmuggelware. Schon deshalb, weil wir die selbst gern essen. An Ruhetagen fahren wir nach Prag, in den Harz oder ins Erzgebirge.

Mit der Grenzöffnung ändert sich das. An den ersten drei bis vier Tagen gab es hundert kilometerlange Staus in Richtung Franken. Wir haben mit dem Ruhetag nach der Grenzöffnung das Glück, nicht endlos im Stau stehen zu müssen. Es liegt eine Woche dazwischen. Im Grunde wollen wir nur etwas Westgeld holen und dabei Land und Leute kennen lernen. An zwei Ruhetagen ist kaum mehr möglich. Bei uns am Stammtisch treffen schon die Ersten ein, die Drüben waren. Die Gesichter zeigen uns keine Begeisterung. Den Erzählungen nach, könnte das eher am Stau und den Warteschlangen vor den Geldausgabestellen gelegen haben. Das erste Mal in meinem Leben, höre ich, wie DDR Bürger, Ihresgleichen schlecht machten. Ein Tag und die Gesellschaft ist gespalten. Das setzte sich am Stammtisch rege fort. Wir werden neugierig, was es da zu sehen gibt, das so viel Streit auslöste.

Am Wochenende gibt es wieder eine Trauerfeier. Unser Nachbar wurde beerdigt. Er wurde keine siebzig Jahre. Seine Kinder leben im Westen. Sie sind zugegen.
„Wieso habt Ihr zwei Ruhetage? Unsere Gastwirte machen einen pro Woche."
„Wir haben bei uns die Vierzig-Stunden-Woche. Sie nicht?"
Joana und ich sind schockiert von dieser Frechheit. Was glaubt dieser Trottel, wer er ist?
„Sind Gastwirte keine Menschen?"
Praktisch vergeht kaum ein Tag ohne Trauerfeier. Das wird langsam zu unserem Stammgeschäft. Trauerfeiern wurden in der DDR ziemlich üppig gefeiert. Wir haben den Hinterbliebenen unserer Stammgäste natürlich auch den gefüllten Umschlag gegeben. Damit wurde der Kauf des Grabsteines gestützt und ein angemessener Respekt bezeugt. Ich will jetzt nicht behaupten, dass ich als Gastwirt die helfende Hand des Abganges war. Obwohl mir manchmal der Verdacht unterlief. Auf alle Fälle, war ich der Ersatz für einen Pfarrer. Bei den Lebenden genauso, wie bei den Toten. Viele meiner Stammgäste bekamen am Stammtisch einen Platz nach ihrem Ableben. Ihre Bilder wurden langsam zu einer Galerie der Unvergessenen. Zwei meiner Stammgäste waren im Spanienkrieg. Andere an der Ostfront. Auf beiden Seiten. Und genau diese Bilder säumten meinen Stammtisch. In meinen Augen, ist das die Galerie von Helden. Die haben unser Land wieder aufgebaut und uns erzogen.
Immer öfter kommen Westautos. Vor allem, an Wochenenden. Meist sind es Familienangehörige von Ortsansässigen. Selbst ganze Familienfeiern werden in

Osten verlegt. Das war billiger für die Westler, die uns abfällig als Ossis oder Zone bezeichneten. Bei den Tauschsätzen. Die haben praktisch für das eh preiswerte Bier, ein Viertel bezahlt. Es war damit billiger als sie und die Preise in ihren Kaufhallen. Büchsenbier war praktisch nur noch eine Geschenkgabe in den verhungerten Osten. Wir sammeln auch noch die leeren Büchsen. Damit werden wir schon zeitig zur Müllgrube des Westbesuchers. Die Sammelwut läßt blitzartig nach.

Mit den Westbesuchern kommen auch reichlich Leute mit Fotoapparaten. Als Hobbyfotograf wundere ich mich, warum die ausgerechnet Häuser und Motive wählen, die kaum einen Fotografen interessieren. Zu der Zeit, kostet ein entwickeltes Foto, zwei Mark. Und die Filme sind auch nicht gerade billig. Kurt gab mir mal den Hinweis. "Die haben hier zeitweise gewohnt. Die sind nach dem Krieg in den Westen gegangen."

"Was? Was wollen die hier?"

"Das ist die Familie, denen mal Deine Gaststätte gehörte. Ich glaub, das sind Juden." Kurt neigt etwas zur Spekulation. Er glaubt, die Leute zu erkennen.

"Die wurden von Adolf enteignet."

"Wieso sind die dann in den Westen gegangen?"

"Propaganda bewirkt Wunder, Karl. Jeder sucht sich seinen Henker selbst."

Kurt wirkt etwas bissig.

"Ich hab bissl Hunger. Mach mir mal ne Scharfe Sache."

Die "Scharfe Sache" war eine Kreation meiner Mutter. Es war Schweinebraten, kalt, auf einer doppelten Schwarzbrotschnitte, die mit Senf bestrichen, mit Meerrettich und saurer Gurke gefüllt wurde. Das

Gericht hatte ich in meine Gaststätte mitgenommen. Das Gericht wurde mit Schweinebraten der Keule kalkuliert und mit Braten der Schulter serviert. Auf diese Art, konnte ich mir ein paar Pfennige extra verdienen. Zumindest gab es mir die Möglichkeit, meine Verluste zu verringern. Die Kontrolleure der ABI haben das großmütig übersehen. ABI war die Arbeiter- und Bauerninspektion, welche die Preise und ihre Einhaltung kontrollierten. Die ABI bestand zu achtzig Prozent aus Frauen. Mit denen war kein gut Kirschen essen. Die waren unbestechlich. Trotzdem waren die Frauen realistisch. Verluste konnte ich ihnen gut erklären. Alles lag im Rahmen.

Kurt ißt langsam. Er hatte erst frisch einen Stiftzahn bekommen. Den soll er noch etwas schonen, sagt er. Kurt kommt fast täglich. Er trinkt immer ein Bier. "Gemütlich", sagt er. Mit einem Bier ist der halbe Liter gemeint. Zu besonderen Anlässen, genehmigt er sich einen Kirschlikör. Heimlich, wenn er allein bei mir ist, darf es auch ein Eierlikör sein. Vor seinen Kollegen schämt er sich, das Weibergetränk zu konsumieren. Joana gibt ihm manchmal ein Stück Kuchen vom Bäcker. Kurt ist ein heimlicher Süßhahn. Seit Joana bei mir ist, bleibt er länger. Seit einem Jahr, ist er allein zu Hause. Seine Frau, Berta ist gestorben. Sie war auch eine Spanienkämpferin. Sie war aus dem Ruhrpott und ist nach dem Krieg bei Kurt geblieben. Sie wurde im Westen schwer verfolgt und saß auch ein paar Mal ein. Berta trug immer das Abzeichen der Deutsch-Sowjetischen Freundschaft am Revers.

Wir sitzen am Stammtisch zusammen mit Joana und vertreiben uns die Zeit mit ein paar Erinnerungen. Vor der Gaststätte stehen wieder Fotografen. Sie fotografieren unser Lokal.

'Was gibt es hier schon zu fotografieren', denk ich mir.

Die Tür geht auf und vier Leute kommen herein. Eine Familie, wie es aussieht. Die zwei Jüngeren werden begleitet von zwei ziemlich alten Personen. Die Jüngeren helfen den Alten aus der Jacke. Alle setzen sich.

Joana geht hin, um sie zu fragen, was sie möchten.

Sie bestellen Kaffee und fragen, welchen Kuchen wir anzubieten haben. Zum Glück haben wir nicht Alles gegessen. Joana kann Etwas vorweisen. Unsere Gäste nehmen die Windbeutel, Liebesknochen und ein paar Stücke Kirmeskuchen.

"Der Kaffee ist gut. Ich nehme noch ein Kännchen."

"Reicht Ihnen der Kuchen", fragt Joana.

"Der ist sehr gut. Den Bäcker kennen wir", sagt der Opa am Tisch. Er ist sicher um die Achtzig.

Kurt sitzt noch am Stammtisch und gibt ein paar Geräusche von sich. Ich habe es nicht verstanden. Der Opa am Tisch, schon. Er schaut, schaut nochmal, steht auf und geht zum Stammtisch.

"Kurt, bist Du es?"

"Mischa, äh Elias. Schön, Euch mal wieder zu sehen."

"Karl", sagt Kurt, "das waren mal die Besitzer Deiner Kneipe."

"Ich bin jetzt etwas überrascht."

"Nebenan, das ist ein Kino. Das gehörte dazu."

"Ich dachte, unser Kino ist unten im Kulturhaus."

"Früher war das hier. Das ging gut."

"Das war immer voll", sagt Elias.

Seine Frau bekommt feuchte Augen. Joana gibt ihr eine Serviette. Sie stellt sich mit Zine vor.

"Wir sind hier enteignet worden. Nicht von den Kommunisten. Von den Faschisten."

"Wollen Sie das wieder haben?"

"Wir haben es beantragt", sagt Elias.

Wir unterhalten uns noch etwas. Unsere Gäste möchten auch Abendbrot essen. Der nicht mehr so junge Sohn, eigentlich auch fast ein Rentner, möchte gern noch das Haus anschauen. Wir gehen zusammen eine Runde durchs Haus.

"Hier hat sich Nichts geändert. Sehr schön. Genau so, wie Vater es gebaut hat."

"Ins Kino kann ich leider nicht rein. Wir müssten Andrea fragen."

Die Runde ist recht lustig und die Geschichten stimmen mich trotzdem nachdenklich. 'Wie kann ein Mensch, nach so einem Grauen, so lustig davon erzählen.'

"Sie waren im Ort sehr beliebt unter uns Bergleuten. Wir haben ihnen Nichts getan", sagt Kurt.

Elias entkräftet etwas die Aussage. "Ein paar Verräter gab es schon in euren Reihen zu der Zeit."

Joana versucht mit der Frage: "Darf es noch Etwas sein?", einen Streit zu verhindern.

Das war nicht notwendig. Elias sagt, Kurt und seine Kollegen hätten dafür gesorgt, dass die ungeschoren weg kommen. Die Kneipe und das Kino waren sie trotzdem los. Auch die Wohnung samt Inhalt. Ihre Eltern haben es nicht geschafft. Sie wurden später gegriffen.

Wir gehen nicht genauer darauf ein.

Kurt möchte nach Hause. Der Abend ist so gut wie gelaufen. Die anderen Stammgäste verlassen uns auch gruppenweise. Es wird stiller. Ein Nachbar, der Krankenwagenfahrer, ist noch da. Seine Eltern kennen die Altwirte auch noch persönlich. Er soll sie recht lieb grüßen von den Vieren.

"Wir kommen bei Gelegenheit wieder", sagt Zine zu mir. Sie wirkt etwas abwesend. Der Sohn hat sich noch nicht vorgestellt. Seine Frau auch nicht. Sie stellen sich bestimmt das nächste Mal vor.

Joana sagt zu mir: "Das klingt nicht gut."

"Kommt Zeit, kommt Rat", antworte ich ihr.

Der Wandel

Über die Wochen entwickelt sich unser Betrieb immer besser. Der Straßenverkauf geht etwas zurück. Die Themen am Stammtisch drehen sich immer mehr um die Wiedervereinigung. Jeder prahlt am Stammtisch mit ein paar Westmark. Die Gäste erzählen sich untereinander, was sie von ihrem ersten Westgeld gekauft haben. Die Urlaubsplanungen unserer Stammgäste klingen für uns utopisch.

Für uns liegt erst Mal ein Besuch der Familienmitglieder an. Immerhin haben wir sie jahrelang nicht gesehen. Dazu wollen wir jetzt endlich Westgeld sehen. Es war einfach keine Zeit für einen Besuch.

Wir setzten uns in den Trabi und fahren los. Bewaffnet waren wir mit einer Landkarte der DDR. Selbst unser Land ist uns zu diesem Zeitpunkt, teilweise fremd. Es gibt sehr viele Gebiete, in denen wir noch nicht waren. Ich kann mir nicht vorstellen, dass es bei uns Leute gibt, denen es bei uns zu eng geworden sein soll. In unserer Familie leben Bauern, die selten über die Kreisgrenzen hinaus kommen. Eine Fahrt in den Nachbarbezirk oder gar in die CSSR, ist eine Weltreise für sie. Weite Reisen sind bei uns etwas für Prahler. Denen hören wir schon gern zu. Selten kommt der Wunsch auf, es ihnen gleich zu tun.

Erzählte ich ihnen etwas von der Sowjetunion, aus Sibirien, wo ich gearbeitet habe, wurden die Ohren spitz. Als Tourist sieht man sein Gastgeberland aus einem anderen Blickwinkel. Man sieht die Fassade. Nicht das soziale Leben der Gastgeber.

Wir fahren über die Autobahn. Es ist reichlich Betrieb. Unsere Volkspolizei steht überall. Sie führen emsig Geschwindigkeitskontrollen durch. An ihren Standorten, den Parkplätzen, befinden sich fast ausnahmslos Westautos mit Westnummern.

In der DDR gibt es für Vergehen im Verkehr, Stempel. Viel Spielraum hatten wir nicht. Beim fünften Stempel war Schluss mit Lustig. Mit Alkohol im Blut, egal in welcher Menge, war sofort Spazierengehen angesagt. Bei recht viel Alkohol, hatte der Betreffende auch genug Zeit, an unserem Aufbauprogramm teilzunehmen. Wir haben genug Plätze in der DDR, an denen Sand gesiebt oder Ziegel geformt werden können. Es gibt auch genug Waldschäden durch Stürme, die dringend beseitigt werden müssen. Zu guter Letzt, stehen uns auch reichlich Tagebaue zur Verfügung, in denen jede hilfreiche Hand benötigt wird. Das Betätigungsfeld für Sünder jeder Art ist praktisch endlos. Der Erziehungsprozess zu vollem Gehalt wirkte Wunder. Es gibt so gut wie keine Kriminalität.

Wir fahren an unseren Rastplätzen vorbei in Richtung Grenzübergang Vogtland. Die Autobahn ist in einem recht erträglichen Zustand. Teilweise neu gemacht mit Betonguss. Unser Trabi fährt einhundert und zehn Stundenkilometer. Die mit Bitumen gefüllten Stöße der Fahrbahnplatten stören uns kaum. Obwohl wir während der Fahrt, keinen Kaffee trinken können. Dafür haben wir angehalten. An uns rauschen gelegentlich große Westkutschen vorbei. Deren Scheiben sind teilweise abgedunkelt. Das erste Mal sehen wir eine Gesellschaftsschicht, die Angst hat vor der anderen. Und das ziemlich zahlreich. Wir kennen keine Autos mit schwarzen Scheiben. Kann man durch die Scheiben sehen? Oder, wollen die Nichts sehen?

Die kleine Reise sollte ziemlich interessant werden. Auf den paar Kilometern bis zur Grenze, dürfen wir sechs Unfälle registrieren. Das ist pro zehn Kilometer, einer. Wenn das der neue Durchschnitt wird, brauchen wir uns nicht wundern, dass deren Autoindustrie floriert. Die brauchen tatsächlich die vielen Autos, weil sie nicht fahren können.

An der Grenze stehen unsere Grenzer und winken uns freundlich durch. Auf der Gegenseite müssen wir uns schon ein paar Beleidigungen anhören.

"Was ist der Grund Ihrer Reise?"

Ich frag mich, ob der schon aufgewacht ist. Der wirkt auch nicht gerade nüchtern. Er hat gelbe Augen und eine ziemlich rote Nase.

"Sie haben uns Reisefreiheit versprochen."

Das war dem zu frech.

"Öffnen Sie mal den Kofferraum. Was haben Sie da drinnen?"

"Fließen."

Jetzt lacht der Trottel auch. "Mangelware."

Kurz nach der Grenze kommen wir nach Hof. Die Straßen sind ziemlich gut. Die Häuser sind in einem schlimmeren Zustand als in unseren zerbombten Städten. Es stinkt fürchterlich. Feucht und muffig. Wenn uns das erwartet, danke vielmals. So riecht es nicht mal im unteren Elbtal wie hier. Das Einzige, das in diese traurige Gegend etwas Farbe bringt, sind Werbeplakate. Und die, gibt es hier reichlich.

Irgendwie bin ich nach meinem Vater gekommen. Der hatte ein Leben lang, einen Lederjacke an. Mutter hat ihn oft wegen dieser bäuerlichen Sparsamkeit kritisiert. Obwohl er die nicht besonders mochte, hatte er die gleiche Gewohnheit wie unsere Genossen. In der DDR war eine Lederjacke ein Sparziel der besonderen Art und ein Kennzeichen für Parteigenossen. Für den Preis einer Lederjacke bekam ich locker ein gutes Moped von Simson. Ich kann jetzt nicht mit genauer Präzision sagen, was von Beiden länger hielt. Vaters Jacke jedenfalls, schien unverwüstlich.

Genau das war jetzt auch der Suchgegenstand bei unserem ersten Westbesuch. Das Angebot ist groß, aber nicht in allen Größen. Wir sind es gewohnt, von einem Produkt die volle Größenpalette angeboten zu bekommen. Dadurch hat sich oft der Eindruck aufgedrängt, es gäbe eben nur dieses Produkt. Hier stehen vor mir Verkäufer, die sagen: "In Ihrer Größe haben wir das nicht. Wir können Ihnen das aber bestellen." Und schon sind wir wieder bei Mangelware und Lieferzeiten. Komisch. Der Vergleich drängt sich bei jeder Gelegenheit, unwiderstehlich auf. Die Westpropaganda ist so tief sitzend und verlogen, dass sie einem einfach nicht aus dem Sinn geht. Von wegen, "volle Regale". Ein einziger Einkaufstag reicht, um uns von einer großen Lüge zu heilen.

Nun soll es nach München gehen. Wir haben es satt in dem stinkenden Kaff. Wir gehen zum Parkplatz und bekommen gleich eine völlig neue Art von Belästigung gezeigt. Auf unserer Autoscheibe kleben neben zehn Werbezetteln, ein Busgeldbescheid. Wir hätten die Parkzeit überschritten. Das sollte unser gesamtes Restbudget verschlingen. Joana nimmt den Zettel und schaut in die Runde. Und siehe da, unweit geht eine nicht unterernährte Tante mit einem großen Vorrat an Zetteln, zwischen den Autos spazieren. Joana geht zügig hin zu der Zosse, die kaum ohne Berührung zwischen den Autos durch kommt. Sie poliert mit ihrem Riesenhinterteil die Heck- und Frontpartien der Autos.

"Was soll das? Was haben wir falsch gemacht?"

"Das ist ein Parkplatz mit Zeitbegrenzung. Sie haben keine Parkuhr."

Joana ruft mich. Ich frage die Zosse, ob es eventuell mal eine Ausnahme gibt, weil wir das nicht kennen. Die Zosse bleibt stur. Warum arbeitet die nicht in der örtlichen Brauerei und rollt Fässer? Sie will dreißig DM.

"Hab ich nicht", sage ich zu ihr.

Sie nimmt den Sprechfunk und ordert einen Kollegen an.

"Die wollen uns wohl verhaften hier?", fragt mich Joana.

"Sieht so aus."

Der Kollege von der Zosse kommt. Er sieht etwas freundlicher aus, hat aber auch gelbe Augen und eine rote Nase.

"Lass die Zwei gehen. Die haben Nichts gemacht", sagt er zu der Zosse.

"Hat es Ihnen bei uns gefallen? Wo soll es denn hingehen?"

"Wir wollten eigentlich noch nach München", antwortet Joana.

"Die Autobahn ist gesperrt. Da war eine Massenkarambolage."

"Gibt es Umwege?"

"Ja. Die Regensburger Autobahn. Aber auf der werden Sie auch nicht vorwärts kommen."

"Danke."

Wir suchen schnell eine Telefonzelle, um in München anzurufen. Der Besuch muss abgesagt werden. Jonas in München ist nicht begeistert. Er hätte schon Alles eingekauft. Die Zwei wollten natürlich glänzen vor uns. Dem entsprechend groß, wird der Einkauf gewesen sein.

Wir konnten beim besten Willen nicht ahnen, dass im Westen eine Reise von Hof nach München, zwei Tage dauert. In der Zeit haben mich Russen per Bahn durch die halbe Sowjetunion befördert.

Leider konnten wir nicht mit der Westbahn fahren. Dafür hätten wir einen beachtlichen Kredit benötigt. Irgendwie war der Plan auch zu kurz durchdacht. Wir hätten unterwegs tanken müssen. An eine Panne oder gar einen Unfall, wollte ich gar nicht erst denken. Also, kehren wir um. Die Schule der Reisefreiheit hat umgehend gewirkt.

Auf dem Nachhauseweg sind wir noch in unsere Autobahnraststätte gegangen, um wenigstens Etwas zu essen. Zu vernünftigen Preisen. Ich glaube fast, das war unser letztes Schnitzel für unter fünf Mark in einer Raststätte. Wir hätten das fotografieren sollen.

Auf der Heimfahrt überholen uns wieder Autos mit irren Geschwindigkeiten. Ein Stau an einer unübersichtlichen Stelle und der Fahrer nebst Opfern ist fällig. Auf der Autobahn können wir die Gewissenlosigkeit von den Kriminellen nachvollziehen. An drei Stellen stehen weinende Leute am Rand neben Schrott. Särge sind auch dabei. Das ist feinster Aufbau - Ost. Zumindest für das Beerdigungsgewerbe. Mich würde jetzt nicht wundern, wenn die DDR

Beerdigungsunternehmen plötzlich Westpartner hätten.

Zu Hause angekommen, erwartet uns eine Überraschung der besonderen Art. Elias ist da mit Familie. Jürgen und Andrea sind bei ihnen. Andrea kommt zu mir und sagt, sie würden mit Elias zusammen ein Hotel bauen wollen.

"Was bedeutet das für mich?", frage ich sie.

"Ja. Wir haben Eigenbedarf und möchten den Pachtvertrag auflösen."

Und ich habe gerade erst Geld ausgegeben für Einrichtungen. Das fehlt mir noch.

"Kauft Ihr mir die Einrichtung ab?"

"Nein. Wir reißen die Gaststätte ab."

Naja. Ich stehe nur im Verlust. Aber wenigstens schuldenfrei.

Unsere Währung ist halbiert worden. Die Schulden auch. Das ließ sich jetzt aus dem Portemonnaie bezahlen. Wir sind also über Nacht, blank.

"Was ist mit der Wohnung und den neuen Möbeln?"

"Wir brauchen die nicht. Die kannst Du abholen."

Was machen wir jetzt? Ziehen wir zu meiner Mutter? Zu Joanas Eltern ins Kinderzimmer?

Zuerst rufe ich die Brauerei an und frage, was wir mit der Ware und den Rechnungen tun.

"Wir holen das ab. Offene Rechnungen hast Du nicht. Wir haben aber ein Angebot für Euch. Komm einfach mal vorbei."

Ein Hoffnungsschimmer zeigt sich. Wir verabreden uns auf den kommenden Tag. Die Nacht war für mich keine ruhige. Joana konnte auch nicht schlafen. Wir saßen zusammen und rätselten, was wir tun können. Neben dem Brauereibesuch, wollen wir zunächst unsere Kammer anrufen, wie das nun weiter gehen soll.

Am kommenden Morgen rufe ich an und erbitte einen Termin.

"Sie sind einer von Zehntausend, die gerade anfragen." Ich habe wirklich nicht gewusst, dass wir so viele Kollegen haben. Der Termin fällt dementsprechend spät aus. In einem Monat. Darauf werden wir wohl verzichten müssen, schätze ich. Das dauert zu lange. Wir brauchen etwas zum Leben.

Das Angebot der Brauerei hört sich da etwas besser an. Unsere Brauerei hat plötzlich eine Partnerbrauerei aus Bayern. Irgend Jemand muss ja die Gewinne klauen. Der Brauereichef bietet uns eine Pachtgaststätte in ihrem Ort an. Die würde gerade frei werden. 'Wenn der uns eine Gaststätte anbietet, gibt es sicher noch Gaststätten in anderen Gegenden', denke ich mir. Wir kaufen also Zeitungen und lesen die Anzeigen. Und siehe da, der gesamte Westen sucht Gastwirte. Und das ausgerechnet in der besetzten DDR. Wenn das kein Plan ist, was dann?

Plötzlich wollen die ganzen verkappten Gastwirte des Westens ein Geschäft machen. Sie wollen ihre herunter gewirtschafteten Mühlen teuer verschleudern oder unter verpachten. Auf DDR Gastwirte wartet ein Heer von Kriminellen. Angefangen bei Geschirrvertretern. Gefolgt von Anzeigenvertretern und nicht zuletzt, von Kreditvermittlern. Von einem Tag zum anderen, tritt vor unseren Türen der gesamte kriminelle Abschaum dieser Erde. Begleitend dazu, hat man auch gleich die DDR Gesetze beseitigt. Freie Fahrt für westdeutsche Kriminelle. Die umfassende Plünderung durch ein

kriminelles Gesindel kann also beginnen. Das nennt sich dann in ihrem Deutsch, Wirtschaftswunder. Selbst aus der Schweiz und Holland kommen Vertreter, die sich anbieten, Gewinne oder Bargeld ins Ausland zu transferieren. Sagen wir einfach Klauen dazu. Vater ist fast am Verzweifeln. "Wenn ich die Tür öffne, steht immer ein Verbrecher davor!"
Für dieses abscheuliche Gesindel hast Du ein Leben lang gearbeitet." Vater hat früher anders vom Westen gesprochen. Ein Tag, und er ist nachhaltig geheilt. Gastwirtschaften sind eigentlich Gebäude mit einer offenen Tür für Gäste. Wenn diese Gäste ausnahmslos aus Verbrechern bestehen, ändert sich auch die Einstellung der Gastwirte. Ab genau dem Tag, sind sie keine Gastwirte mehr.
Die DDR steht also jetzt zum Verkauf. Die Kammer unterrichtet uns, wir könnten jetzt unseren Betrieb retten, in dem wir ihn kaufen. Es gibt jetzt eine Treuhand. Schon der Name müsste jeden DDR Bürger nachhaltig erschrecken. DDR Bürger bestehen zum großen Teil aus Bürgern der Gebiete, die schon unter Hitler besetzt waren. In Folge des verlorenen Angriffskriegs wurden unsere Eltern und Großeltern umgesiedelt. Das war natürlich eine Enteignung. Und genau diese Enteignung erleben diese Leute jetzt das zweite Mal. Nicht etwa durch die medial verhassten Kommunisten. Nein. Es waren die alten Herren der früheren Jahre. Kriminelle und Völkermörder.
Unsere Kammer empfahl uns also, auf die Treuhand zu gehen und dort um ein Objekt anzusuchen.

Der Neubeginn

Zunächst mussten wir uns erst Mal etwas Geld besorgen. Wir hatten weder eine Arbeitsstelle noch ein Einkommen. Joana hatte noch Energie und fast grenzenloses Vertrauen in mich. Das Gros ihrer Kolleginnen hatte schon einen Mann aus dem Westen. Im Nu wurde reichlich Wohnraum frei in unseren Neubauten.

Auf dem Amt saßen unsere Bekannten von früher. Sie waren plötzlich nicht mehr Chef in der Abteilung. Sie sind jetzt Sachbearbeiter. "Eine steile Karriere haste hingelegt", scherze ich bei einem Gespräch.

"Jaja. Was willst Du denn?"

"Ich habe weder Einkommen noch eine Arbeitsstelle. Gibt es eine Hilfe, ein Geld oder so etwas?"

" Das Begrüßungsgeld hast Du schon?"

"Ja."

"Naja. Da hast Du schon unsere Hilfe." Er lacht dabei. "Hast Du nichts zum Verkaufen?"

Der Gedanke war nicht schlecht. 'Wer will jetzt einen Trabi?' geht mir durch den Kopf.

Der Termin in der Brauerei ist fällig. Wir verabschieden uns und fahren zu unserem Hoffnungsschimmer in die Brauerei. Am Betriebseingang sitzt unsere Nachbarin. Die Frau vom verstorbenen Lehrer. Julia heißt sie.

"Ich habe einen Termin mit dem Chef."

"Mit der Chefin", sagt Julia. "Wir haben eine Chefin. Unsere Männer wollten die Brauerei nicht übernehmen."

Ausgerechnet die Chefin der Lohnbuchhaltung konnte dem Haustrunk bisher widerstehen. Ihr Mann hat ihr

Kontingent mit vertan. Die Haustrunk Genießer waren natürlich zu feige, die Verantwortung zu übernehmen. Frei nach dem Sprichwort betreffs der Onanie: "Alkohol schwächt Kopf und Knie." Eine DDR Frau zeigt den Männern, wie es geht. Mit Mut. Unser Sozialismus hat offenbar die Männer verweichlicht. "Jammerossis", jubelten die Propagandakanäle der Kriegsverbrecherfamilien. Jetzt kommt die Zeit unserer starken Frauen. Und Joana zeigte Stärke.

Margret, die Chefin der Brauerei, duzt mich natürlich. Wir kennen uns und sie möchte mit mir zusammen arbeiten. Die Kriminellen aus dem Westen würden uns jetzt als Seilschaft betiteln. Die Chefs der Westbrauerei waren zugegen.

"Wir haben bei uns eine Gaststätte, die frei wird",sagen sie uns.

"Ja gut. Ich muss mir die trotzdem erst mal anschauen." Margret ist nicht begeistert. Ich sehe das in ihren Augen. Sie gibt stille Zeichen.

"Kommen Sie einfach mal vorbei. Wir fahren morgen wieder nach Hause."

"Gut. Wir sehen uns dann morgen Abend oder übermorgen."

Der Chef der Westbrauerei geht. Jetzt kommt Margret zur Sache.

"Die Treuhand verkauft unsere Gaststätten und wir könnten eine übernehmen."

"Das klingt interessant. "

"Dazu haben wir ja auch noch unsere Hausgaststätte."

DDR Bürger sollen ihr Eigentum kaufen, während Westganoven es rauben.

Das war früher ein Kulturhaus. Ein Mordsgebäude. Ich müsste einen Haufen Personal übernehmen. Davor habe ich jetzt bissl Schiss. Ich traue mir das nicht zu. Das Alles, bei neuen Gesetzen, mit den Besatzern, zu deren Bedingungen?

"Wir helfen Dir. Den Bau und so übernehmen wir."

"Das klingt verlockend. Ich muss das dringend überschlafen, Margret."

Die Sorge ist nicht unberechtigt. Selbst die Brauerei steht auf der Kippe. Kann Margret und ihr Kollektiv dem Westdruck widerstehen? Ich muss meine Eltern fragen. Das Risiko scheint mir unbeherrschbar. In den Augenblicken schau ich immer in die Augen Joanas. Was steht da? Joana ist mein Wahrsager.

Die Suche

Wir hatten also ab jetzt, die Möglichkeit, reichlich
Fehler zu begehen. Der Rat mit der Treuhand war an
sich nicht schlecht. Die Treuhand wurde in der
Bezirkshauptstadt eingerichtet. Für uns war das Karl-
Marx-Stadt.
In diesen Tagen wurden über Nacht, Millionen DDR
Bürger arbeitslos. Lohnzahlungen blieben aus und
verschwanden. In der Nacht fuhren tausende
Lastwagen durch das Land in Richtung Westen.
Darauf waren unsere Maschinen und
Fabrikeinrichtungen. Darunter modernste Technik.
Unsere Großeltern fragten bei unserem Besuch, ob die
Russen wieder da seinen.
"Nein. Es sind angeblich unsere Landsleute."
"Und die klauen unsere Maschinen?"
"Ja. Das haben die doch auch in der Sowjetunion
gemacht. Offensichtlich können die sich nicht von ihren
Gewohnheiten verabschieden."
"Das geht nicht gut aus!"
Vor nahezu jeder Haustür standen Kriminelle aus dem
Bruderland. Sie boten Zeitungsabonnements,
Versicherungen, Tauschgeschäfte, bösartige Kredite
und reine Betrugsartikel. Nach DDR Recht, wären über
Nacht sämtliche Gefängniszellen der DDR, nachhaltig
ausgebucht mit diesem Gesindel. Im Arbeitseinsatz
hätten diese Lumpen unsere Braunkohletagebaue
komplett begrünen können. Selbst Banken mutierten
zu reinen Betrugsgesellschaften. Wahrscheinlich sind
auch Banken dabei, die schon die UdSSR im Zeiten

Weltkrieg beraubten. Traditionsbanken nennen die sich auch noch.

Wir fuhren also zu einer Filiale der Treuhand in unsere Bezirkshauptstadt. Einen Ruhetag hatten wir noch. Und den wollten wir sinnvoll verbringen.

Die Filiale ist ausgerechnet in einem Betrieb untergebracht, den wir von unseren Hygiene- und Reinigungsmitteln her kennen. Die Arbeiter dieser Firma sind jetzt arbeitslos. Sie dürfen jetzt die Grünanlagen davor pflegen, die wir bei unseren Subotniks dort anlegten. Schade. Die Berberitzen haben nicht deren Einzug verhindern können.

Wir betreten den Tempel und werden schon beim Empfang im Westjargon bedient. Jetzt reden wir nicht mehr mit unseres Gleichen. Im Wartesaal des Gebäudes treffen wir viele Kollegen und ihre Familienmitglieder. Sie sind teilweise empört über den Umgangston in diesen Stuben. Gelegentlich kommen aus dem Paternoster Typen mit weißem Hemd, schräg gestreiftem Schlips und dunkelblauem Wollmantel.

"Was ist das für eine Uniform?", fragt mich Gerd, ein Kollege aus dem Nachbarort.

"Gestapo?", fragt Jens aus dem Jugendclub eines anderen Nachbarortes. Er lacht noch dabei. Eine Stunde später war ihm das Lachen vergangen. Sein Club wurde verschenkt. An ein Anwaltsbüro.

"Den Club habt Ihr doch erst frisch gebaut", sagt Joana zu ihm.

"Wir sind gerade fertig geworden. Auch mit unserer Wohnung oben drüber", antwortet Agnes, die Frau von Jens.

"Dann musst Du aber schnell aufräumen. Wenn die Dein kommunistisches Agitationsmaterial finden, wird es richtig lustig."

Unsere Jugendclubs waren auch FDJ - Treffpunkte und Schulungszentren. Die FDJ war im Westen immerhin verboten. Die hatten eben keine braune Hemden. Nur blaue.

"Wenn die unsere Unterlagen finden, werden sie vielleicht auch Menschen", antwortet Jens lachend.

"Sind das DDR Anwälte?"

"Nein. Alle vom Westen."

"Aha. Das Unrecht hält Einzug mit Unrecht. Dann erwarte ich auch bei unserem Ansuchen, kein Recht."

"Was willst Du hier?"

"Wir brauchen eine neue Gaststätte. Vielleicht können wir etwas DDR Kulturgut retten."

"Da sehe ich schwarz bei den neuen Herrschaften."

"Naja. Du musst jetzt auch neu suchen."

"Das wird eine finstere Zeit, denke ich."

Beim Betreten des Büros kommt uns eine Wolke entgegen, die Joana sofort dazu zwang, sich die Nase mit dem Taschentuch zu bedecken. Saufen die das Kölnisch-Wasser schon literweise? Dabei sind diese Gestalten total verschmiert. Ich denke, ich stehe in Hamburg auf dem Strich. Wer malt diese Kreaturen an. Der Plakatanbringer einer Litfaßsäule? Nehmen die vierziger Rasierpinsel für den Kleister?

"Wir sind hier, weil wir eine Gaststätte suchen."

"Hier ist die Liste aller uns zur Verfügung stehenden Objekte."

"Haben Sie auch eine Liste aus unserem Kreisgebiet? Ich möchte nicht den Bekanntenkreis wechseln."

"Die Gesamtliste ist nach Verwaltungseinheiten sortiert. Sie müssen nur Ihre suchen."
"Wo muss ich dann den Antrag abgeben?"
"Hier in Chemnitz."
"Sie meinen Karl-Marx-Stadt?"
"Wie Sie das nennen, ist mir egal. Bei mir heißt das Chemnitz."
"Dazu hab ich nur die Frage. Sie verwechseln nicht zufällig den Campingplatz bei Großkotzenburg mit Karl-Marx-Stadt? Kommen Sie aus diesem Kaff?"
"Ich habe jetzt Termine."
"Mit dem Wollmantel vor der Tür?"
"Auf Wiedersehen."
Der Hefter ist etwa zehn Zentimeter dick. Woher wissen die von einem Tag auf den anderen, welche Objekte von der Treuhand verschachert werden sollen? Die Liste muss, bei dem Arbeitstempo dieser dummen, leichten Damen, schon vorher geschrieben worden sein. Die Kreatur dort Drinnen jedenfalls, weiß weder, von welchem Kreis wir reden noch Irgendetwas von den Objekten.
Wir blättern in dem Hefter und finden, man glaubt es kaum, unsere alte Gaststätte darin. Joana fragt mich besorgt, was hier los ist.
"Ich weiß es auch nicht."
Wir kommen auf die letzten Seiten dieses Kataloges. Dort steht beschrieben, wie wir uns um ein Objekt bewerben sollen. Wir bräuchten eine Machbarkeitsstudie, eine Vermögensaufstellung, Darlehenszusagen von Banken und einen Businessplan. Das soll von einem Steuerbüro, von vereidigten Wirtschaftsberatern und vereidigten Anwälten

ausgefertigt werden. Natürlich von Westdeutschen, zu deren Kosten.

Strohdummes, versoffenes, verhurtes Gesindel soll uns beraten, wie wir eine Wirtschaft in der DDR zu führen haben. Die machen das nicht kostenlos. Joana sieht schwarz für unsere Zukunft in Deutschland. Etwas Hoffnung habe ich noch.

"Wir fahren nach Berlin und versuchen dort unser Glück." Ich denke, auf die Provinz haben sie die Unfähigsten geschickt.

Unsere Nachbarin Julia, die in der Brauerei arbeitet, möchte uns den Trabi abkaufen. Ein anderes Auto kann sie nicht fahren, sagt sie. Sie bietet uns sieben tausend Westmark. Das waren praktisch vierzehntausend Mark. Wir werden uns schnell einig. Das Auto ist jetzt weg. Wir sind Fußgänger. Zu der Zeit scheint das ein Nachteil zu sein.

Just an dem Tag ruft mich meine Mutter an und sagt, sie hätte jetzt ein Westauto. Der Wartburg von ihr ist jetzt frei. Die Freude ist groß. Wir brauchen jetzt dringend ein Auto. Ein Auto, Westgeld und schon kann der Kampf um eine Gaststätte beginnen. Wir treten jetzt gegen Mitbieter an, die ihre eigenen Bürger im Westen schon anständig beraubt haben und zusätzlich, gegen Glücksritter. Selbst vorher ausgereiste DDR Bürger finden plötzlich ihre Heimat wieder attraktiv. Sie spielen sich jetzt als kenntnisreiche Westdeutsche auf. Alte Bekannte grüßen sie auf einmal wieder. Sie heucheln eine Gemeinsamkeit.

"Wir kommen ja von hier."

Sie sagen nicht, "im Westen ist mein Traum zerplatzt und Alles ist schief gelaufen." Das wäre ja ein

Offenbarungseid an ihre verlogenen Ausreisegründe. Sie spielen jetzt Chef. Sie sind etwas Besseres und reichlich überheblich. In dem Umfeld wird es wirklich schwer, den Boden zu behalten. Dank Joanas Eltern und ihrer Geschwister, bleiben wir auf dem Boden.

Auf der Fahrt nach Berlin ärgern wir uns, mit dem Auto gefahren zu sein. Selbst unsere Feldwege waren in einem besseren Zustand als die Wege in Berlin, die sie Straße nennen. Endlose Staus und an jeder Ecke mindestens ein Unfall. An den Straßenrändern stehen nahtlos Nutten, die mit Polizisten ums Schutzgeld schachern. Unsere Parks verkommen zu Bumsecken. Besucher laufen dort bereits flächendeckend auf gefüllten Parisern. Erde ist dort keine mehr zu sehen. Vor jeder Toilette steht irgendeine Mafia und will selbst für kleine Geschäfte, drei Mark. Ein Jahr, und aus einer wirklich schönen, sehenswerten Kulturstadt, wird ein mit Nutten und Kriminellen verseuchtes Drecksloch. Ich frag mich, wer in diesem Umfeld ein Geschäft machen möchte. Das, was wir in amerikanischen Filmen zu sehen bekamen, ist Wirklichkeit geworden.

Ausgerechnet im Haus der DDR Ministerien siedelt sich eine Verbrecherorganisation an, die schon in früheren Reichszeiten für Millionen Zwangsarbeiter sorgte. Schon beim Betreten der mir bekannten Flure, begegnen uns wieder die dunkelblauen Wollmäntel. Dieses Mal, massenhaft. Alle mit kantigen Aktentaschen der gleichen Marke. Und diese gewissenlosen Kreaturen, wollen über unsere Menschen der Volkskammer oder des Politbüros lästern. Das ist, als würde sich stinkendes Abwasser über die Vorrichtung beschweren, die es geruchslos beseitigt.

Wir werden wieder in ein Büro gerufen. Schon beim Eintreten bekomme ich den Eindruck, wir wären in der Filiale eines Drogeriemarktes gelandet. Neben dem Geruch der Mixtur aus den oberen Regalen der Parfümerieabteilung, liegen sämtliche Sonderangebote der Drogen für die Schmerzbehandlung. Nicht nur das. Das Angebot ist riesig. Es fehlen nur die Preisschilder. Um die Stuhllehnen hängen die offenen Handtaschen. Prall gefüllt mit Schmiere für Augenbrauen, Lippen, Visage und, ich dachte ich sehe nicht richtig, Vaseline. Das Büroleben muss wirklich unglaublich hart sein. Die Schreibtische sind teilweise nicht verblendet. Die Zwickelschau für die Chefetage könnte man fast schon mit einem Werbeaushang der Herberststraße in Hamburg vergleichen. Die Postengeilheit in diesem Büro scheint unübertroffen. Ich habe fast den Verdacht, die Frauen in der Herbertstraße sind klüger als die in dem Büro.

Eine scheinbare Ausnahme, anständig gekleidet und nicht verkleistert, winkt uns gerade zu ihrem Schreibtisch.

"Was wünschen Sie?"

Ich lege den Hefter auf den Tisch und sage ihr, wir kämen aus dem Raum Karl-Marx-Stadt. Unsere Gaststätte haben Alteigentümer wieder bekommen und wir wurden gekündigt.

"Die Kündigung ist nicht rechtens."

"Wie soll ich das verstehen?"

"Naja. Die Familie Elias hat das Objekt nicht wieder bekommen. Sie wurden nicht von der DDR enteignet."

"Verstehe ich die Welt richtig? Die Enteignung 1933 war rechtens?"

"Naja. So ist erst Mal das Gesetz."

"Damit ist die Familie schon das zweite Mal enteignet worden. Sind es die gleichen Enteigner wie damals?"

"Was suchen Sie jetzt konkret. Eine Gaststätte?"

"Wenn es geht, nicht zur Pacht sondern in Besitz. Ich habe kein Vertrauen in die neuen Besitzer."

"Sie wollen also kaufen."

"Das wäre, glaub ich, der idealste Schritt."

"Ich liste Ihnen bis morgen alle Objekte in Ihrer Umgebung mit dem Verkaufspreis auf. Ist ihnen das recht?"

"Wie läuft das dann weiter?"

"Damit gehen Sie zu einer Bank und beantragen das Darlehen für den Kauf."

"Kennen Sie irgendein Hotel hier in der Nähe?"

Sie kommt gewaltig ins Lachen.

"Im Umkreis von hundert Kilometern werden Sie kein Hotel finden."

"Und wenn doch?"

"Eine Nacht in dem Hotel, in dem ich schlafe, kostet 550.-DM. Das ist kein Palast."

"Ich schätze, das Hotel hat schon einen Westbesitzer."

"Bis morgen. Auf Wiedersehen."

"Wo schlafen wir heute?", fragt mich Joana.

"Wir müssen mal schauen. Ich habe mehrere Kollegen, die mit mir an der Trasse gearbeitet haben. Die rufen wir an."

Wir setzen uns in ein Cafe. Bei den Preisen wird sich das wohl auf eine Tasse beschränken. Kaffee ist es auch keiner. Eher Hauskaffee. Von dort rufe ich Thomas,

Klaus, Micha und Steffen an. Steffen hat für uns ein
Bett. Er braucht kein Kinderzimmer. Das ist frei.
"Bist Du denn noch mit Karin zusammen?"
"Aber natürlich. Du wirst staunen."
Steffen hatte Karin an der Trasse geheiratet. Das war
ein Fest. Unsere Sowjetischen Gastgeber haben die Ehe
mit einer Jakuten - Schmanin gesegnet. Karin hat ihren
zukünftigen Ehemann wirklich gewissenhaft gesucht.
Sie wohnte mit ihren Kolleginnen zwei Zimmer weit
entfernt von unserem. Karin hat bei uns Kassiererin und
Essensausgabe gemacht. Abends hat sie bisweilen in
der Bar geholfen. Sie war begehrt und ihr Zimmer
wurde sehr gut besucht. Karin war die erste Frau, mit
der ich fremd gegangen bin. Sie sagte mir, es wäre für
sie ein Kinderspiel gewesen, mich rum zu bekommen.
Kein Wunder. Manchmal war ich ein halbes Jahr am
Stück in Sibirien. Mitunter hatten wir das Gefühl, die
weniger schönen Frauen, hätten in Sibirien alle einen
Mann gefunden. Das wirkte natürlich anziehend für
diese Frauen. Zumal Schönheit, eine wirklich
persönliche Ansichtssache ist. Karin hingegen war eine
Art Lichtschein unter ihren Kolleginnen. Gut gebaut,
nicht zu viel Brust, klug und redselig. Eine Idealgestalt
in Engelsform. Unwiderstehlich. Und sie wusste das. Sie
nutzte es auch aus. Es dauerte nicht lange und sie hatte
das gesamte Lager des Verkaufssortimentes unter
ihrer Verantwortung. Obwohl es uns an Nichts fehlte,
haben verschiedene Lieferprobleme oft die zuteilende
Hand Karins benötigt. Gerade in Winter- und
Schmelzzeiten hatten unsere Lieferzüge oft schwere
Unterbrechungen.
"Wo seid Ihr gerade", fragt Steffen.

"Wir sitzen in dem Cafe."
"Wir holen Euch ab. Nach Marzahn zu kommen, ist etwas kompliziert."
Die polnische Bedienung fragt uns, ob uns der Kaffee geschmeckt hat.
"Ist Ihr Chef ein Ossi oder ein Wessi?"
Sie lacht.
"Eine Wessi aus Hannover."
"So schmeckt der Kaffee!"
Sie lacht schon wieder.
"Ich trinke hier keinen Kaffee."
"Den Personalkaffee müsst Ihr sicher auch bezahlen."
"Jaja."
Steffen kommt im dreihunderter Benz. Bei ihm sitzt Karin. Es scheint, als wären die Beiden jünger geworden.
Wir begrüßen uns, fragen uns gegenseitig, wie es geht und warum wir in Berlin sind.
"Wollen wir noch etwas Essen gehen?"
"Naja. Bei der Küche hier....", antworte ich Steffen.
"Halt, Halt. Ich kenne einen Griechen, bei dem schmeckt es Dir."
Steffen kennt meine Abneigung gegen preußisches Essen. In Berlin haben wir nie gut gegessen.
"Griechisches Essen? Gut. Probieren wir das."
"Den Gastwirt kenne ich persönlich. Den könnten wir mal zu Hause besuchen. Er baut gerade ein Hotel."
"Im Moment sieht es ungeheuer schlecht aus bei mir. Ich habe weder einen Betrieb noch irgendeine Aussicht, eine halbwegs bezahlte Arbeit zu finden."
Das Essen bei dem Griechen war wirklich sehr gut.

Der Chef fragt Steffen, ob ich sein Freund wäre. Er erzählt von unserer gemeinsamen Zeit in Sibirien.
"Unsere warme Stube habt Ihr also gebaut?", fragt der Gastwirt.
"Außer etwas persönlichem Stolz ist uns nicht viel geblieben", antworte ich ihm.
"Naja. Das ist die Zeit für einen guten Metaxa."
Christos geht in die Küche und kommt mit einem Metaxa wieder. Den haben wir schon in der DDR schätzen gelernt. Ein edles Gesöff.
"Läuft Dein Geschäft gut, Steffen", fragt Christos.
"Besser als ich je gedacht hatte."
"Was machst Du denn", frage ich ihn.
"Ja. Ich verkaufe Dildos."
"Und das funktioniert?"
"Naja. Neben Karin habe ich noch zwei Freunde, die Du auch von der Trasse kennst. Die helfen mit."
"Und Ihr könnt gut leben davon?"
"Das Auto ist jedenfalls bezahlt. Wie ich das sehe, könnte Joana auch bald diese Helfer benötigen. Bei dem Druck, den Du hast, sicher."
Steffen hat schon irgendwie recht. Joana bestätigt das mit ihrem Blick. Karin sagt zu Joana: "Ich muss an die frische Luft. Gehen wir eine Runde?"
Mein Gott. Wenn ich Karin so hinter her schaue. Steffen bemerkt das.
"Kannst Du Dich noch gut erinnern?"
"Lass uns einen Metaxa ein und wir vergessen den Stress erst mal für einen Tag."
Christos lässt die Flasche gleich auf dem Tisch stehen. Irgendwie hat der ein Abkommen mit Steffen. Das hinterfrage ich nicht.

"Wie ich das sehe, bist Du momentan ziemlich klamm."
"Das ist schon recht bescheiden ausgedrückt", antworte ich.
"Du musst versuchen, Allianzen aufzubauen. Bei Deinen Beziehungen geht das sicher."
"Naja. Ratschläge bringen jetzt erst mal Nichts. Wir müssen erst mal eine neue Gaststätte bekommen."
"Die Kredite von diesem Pack sind teuflisch. Pass auf!"
"Du hast es ohne geschafft."
"Natürlich. Ich habe nur im richtigen Moment angefangen. Aber jetzt brauchen wir schon auch fast eine Lagerhalle."
"Und die Steuer?"
"Die waren bei mir schon vier Mal die Bücher prüfen. Komisch. Bei meinen Westnachbarn waren die noch nie. Die haben sich schnell, billig, freie Wohnungen gekauft. Seit dem schlafen in unserer Nachbarschaft, Flüchtlinge und Migranten. Viele Russlanddeutsche. Die wollen fast Alle wieder nach Hause."
"Da hast Du ja Glück. Deine Nachbarn verstehst Du gut."
"Du wirst staunen. Es sind auch Tataren dabei."
"Jetzt vermisse ich schon fast den schönen Ural."
"Jaja. Die Maikäfer -, Ameisen - und Mückensaison."
"Vergess die Holzböcke nicht. Schwein vom Grill und das Brot von Hermann."
Karin und Joana kommen zurück.
"Wir gehen inzwischen", sagt Karin zu Steffen.
"Was? Zu Fuß?"
"Aber sicher. Joana möchte etwas testen."
"Naja. Dann saufen wir eben noch ne Runde", sagt Steffen zu mir.

"Lass doch die Zwei mit dem Auto fahren. Sie können uns dann abholen. Besoffen können wir eh nicht fahren."

"Darauf einen Metaxa", ruft Steffen, der sichtlich etwas angeheitert wirkt.

Karin lächelt zu dem Geschehen. Sie kennt das noch aus Trassenzeiten. Ich freue mich so sehr darüber, gerade die Zwei zusammen zu sehen. Ein Paar wie aus dem Bilderbuch.

"Deine Joana ist eine sehr schöne Frau. Wann willst Du heiraten. Wir kommen sicher."

"Ich weiß nicht, ob wir überhaupt heiraten oder heiraten müssen. Die neuen Gesetze geben mir schwer zu Denken."

"So, wie ich das sehe, braucht Ihr nicht heiraten. Ihr gehört einfach zusammen."

"Das sehe ich und Joana auch so."

"Wenn Ihr wieder beisammen seid, fahren wir zusammen zu Christos nach Griechenland."

"Einen Urlaub könnten wir schon gebrauchen. Bei dem Theater."

Die Flasche ist fast leer. Christos bringt die nächste und setzt sich jetzt auch etwas mit zu uns. Er hat im Lotto gewonnen und baut zu Hause ein Hotel. Er bleibt nicht mehr hier. Ehrlich gesagt, hat er auch nicht das Gemüt, um in so einer Stadt zu hausen. Das stellt sich schon nach den ersten Worten so dar. Das Heimweh foltert Christos. Miriam, seine Frau, kommt gerade zu uns. Miriam ist eine schöne Frau, die etwas maskulin wirkt. Typisch, südländisch. Christos springt sofort auf und macht ihr Platz, als sie kommt. Er holt sich einen Stuhl.

"Das Möbel ist von uns zu Hause" betont er.
"Handarbeit."
"Nehme es wieder mit. Es passt nicht zu den Herren hier. Die schmeißen Alles, was ihnen nicht passt, ins Feuer."
Christos lacht und Miriam nickt. Steffen sagt, Christos wäre Mitglied der KKE.
"Also, liebe Genossen", antworte ich ihm.
"Das kannst Du für voll nehmen."
Miriam steht auf, rennt in die Küche und kommt mit einem Dessert wieder.
"Bei den Mengen Metaxa, braucht Ihr sicher einen Kuchen."
Sie hat einen Hefekuchen in der Hand, der dem Panettone sehr ähnelt. Die Stücken werden abgerupft. Sehr schön.
Karin und Joana kommen uns abholen. Es gibt Küsschen und das Versprechen, Christos und Miriam zu Hause zu besuchen. Christos und Joana helfen mir etwas beim Hinaus gehen. Ich bin besoffen. Steffen schleppt sich bis an die Tür, wo ihn die Beiden auch abholen.
Karin fährt sehr gut und flüssig. Das erinnert mich an meine Fahrlehrerin, die auch Rennen gefahren ist und jetzt als Taxifahrerin arbeitet. Sie hat auch Busse gefahren. Karin hat an der Trasse auch gelegentlich unseren Bus gefahren. Wie sie mit dem Schalthebel umgeht, sucht Ihresgleichen.
Sie tippt den Hebel an, wie eine Fee. Und das funktioniert. Wir kommen bei Steffen zu Hause an. Seine Wohnung ist eigentlich nur ein Nest. Die Eltern haben ein Häuschen gebaut zu DDR Zeiten. Dort hat er sicher auch sein Lager. Mit dem Fahrstuhl fahren wir

fast bis nach ganz Oben. Einen Stock tiefer wohnen Steffen und Karin. Das Haus wirkt leer und ziemlich ruhig. Ich frage Steffen, wie das kommt.

"Die sind alle weg gezogen. Investoren haben viele Wohnungen gekauft. Die wollen wahrscheinlich zu viel."

Die Wohnung ist das Büro von Steffen. Sie schlafen im Wohnzimmer. Im Schlafzimmer zeigt mir Steffen sein Fotostudio. Dort machen sie die Fotos von den Produkten, die er anbietet. Schön.

Joana sagt, sie ist schon fertig geduscht. Sie wirkt etwas müde, aber gleichzeitig ziemlich zufrieden und aufgeweckt. Sonst rennt sie nervös, wie aufgezogen umher. Sie kichert etwas, als ich ihre den Hintern streichel und einen Gute Nacht Kuss gebe.

Steffen lädt mich ein, noch einen kleinen Schluck aus der Hausbar zu trinken.

"Aber wirklich nur etwas Süßes."

"Ich habe etwas Besseres."

Karin will sich auch schon hinlegen. Das Wohnzimmer ist jetzt unser. Karin geht zu Joana. Steffen und ich trinken noch etwas. Wir schalten den Fernseher an und schauen Filme vom Videorecorder. Filme von der Trasse. "Die habe ich kopiert von meiner Kamera."

Es sind wirklich feine Filme dabei mit echter Künstlerprominenz aus der DDR. Sehr schön waren die Filme mit den russischen Tanzgruppen und Künstlern. Wir könnten fast eine Woche am Stück, Filme anschauen. So viele hat Steffen gefilmt. Mir ist das dort kaum aufgefallen.

Steffen weckt mich. Wir haben acht Uhr. "Frühstück", ruft er.

Karin hat für mich vier Eier gekocht. Joana hat ihr verraten, dass ich, wenn ich früh esse, nur Kaffee, Tabak und Eier brauche. Steffen fragt mich, ob ich immer noch meine Zigaretten rolle.

"Das ist Familientradition. Unsere Familie hat schon immer Tabak angebaut."

"Zeig mir mal, wie Du das machst."

Ich zeige es ihm. Zuerst rolle ich Watte oder Krepppapier zu einer Art Zigarette. Aus den Zigaretten schneide ich die Filter. Die rolle ich neu mit Tabak zusammen und rauche eine verkürzte Filterzigarette. Schon zu DDR Zeiten hatten Köche wenig Zeit zum Rauchen. Und die russischen Belomorkanal und Herzegowina Flor waren mir dabei ein Vorbild geworden.

"Sollen wir Euch wieder zu der komischen Treuhand fahren?"

"Mir wäre das Recht", antwortet Joana.

"Hoffentlich finden wir unser Auto wieder."

"Wo habt Ihr denn geparkt?"

Ich beschreibe Steffen, wo unser Wartburg steht.

"Hoffentlich ist er noch da", scherzt er.

Als würde uns Jemand einen Wartburg klauen. Noch zumal, einen mit dem alten Zweitaktmotor.

"Ich hab hier schon Pferde kotzen sehen."

Wir haben den Parkplatz unweit des Palastes der Republik gewählt. Der ist leicht zu finden und gut bewacht.

Wir fahren und der Abschied von den Zweien fällt uns schwer. Wir würden sofort da bleiben. Karin gibt mir ein Küsschen und bei der Berührung erinnere ich mich an die seidenweiche Haut von Karin. Nicht mal bei unseren

Kindern habe ich so eine Haut berührt. Was macht sie für diese Haut? Die war schon in der Sowjetunion so unbeschreiblich weich. Steffen küsst Joana und mir gibt er einen Händedruck mit dem dringenden Wunsch, uns wieder sehen zu wollen. Karin hat Joana ein großes Päckchen mit gegeben. Ich frage nicht, was drinnen ist. Ich kann es mir denken.

Steffen fragt mich noch zum Abschied, ob ich noch Rolf und Kato aus Rostock kenne.

"Die wollen Dich auch unbedingt mal treffen. Ich kümmere mich mal drum."

"Bis dann, Ihr Lieben."

Jetzt wird es Zeit, in den heiligen Tempel zu schreiten. Im Foyer des Tempels stehen dieses Mal ein paar bewaffnete Polizisten. Sie haben ein kleines Maschinengewehr am Körper. Was soll das? Ist schon die Gestapo eingezogen?

Der Paternoster dreht und mit uns wollen drei Blaumäntel aufwärts. Wir warten, bis die weg sind. Die freundlich geheuchelten Grüße beantworten wir mit einem murmelnden Nicken. Sie sollen nicht bemerken, dass wir Sachsen sind.

Vor dem Büro sollen wir etwas warten. Dort steht auch so eine bewaffnete Ordnungskraft. An den Worten merken wir, ein Wessi. Die haben Berlin besetzt!

Aus dem Büro kommen zwei Blaumäntel gefolgt von Einem im schwarzen Anzug mit zwei riesengroßen Aktentaschen. Der sieht fast so aus wie ein Anwalt. Gearbeitet hat der noch nie. Der läuft wie ein verwundeter Balletttänzer. Die Frau im Büro bittet uns rein. Der Hefter liegt vor ihr.

"Herr Karl, wie es aussieht, sind die kleineren und scheinbar lukrativen Objekte alle schon verkauft."
"Und jetzt?"
"Naja. Wir haben noch ein paar ehemalige Kulturhäuser, eine ehemalige Schulküche und eine Arbeiterversorgung. Die müssen alle noch etwas repariert werden."
"Und was ist der Preis von den Dingern? Bekomme ich die auch für eine Mark?"
"Die Gemeinden legen den Preis fest. Reden Sie mit den Leuten. Wir geben nur Empfehlungspreise."
"Sie müssen mit dem Hefter nach Chemnitz. Wir haben den Akt schon hin gesendet."
Wir verabschieden uns und verlassen die heiligen Hallen.
Kaum sind wir vor dem Palast der Republik, winken uns Steffen und Karin zu.
"Wie war es?"
"Wir wissen nicht Bescheid und sollen nach Karl-Marx-Stadt."
"Gehen wir noch Essen?"
"Das wäre schön."
"Wir gehen in den Palast. Die haben jetzt eine Grillbar."
"Die Grillbar haben die schon lange."
"Das weißt Du?"
"Ich war zur Eröffnung mit eingeladen. Leider war ich damals bei der NVA. Ich bin da als UE, unentschuldigt, hingegangen. Ich war strafversetzt und bekam keinen Ausgang. Da bin ich abgehauen."
"Und. Haben sie Dich erwischt?"
"Damals war das DDR Fernsehen dabei und die haben mich mit gefilmt. Der Stabschef hat das gesehen und

mich erkannt. Danach haben sie Streifen an alle Haltestellen von Bussen und Bahnen gestellt. Sie brauchten nur warten. Ich war sternhagel voll."

"Und?"

"Sieben Tage Arrest. Eine Wohltat war das. Ich konnte Laub rechen, Rasen scheiden und frische Luft atmen. Der Stabschef hat laut gelacht bei meiner Festnahme."

"Wurdest Du versetzt?"

"Ja. Dieses Mal in Rote Luch. Küche. Das war sehr schön."

Das Essen schmeckte besser als erwartet.

"Joana hat viel gelernt, sagt Karin. Wir haben Euch fast mein gesamtes Handelssortiment eingepackt. Du wirst staunen."

Karin hat sich mit Joana wieder aus dem Staub gemacht. Ich glaube, sie sind schnell noch Etwas einkaufen gegangen.

Steffen schaut so verschmitzt. Ich ahne, was er meint.

"Bleibt unbedingt mit mir in Verbindung. Ich rufe bei Deiner Mutter an", sagt Steffen.

Die Zwei kommen wieder. Joana hat wieder eine Riesentasche in der Hand. Sie wirkt so locker.

Wir müssen uns verabschieden. Morgen wollen wir früh nach Karl-Marx-Stadt. Wenn es geht, ausgeschlafen.

"Kommt gut nach Hause und fahrt vorsichtig! Du weißt, die Wessis können nicht fahren."

"Danke, Ihr Lieben. Ich überlege mir, wie wir das wieder gut machen können."

"Du musst uns Nichts gut machen. Du bist unser Freund und Joana unsere Freundin."

Nach zwei Startversuchen springt unser Wartburg an. Steffen und Karin stehen lange und winken. Steffen zeigt mir auch gestenreich, wie ich fahren soll. Ich wäre beinahe falsch abgefahren.

Auf der Autobahn fängt Joana an, zu erzählen. Wir reden miteinander über Alles. Sie fängt an, die Tasche auszupacken. Bei dem Anblick fahre ich fast an die Leitplanke. Eine Tasche voller Gummischniepl, würde ein Sachse sagen. Gemeint sind Dildos in allen Formen und Größen.

"Die habe ich alle probiert mit Karin."

"Ja und. Wie war es?"

"Karin hat mir vor gemacht, wie man sie benutzt. Sie hatte laufend Orgasmen. Nicht gespielt. Die waren echt. Da bin ich schon etwas neugierig geworden."

"Und deswegen bist Du jetzt so gelassen und ruhig? Du hättest Dich normal bei der Tante in der Treuhand riesig aufgeregt, bei dem was sie sagte."

"Tja, ein Wunder!" Sie kichert. "Die Dinger sind besser als Du."

"Und das auch noch?" Ich lache mit.

"Naja. Die müssen ja nur mit Dir arbeiten und sonst mit Niemandem. Mit der schönsten Frau im Ort."

"Du Schmeichler. Ich merke schon, dass Dich das freut."

"Ich muss eigentlich Nichts gestehen. Du weißt, wie es nervlich um mich steht. Und genau deshalb freue ich mich für Dich."

"Ich hatte sieben Orgasmen."

"Dafür bräuchte ich zwei Tage. Mit Deiner Hilfe. Man könnte fast denken, unsere DDR Politik trägt Früchte. Restlos zufriedene Frauen."

Joana gibt mir während der Fahrt ein Küsschen. Normal bekomme ich das morgens und abends.

Joana steht mit mir zusammen auf und geht mit mir schlafen. Wir können nicht getrennt sein.

"Naja. Wie ich mir gerade vorstelle, habe ich in der kommenden Zeit, tausende Dokumente zu lesen und hunderte zu schreiben. Und nichts wünsche ich mir mehr, als eine zufriedene Ehefrau, die zu mir hält."

"Die ersten Zwei hat mir Karin gemacht. Schon unter der Dusche."

"Das wundert mich schon. Ich dachte immer, Karin kann nur mit Männern umgehen. In der Sowjetunion jedenfalls, war sie eine große Nummer. Steffen hat das nie gestört. Er liebt Karin über Alles und Karin liebt Steffen. Steffen hat in etwa das gleiche Gemüt wie ich."

"Das habe ich sofort bemerkt. Er ist wie Du."

Die Heimfahrt dauert lange. Von Großenhain bis Dresden Nord ist ein wirklich fester Stau. In Dresden Nord ist ein Flugplatz und einen Abzweig in Richtung Polen. Zwei Stunden haben wir allein dort verloren. Wir hätten die Stelle umfahren können. Ich stelle mir vor, der Rest will den Stau auch umfahren und kennt teilweise die Gegend nicht. In dieser Gegend sind die Straßen etwas schmaler. Es gibt viele Alleen.

Joana schläft neben mir. Sie ist zufrieden. Ich freue mich, ihr zufriedenes Gesicht anschauen zu können. Nach rund zehn Stunden Fahrt kommen wir in Karl-Marx-Stadt an. Wir überlegen, ob wir in unser Kinderzimmer fahren oder zu meiner Mutter. Das Kinderzimmer von Joanas Mutter hat gewonnen.

Bei ihr zu Hause angekommen, müssen wir feststellen, Joanas Vater geht es nicht gut. Er soll ins Krankenhaus gebracht werden. Genau da ziehen jetzt noch mehr Westärzte ein. Der Chefarzt ist schon einer von denen.

Er ordnete an, sämtliche DDR Medikamente gegen angeblich bessere Westmedikamente auszutauschen. Vater hat jetzt darunter schwer zu leiden. Sein Lebenswille scheint dadurch akut zu schwinden. Es gibt massive Unverträglichkeiten im Zwölffingerdarm. Dabei war Vaters Zuckerkrankheit vor der Annexion durch den Westen, leicht mit Spritzen behandelbar. Jeder Zuckerkranke wurde gut geschult bei der Berechnung der benötigten Dosen. In der Nacht wird Vater geholt. Damit war auch unsere Nachtruhe vorüber. Mutter kocht uns Kaffee und wir sprechen zusammen von der Treuhand. Sie ist sehr skeptisch.
"Das sind doch alles Schwindler und Verbrecher."
"Einen anderen Weg sehen wir aber erst Mal nicht."
"Deine Mutter könnte doch ihr Geschäft auf Euch überschreiben."
"Das haben wir schon ein paar Mal angesprochen. Die Zeit ist nicht reif genug dafür. Sie wollen sich nicht trennen von dem Geschäft."
"Das wird nicht gut enden, Karl."
"Naja. Wir versuchen es bei der Treuhand. Vielleicht können wir ein Bergmanns- oder Arbeiterdenkmal retten."
"Vater ist mit Euch, in der Beziehung."
Es ist noch etwas Zeit und wir können uns noch einmal hinlegen. Joana hat die Tasche von Karin im Auto gelassen. Sie traute sich nicht, es Mutter zu zeigen. Mutter geht so und so immer etwas kontrollieren. Es war ihre Gewohnheit. Fünf Kinder mussten auch ordentlich überwacht werden. Diese sehr sympathische Gewohnheit konnte Mutter nicht ablegen. Joana hat Mutters Gewohnheit übernommen. Das bewirkt

irgendwie eine ständige Unruhe. Steffen und Karin ist das aufgefallen.

"Das lässt sich behandeln", hat Karin zu Joana gesagt. "Du musst das übernehmen. Das ist Deine Aufgabe, Joana."

Ich dachte erst, die Zwei haben sich zu sehr auf ihre Gummispielzeuge eingeschossen. Aber irgendwie haben sie recht. Joana wirkt jetzt ruhiger rund ziemlich ausgeglichen. Sie steckt selbst das Dilemma mit unserem Vater gut weg.

Die Nacht geht schnell vorbei und wir bereiten uns auf den Besuch der Treuhand in Karl-Marx-Stadt vor. Den Kaffee koche ich. Mutter ist etwas zu sparsam bei der Portionierung des gemahlenen Kaffees. Wir haben ihr extra einen Löffel mit dem DDR Kaffeemaß besorgt. Den nutzt sie aus innerer Sturheit nicht. Eine große Familie benötigt das eigene Maß. Joana rennt schnell zum Bäcker in der Nachbarschaft.

Wir fahren wieder nach Karl-Marx-Stadt zu der Treuhand. Dort treffen wir endlich ein Mal Kollegen und Freunde von Betrieben, die bei uns oder bei unserer Familie, Betriebsfeiern abhielten. Sie standen Schlange für den Erwerb ihrer Betriebe. Keiner von ihnen lächelte dabei. Die Besatzer bekamen die Werke geschenkt und wir sollten unser Eigentum überteuert kaufen.

"Auf Dich wartet das gleiche Los", sagt der Chef eines Vorrichtungsbaus. Er war ziemlich gut im Bilde.

"Wir werden jetzt zwei Mal geplündert. Erst ist das Werk weg und danach zahlen wir mit überhöhten Zinsen das Ganze noch einmal."

Ich ahne nichts Gutes. Welchen Preis wollen die Besatzer für unser Eigentum, ist jetzt die Frage.

Vor dem Paternoster stehen neben unseren verschiedenen ehemaligen Werksleitern, die Blaumäntel. Man sieht sich nicht besonders freundlich an untereinander.

"Ganoven", sagt der Leiter vom Vorrichtungsbau zu mir. Er sagt es laut, wie üblich in der DDR.

"Erst klauen sie uns die Maschinen und und dann verkaufen sie uns die leeren Mauern."

Die Blaumäntel schweigen dazu. Keiner redet auch nur ein Wort. Wie Zinnsoldaten. Alle sind mit ungeheuren Aktentaschen bewaffnet. Zwei haben sogar einen Träger dabei. Die Zuträger sind normal gekleidet und wirken etwas freundlicher. Joana rempelt einen etwas an. Sie hat uns einen Kaffee aus dem Automaten geholt und balanciert die heißen Becher durch das Gedränge. Der Angerempelte entschuldigt sich bei Joana. Auch ein Westler, wie wir hören. Ich schätze, es sind Praktikanten. In der DDR gibt es keinen Namen für Praktikanten von Verbrechern. Gehilfe oder Helfer? Mitangeklagter, wäre vielleicht das richtige Wort. Naja. Dafür bräuchten wir erst wieder ein Nürnberger Tribunal.

Oben treffe ich wieder Gerd. Dieses Mal ist seine entzückende Frau und seine weniger schöne Tochter dabei. Seine Frau hat der Familie das Geld verdient. Als Barfrau zu den zahlreichen Tanzveranstaltungen.

"Wir unterschreiben heute. Ein Gartenverein hat uns sein Klubhaus verkauft. Das müssen wir hier genehmigen lassen."

"Was! Der Verkauf des Klubhauses eines Gartenvereins wird von diesen Dieben genehmigt?"

"Wir haben im Moment eine verkehrte Welt, mein Freund."

"Angeblich haben sie nur noch Kulturhäuser übrig. Eventuell wäre noch ein Weg bei Margret, Deiner alten Nachbarin offen."

"Das hat sie mir auch angeboten. Mir war das etwas zu wacklig mit den komischen Partnern."

"Schade. Wir müssen in kürzester Zeit, neue Gesetze und Gepflogenheiten lernen. Die Fehler, die uns dabei passieren, sind nicht wieder gut zu machen."

"Der Gartenverein verkauft ohne Bank. Zumindest sind wir die los."

"Das müssen wir bei Gelegenheit feiern."

Am Büro angekommen, sollen wir erst Mal warten. Eine Stunde geht vorbei und Joana holt für uns schon den dritten Kaffee. Die Blaumäntel kommen raus und die Frau aus dem Büro ruft uns herein.

"Eigentlich sind wir hier die Hausherren", sage ich lächelnd zu der Frau.

"Sie waren in Berlin?"

"Ja."

"Haben Sie Unterlagen bekommen?"

"Die Sachbearbeiterin hat zu mir gesagt, sie hätte die Ihnen geschickt."

"Wir haben hier Nichts."

"Da sind meine geschriebenen Anträge dabei."

"Und die anderen Unterlagen?"

"Ja. Dazu muss ich doch bitte erst mal wissen, welches Objekt Sie mir verkaufen."

"Ja. Wir haben hier vier Kulturhäuser."

"Die sind ihren Westkollegen wohl etwas zu groß?"
"Ja, um ehrlich zu sein."
"Ehrlich müssen Sie in dem Zusammenhang nicht wirklich betonen."
"Sie sind ein ganz Ausgemachter!"
"Was wollen sie denn für so ein Kulturhaus der DDR?"
"Naja. Schauen Sie mal auf die Liste. Allgemein kommen Sie mit 250 Tausend recht gut zurecht."
"Muss ich diese Summe zahlen oder geht es preiswerter."
"Da brauchen Sie etwas Geduld. Dann beginnt ein Bieterverfahren. Es erhält der den Zuschlag, der am meisten bietet und die meisten Arbeitsplätze verspricht."
"Also ist das der Richtpreis, den Sie vorschlagen."
"Genau."
"Bei dem Richtpreis muss ich aber keine Verpflichtungen für Arbeitsplätze eingehen?"
"Nein."
"Wie kann ich diese Objekte besichtigen?"
"Fragen Sie bei den entsprechenden Gemeinden nach."
"Machen Sie die Termine?"
"Gut. Dann machen Sie bitte die Termine für diese vier Kulturhäuser."
"Alles klar. Ihre Unterlagen benötige ich trotzdem noch."
"Rufen Sie bitte in Berlin bei der Sachbearbeiterin, Ihrer Kollegin an."
Das war es. Jetzt entscheidet die Zeit und die Bank. Joana war mit Drinnen. Bei Herausgehen schüttelt sie den Kopf:
"Wie ein Nuttenstall."

"Der Strich ist die Hotelbar."

"Aber sicher."

Die ersten neuen DDR Geschäftsleute haben wie wir, nur Großobjekte bekommen. Den Bereich, den sie für ihr Geschäft nutzen möchten, haben sie farblich gestaltet. Den Rest nicht. Billardbars, Discotheken und Ramschläden schießen wie Pilze aus dem Boden. Das Geld dafür nicht. Millionen DDR Bürger verlassen das Land. Manchmal haben wir den Eindruck, durch Geisterstädte zu laufen.

Um unsere Häuser schleichen nur noch ältere Menschen, die in hundert Meter langen Schlangen vor den Kassenschaltern der Rentenstellen stehen.

Unsere Kinder organisieren sich in Banden. Uns fehlt jetzt die Ordnung der sowjetischen Besatzungsmacht. Die freundlichen Soldaten, die mit uns ein geröstetes Zuckerbrot teilen. Selbst das klauen uns die Barbaren. Rosa hatte Recht behalten. Das ist der Beweis. Sie und ihre Genossen, werden das Zweite mal hinterrücks ermordet. Ihre Nachfolger gleich mit. Von den gleichen Tätern und ihrer Brut. Die wollen nicht arbeiten. Die wollen stehlen. Die Helfer der Mafiosi, sitzen jetzt von Drüben importiert, bei uns in den Ämtern. Sie bekommen ein Almosen der Beute und fühlen sich wohl dabei. Bei ihnen zählt keine Bildung. Was zählt, ist pure Frechheit und Sadismus.

Wir gehen also der Empfehlung entsprechend auf die jeweiligen Gemeinden. Dort sitzen auch schon die Besatzer. Meistens vor der Kasse als Berater. Sie meinen es gut mit den Bürgern der Stadt, sagen sie. Der DDR Bürgermeister geht mit oder er hat einen Autounfall. Es gibt sehr viele Unfälle. Sie können alle mit den neuen Autos nicht umgehen, die verblödeten Ossis. Goebbels, ihr Lehrmeister, hatte den Kosenamen erfunden.

Wir reden sehr oft mit neuen Bürgermeistern. Die ersten zehn Sätze sind eine einzige kriminelle Handlung. Erpressung. Ich überlege schon verzweifelt, ob ich mir nicht ein Diktiergerät einstecken sollte.

"Bist Du verrückt", sagt mir meine Mutter.

"Die legen Dich um!"

Wir überlegen uns gemeinsam mit Joana und den Geschwistern, wie wir diesem kriminellen Haufen widerstehen können. Wir werden ein Clan, würde jetzt der Propagandaminister sagen. Ein Clan, der gegen einen kriminellen Clan antritt. Der Nachteil ist, wir müssen die Gesetze achten, auch wenn sie erfunden sind und für uns nicht gelten. Wir sind die Verteidiger gegen Invasoren und Kriminelle. Damit steht fest, wir dürfen alle Mittel benutzen.

Unsere Kulturhäuser bekamen von den Arbeitern und Bauern, Namen, die dem Gedenken an ihre Kämpfe und Opferbereitschaft gewidmet waren. Das ist schon mal eine gute Gelegenheit, ihrem Kampf zu gedenken. Zuerst still, aber nicht unbemerkt von den Besatzern. Die haben die Listen der Gedenksteine. Sie suchen immer eine Gelegenheit, mit dem Bagger die Gedenksteine zu entfernen. Bei dem Gedenken könnte ja ihr Familienname mit fallen. Und das geht nicht.

Zu unserem Glück, waren die sowjetischen Soldaten noch da. Sie bewohnten die Villa eines Kriegsverbrechers. Die Kaserne des gleichen Grundstückes war deren Produktionsbetrieb. Jetzt produzieren sie im Westen wieder Strümpfe und

Unterwäsche für die Wehrmacht. Fast wie früher, nur besser.

Zufällig war der Stabsoffizier zugegen, als ich dem Bürgermeister mein Anliegen offenbarte. Der Stabsoffizier wusste, der Bürgermeister ist nicht mein Freund. Der wollte gerade von ihm, dass die Kaserne renoviert wird von den Sowjetsoldaten. Noch vor ihrem Abzug. Dabei haben sich die sowjetischen Besatzer sehr kassenfreundlich benommen. Sie hätten sich zu Lasten der Bevölkerung, auch ohne Weiteres eine neue Kaserne bauen können. Sie haben das nicht getan. Danach forderte er in dem Gespräch, sie sollten den Boden entgiften. Der Stabsoffizier fragte ganz schüchtern, ob er jetzt die Faschisten und ihre Helfer wieder einsperren soll. Das Gespräch war damit beendet. Der freundliche Offizier blieb aber. Zum Glück. Er verhalf mir damit zu meinem Auftritt, den abzulehnen, sich der Bürgermeister nicht traute.

"Das Gebäude kostet 250 Tausend. Wollen Sie das wirklich?"

"Mir bleibt nichts Anderes übrig. Ich muss. Oder ich muss aus der Heimat gehen."

Der Bürgermeister war ein christlicher Werkzeugmacher, der sich plötzlich als Herr fühlte. Die Hand am Geld, konnte er plötzlich schlecht "Nein" sagen vor dem sowjetischen Offizier. Seine Sekretärin, eine ehemalige Näherin, kannte unsere Familie und sie war oft Gast bei meinen Eltern.

"Das sind gute Wirtsleute!", ruft sie dem Werkzeugmacher zu. Der Offizier sagte:

"Seine Eltern kennen wir. Fleißige Leute."

Vater und Mutter waren oft Gastgeber der Offiziere der Kaserne. Ich habe ihnen zum Tag der Befreiung oft ein Buffet gebracht. Die Betriebe haben unseren Befreiern diese Buffets gespendet. Schulen und Kindergärten haben für sie gebastelt und gemalt. Die Soldaten waren unsere Freunde. Alle unsere Brigaden haben einen Namen der gefallenen Sowjetsoldaten getragen. Das war uns eine Ehre. Unsere neuen Besatzer sehen das etwas anders. Sie haben den Krieg verloren. Und das Verlorene, wollen sie zurück. Die Opfer kommen nicht wieder. Nur deren Nachfahren. Die zu entschädigen, fällt den Verbrechern natürlich nicht ein. "Die Russen Kommunisten haben millionenfach ihre eigenen Landsleute ermordet", hat ihnen ihr Propagandaminister hinterlassen. Der und seine Diener haben auch gern Kinder vergewaltigt. Damals wie heute, versuchen sie mit verleumderischer, gelogener Propaganda, Freunde zu beleidigen. "Das müssen wir unbedingt den Russen unterstellen", schreibt dann eine Kriegsverbrecherfamilie in ihre Hetzmedien. Der Pfarrer, ein ganz Unschuldiger, betet das auch von seiner Kanzel. Er bekommt zur Wendezeit, zwölftausend Mark Monatslohn, etwas mehr als der Bürgermeister. Die Arbeiter sind froh, wenn sie sechshundert Mark sehen. Und die freuen sich teilweise darüber. Das sind immerhin Westmark.

‚Damit können wir Reisen.'

Der Bürgermeister willigt ein und fordert mein Konzept. "Das fordert die Sparkasse auch", sage ich ihm. "Sie sitzen doch dort im Vorstand."

"Ach ja?"

Damit wäre die dauerhafte Freundschaft schon mal besiegelt. Wir müssen uns nicht auf Ewig da einrichten. Mit der Einwilligung war natürlich der Kaufakt nicht abgeschlossen. Wir durften dann um die fünfzig Mal auf die Treuhand fahren. Es fehlten immer Belege. Nicht von uns. Bei den angeblichen Beamten.

Wir haben Steffen und Karin viel öfter gesehen als wir dachten in Berlin. Die Freundschaft zu den Beiden entwickelte sich zu einer Liebe. Auf alle Fälle schworen wir uns, weniger zu saufen. Die Lage erforderte unsere volle Aufmerksamkeit.

Steffen hat inzwischen auch einen Autohandel. Karin ist Chefin der Gummispielsachen. Sie hat alle getestet, sagt sie zu Joana.

"Schade. Ich habe etwas weniger Zeit."

"Das holen wir gleich nach, meine Liebe."

Zur Treuhand fuhr ich nur noch mit Steffen allein. Ich wollte Joana die Peinlichkeiten ersparen. Joana sollte sich auch erholen bei unseren Freunden. Ihr war das recht. An das verschmitzte Lächeln, als ihr Karin den Hals kraulte, kann ich mich gut erinnern. Sie fordert das zwinkernd jetzt auch von mir.

"Was hältst Du von Gruppensex?", fragt Karin mich, Joana anschauend.

"Bei dem Sport, bin ich wohl aktuell, eher ein sterbender Schwan als ein funkelnder Liebhaber."

"Ich meine so generell."

"Ja. Als Erwachsener habe ich nichts dagegen. Mit Freunden und Menschen, die wir kennen. Und wir kennen uns ja sehr gut, Karin. Dein Hintern kommt gleich nach dem von Joana."

Steffen lacht so vom Herzen, dass ihm das Frühstück aus dem Mund fällt. Karin kocht jetzt einen ausgezeichneten Kaffee. Sie hat gelernt von mir. Wir frühstücken jetzt regelmäßig zusammen. Der Gang in die heiligen Hallen der Besatzer ist schon Routine. Wir erleben auch häufige Wechsel bei unseren Gesprächspartnern. Unsere Geschichte muss ich zwanzig Mal neu erzählen. Angelegte Akten zu unserem Vorgang finden wir nie. Die sind immer verschollen.

Joana wird Hotelier

Nach der Genehmigung durch den Bürgermeister, wird
unser Anliegen im Gemeindeausschuss behandelt.
Dabei profitierten wir von dem guten Ruf der Eltern.
Sämtliche Ausschussmitglieder waren häufig zu Gast
bei meinen Eltern. Die Genießer Seilschaften geben uns
Grünes Licht für das Vorhaben.
Zunächst haben wir Begehungen organisiert, zu denen
ich auch Steffen und Karin einlade. Beide kommen
regelmäßig mit. Ich wollte unbedingt hören, was die
Beiden zu sagen haben. Einige Familienmitglieder
wollen auch sehen, was wir da vor haben. Vor allem die
Geschwister von Joana. Besonders Herbert, der gerade
frisch aus dem Krankenhaus kam, war stark interessiert.
Er bietet sich sofort als Hausmeister an. Joana muss ihn
erst Mal beruhigen.
"Wir müssen das erst noch bauen."
Herbert vergißt seine Krankheit komplett. Er ist wie
neu geboren. Vor allem, als er erfährt, dass an dem
Haus eine Gedenktafel angebracht ist. Wir haben ein
Denkmal an einen großen Arbeiterführer gerettet. Karl
Liebknecht. Wir werden von recht viel Optimismus
geführt. Wohl in der Kenntnis, unseren gläubigen
Gegnern passt das nicht. Das ließ auch den extra hohen
Kaufpreis entstehen.
Unser Saal war gesperrt. Ein Balken hat seine Kraft
verloren. Mit Tanzveranstaltungen brauchten wir nicht
kalkulieren.
Für gewöhnlich, war an DDR Kulturhäusern ein recht
brauchbarer Garten, Grünanlagen und reichlich
Parkplatz. An sich ist das Gebäude recht solide gebaut,

nicht nass und relativ gut intakt bis auf den Balken unter dem Saal.

Die vielen Zimmer wollen wir zu einem Gasthof umbauen. Sozusagen, zu einem Hotel.

Ich schreibe ein Konzept und wir gehen zur Bank. Unsere erste Bank ist natürlich die örtliche Sparkasse. Beim Betreten schon merken wir, von örtlich kann keine Rede mehr sein. Der komplette Vorstand besteht aus Westbesatzern. Unsere früheren Ansprechpartner sind jetzt entweder Hausmeister oder Gärtner dieser Anlage geworden. Alle grüßen freundlich beim Betreten der Räume und geben auch gleich gewisse Augenzeichen. Ordentlich geschulte Banker einer gemeinnützigen Volkswirtschaft wurden plötzlich Hausmeister und Sekretärin. So schnell wird aus einem Angestellten im Eliteberuf, ein Handwerker.

Unser ehemaliger Nachbar, ein recht dominanter Banker und Westgeldbewunderer, wurde plötzlich Pförtner am Eingang zur Sparkasse.

"Hast Du umgeschult?"

Er schaut auf die Wände, die alle mit Kameras ausgerüstet waren. Es waren neue Kameras. Unsere Stasi brauchte das nicht.

"Ich muss zu einem Gespräch mit einem Kreditantrag für einen Treuhandkauf."

Als Banker war er noch voll im Saft. Gehe zu dem Schwaben im Zimmer Neun. Die Treuhand ist dem seine Spezialität. Er sagt es relativ leise. Wahrscheinlich haben die neuen Herren überall noch Mikrofone. Ich muss mich fast auf den Boden legen, um seine Augenzeichen zu lesen. Joana beobachtet Alles aus einer gewissen Entfernung. Das sorgt bei uns Beiden für den kompletten Überblick. Danach sagt mir Joana, was sie gesehen hat und wir gleichen das untereinander ab. Joana bemerkt mehr als ich. Ich bin oft zu sehr mit der Materie beschäftigt.

Am genannten Zimmer, das neu eingerichtet wurde, steht niemand. Wir klopfen, gehen hinein nach der Aufforderung von Innen und stehen vor einer uns unvertrauten Gruppe von Männern. Zwei entfernen sich aus dem Zimmer und wir bleiben mit einem Herrn allein. "Wir möchten ein Gebäude von der Treuhand kaufen und benötigen dafür ein Darlehen. "

"Was ist Ihre Absicht mit dem Gebäude?", fragt mich der Sachbearbeiter in Fränkisch. Ich wundere mich. Joana auch. War nicht von Schwaben die Rede? Sind die etwa schon weiter gezogen oder haben die sich den Bezirkshauptsitz genommen.

Dort stehen wahrscheinlich die größeren Kassen.

Der Sachbearbeiter stellt sich mit Franke vor. Der Franke aus Franken.

"Hier sind meine Unterlagen. Kosten-Nutzen-Rechnung, Lebenslauf, Werdegang, Finanzierungsplan, Treuhandbestätigung."

"Die Bestätigung ist nur eine Kopie. Haben Sie das Original?"

"Die Treuhand ist Ihre Behörde. Reden Sie bitte mit den Damen und Herren. Wir waren schon fünfzig Mal da."

"Wir machen mit Ihnen eine Besichtigung und Sie können dort Ihr Projekt verteidigen", antwortet Herr Franke.

"Ist gut. Ich gehe mal los, Handwerker zu suchen."

"Das ist Ihre Sache. Wir kommen morgen gegen neun Uhr."

Wir verabschieden uns und freuen uns irgendwie über deren Freundlichkeit. Joana findet ihre Freundlichkeit zu sehr gestellt. Etwas übertrieben.

Am kommenden Morgen kommen die Banker. Zu Viert. Jeweils Zwei in einem Fahrzeug. Sie waren mit Fotoapparaten und Riesenaktentaschen bewaffnet.

"Das sieht gut aus. Wollen Sie das Kulturhaus renovieren oder hier auf dem Parkplatz ein neues Hotel bauen. Das ist nicht günstiger, aber sicher besser."

"Das geht nicht. Das Haus steht unter Denkmalschutz."

"Wenn Sie neu bauen und das Alte nicht anrühren, erledigt sich das von selbst."

"Naja. Das ist wohl eher die Logik von Bankern. Ich glaube, das kommt hier nicht gut an im Ort."

"Wir prüfen das gleich mit."

"Unser Bürgermeister sitzt doch bei Ihnen mit im Vorstand."

"Sie wissen mehr als ich."

"Wie geht das jetzt weiter?"

"Wenn Sie renovieren wollen oder bauen, müssen Sie als Erstes, Angebote einholen von den Handwerkern. Wir setzen uns dann mit Ihnen in Verbindung, welcher Rahmen Ihnen zur Verfügung steht. Ich sage es noch Mal; ein Neubau wäre für alle Beteiligten besser."

Warum versucht der mir ständig, einen Neubau einreden zu wollen. Das geht nicht allein um die Beseitigung der Gedenktafel für Karl Liebknecht. Da muss mehr dahinter stehen.

"Was kostet mich denn ein Neubau?"

"Pro Zimmer können Sie aktuell etwa mit 200 Tausend rechnen."

Rechnen wir mal. Die normale Busgröße wären etwa dreißig Doppelzimmer. Dann wären für den Bau schon mal die ersten sechs Millionen weg. Die Einrichtung der Zimmer, der Gastronomie, der Küche, der Lager, der Parkplätze und so weiter, eingerechnet, käme ich auf etwa zehn bis fünfzehn Millionen. Wir wissen schon, dass er uns nur die Kosten für den Rohbau offeriert. Das ist die Hälfte vom ganzen Projekt. Und das bei zehn Prozent Zinsen. Das geht nicht. Wir müssten mit dem Bestand so lange arbeiten, bis die Zinsen erträglich wären. Dieser Weg ist realistischer für einen Neubau oder eine Erweiterung. Jeder Banker weiß das. Und wir Zwei, sind keine Banker.

"Ich denke, wir machen das Dach neu und bauen dort vier Zimmer zusätzlich ein, renovieren die einzelnen Räume und ehemaligen Büros. Wir kommen dabei günstiger weg. Zumal, das bedeutend schneller geht und weniger Baugenehmigungen benötigt. Zusammen kommen wir auf fast dreißig Zimmer. Bei dem Rahmen, den Sie uns anbieten, sind das pro Zimmer fünfzehn Tausend und die Gastronomie."

"In Ihrer Lage ist der Weg gut. Den gehen wir mit."

In allen Orten wird gebaut und viele Bauherren kennen wir persönlich. Wir besuchen sie und fragen, mit welchen Handwerkern sie bauen. In recht kurzer Zeit haben wir die Betriebe zusammen, die bei uns bauen würden. Deren Angebote schicke ich zur Bank. Immerhin wissen die Banker, wie die Handwerker sind, ob sie aktuell mit Kunden streiten und ob sie in unserem Preisniveau liegen.

Nach einer Woche, die wir schon in dem neuen Haus auf Campingmöbeln verbrachten, kommt der wichtigste

Termin bis dahin. Der Notartermin für die Bestätigung des Eigentums. Das ist immerhin unsere Sicherheit für alle anderen Vorhaben. Ohne Sicherheit, kein Darlehen. Wir fahren also mit einem Bankberater zum Notar. Komisch. Er ist auch ein Wessi. Sind die DDR Notare plötzlich alle verstorben? Was pfuschen diese Besatzer in unseren Grundbüchern rum? Wahrscheinlich gibt es viel um zu schreiben. Das Ganze kostet schon mal eine Stange Geld. Auf Kredit. Wir haben noch keinen Handschlag getan und schon laufen die Zinsrechnungen.

Auf der Suche nach Handwerkern komme ich natürlich nicht an meinem ehemaligen Stammtisch vorbei. Auch der Stammtisch meiner Eltern bringt einige Angebote von Handwerkern, die auch schon bei den Eltern ihren Dienst taten. Beim Besuch des ehemaligen Stammtisches fiel mir umgehend auf, meine Kneipe steht nicht mehr. Elias hat zusammen mit Jürgen ein Hotel geplant. Eine Betonplatte steht mit den Anschlüssen, die auf der Platte in die Luft reichen. Andrea steht auf dem Hof, wir halten an und fragen, wie es läuft.

"Das war es. Hier läuft Nichts mehr. Elias hat sich aufgehangen. Seine Eltern und Angehörigen kommen zur Trauerfeier."

"Was ist den passiert?"

"Der Kredit war erst zugesagt. Die Förderungen wurden abgesagt. Sämtliche privaten Konten wurden geschlossen."

"Also, war er pleite?"

"Nach meinen Kenntnissen, nicht."

"Demnach wurde seine Familie das zweite Mal enteignet."
"So kann man das auch sehen. Jürgen arbeitet wieder bei der Genossenschaft."
"Und die ist sicher?"
"Die wollten sie auch auflösen. Das scheiterte aber. Der Vorstand musste die Genossenschaft als Firma eintragen. Entweder als AG oder als GmbH."
"Das sind keine guten Nachrichten. Sag bitte Jürgen einen Schönen Gruß."
Andreas Papa, der Altbauer, ist gerade beim Füttern der Hühner und Schafe. Er grüßt freundlich.
Martin, ein Nachbar und ehemaliger Rennfahrer für MZ, fährt gerade einen SR 1, ein Simson-Moped aus der Garage. Er war ein Stammgast von mir und ist weit über Achtzig. Gelegentlich baut er Freunden und Kunden seiner Werkstatt, die Mopeds und MZ - Motorräder. Er grüßt mich freundlich.
"Das ist das erste SR 1, das in der DDR gebaut wurde. Ich hab es."
Im Westen würden die sich kugeln vor Freude und das Moped sofort zur Versteigerung ausrufen. Martin ist da anders. Er denkt familiär. Seine Erben werden sich untereinander die Haut abreißen für den Besitz dieses Meisterwerkes. Mein Vater hat so ein Ding gefahren und ich auch. Heimlich. Der Sitz war relativ hoch und für einen Jugendlichen in meinem Alter, haben die Beine den Boden nicht berühren können. Die Folge des Übermutes war ein Knäuel aus bestem Stahl. Ich habe das Ding in einer Kurve, aus Angst, nicht eingelenkt. Wir mussten das Moped aus einem Roggenfeld bergen. Trotzdem wir nicht richtig fahren konnten, sind wir zu

den Motorradrennen nach Frohburg oder auf dem Sachsenring gefahren. Schon damals fühlten wir uns als echte Rennfahrer und überschätzten regelmäßig unser Können.

Martin will wissen, ob bei uns Alles gut geht. Er verspricht, sich bei uns zu zeigen. Bei meiner Mutter ist er ziemlich oft mit seinem Freund Gerhard. Gerhard ist ein Traktorist und mit der Besatzung der DDR, Eigentümer ziemlich wichtiger Liegenschaften im Kreis. Er könnte mit dem Verkauf an Westunternehmen, ziemlich reich werden. Auf alle Fälle hat er es in der Hand, nur jenen Unternehmen, Land zu verkaufen, die keine verurteilten Kriegsverbrecher sind. Das wäre er uns als Parteimitglied schuldig. Gleichzeitig macht ihn das zu einem Galgenvogel mit reichlich Gegnern.

Bei Jens im Jugendclub wird gerade gebaut. Jens wird den Jugendclub wieder bekommen. Die Gemeinde hat den Club übernommen und Margret ist eine Sponsorin. Die Gemeindebibliothek zieht aus. Bücher braucht jetzt Keiner mehr. Vor allem Bücher über den sozialistischen Aufbau werden ausrangiert. Ich weiß nicht, ob die verbrannt werden. Das hat Tradition in den Kreisen. Wir jedenfalls, haben in dieser Bibliothek, sämtliche Weltliteratur lesen können. Amerikanische -, schwedische – wie auch westdeutsche. Eben nur keine Naziliteratur. Wir haben ja auch das Potsdamer Abkommen unterschrieben.

Die Bibliothek wird zukünftig die Wohnung von Jens und Agnes. Im Haus arbeitet ein Klempner aus Mannheim mit einem Kollegen. Jens empfiehlt mir den Handwerker. Wir reden kurz mit ihm und vereinbaren einen Termin.

Eigentlich wollen wir noch bei einem Teil unserer Eltern vorbei fahren. Übernachten können wir bei ihnen nicht mehr. Unsere neue Errungenschaft muss bewacht werden. Mit der Annexion der DDR kommen auch massenhaft kriminelle Elemente. Und die klauen, was ihnen in die Finger fällt. Eine funktionierende Polizei haben wir schon lange nicht mehr. Die Besatzer haben viele Polizisten einfach raus geschmissen aus ihren Ämtern und Stationen. Sobald der Polizist ein Parteibuch der SED hatte, war er fällig. 1933 lässt grüßen. Nur die braunen Hemden fehlen. Die sind jetzt weiß und mit dunkelblauen Wollmänteln behangen. Fast wie ‚Schwarzblau ist die Haselnuss.'

Wir fahren bei Herbert vorbei. Geht es ihm wieder besser?

Zu Hause angekommen, werden wir von einem Strich empfangen. Herbert. Er wiegt keine fünfzig Kilo mehr. Wir sind erschüttert. Brigitte lässt uns einen Kaffee durch und fragt, ob wir mit Abendbrot essen möchten. Herbert fragt, wie es mit dem Geschäft steht.

"Alles ist genehmigt. Wir warten jetzt auf den Finanzierungsplan."

"Und die Handwerker? Die haben doch sicher alle Hände voll zu tun."

"Das macht sie nur teurer. Darauf haben sie vierzig Jahre gewartet. Die Besatzer haben ihre eigenen Handwerker mit. Die DDR Handwerker stehen Außen vor."

"Und? Können sie wenigstens gleich anfangen?"

"Der Dachdecker kommt aus dem Ort. Der fängt gleich als Erster an. Danach kommt der Klempner und Elektriker. Zuletzt der Leichtbau."

"Und Dir geht nicht die Hose bei dem Umfang?"

"Naja. Sicher bin ich mir nicht ganz. Was soll ich tun?"

"Ihr hättet weg gehen können."

"Wir gehen weg von unseren teilweise kranken Eltern und Großeltern? Sollen wir Euch im Stich lassen?"

"Schlaft Ihr hier?", fragt Mutter.

"Nein. Wir müssen unsere Schulden bewachen."

Wir fahren zurück in unser neues Heim.

Am Morgen kommt der Chef der Sparkasse mit seinen Kollegen. Er hat den Finanzierungsplan mit. Es gibt diverse Hilfsprogramme von Aufbaubanken. Die aktuellen zwölf Prozent Zinsen sollen damit teilweise halbiert werden. Die Bedingungen sind für uns annehmbar. Wir verstehen nur die Hälfte von dem ganzen geschriebenen Text. Das ist sicher auch die Absicht dahinter. Zumindest sind wir gewohnt, geschriebene Gesetze zu verstehen. DDR Gesetze waren eindeutig und Verträge auch. Wildwest hält bei uns Einzug. Wir unterschreiben und werden ab jetzt, heuchelnd - freundlich gegrüßt. Es gibt dutzende Ratschläge. Keinen davon können wir gebrauchen. Im Lager stehen noch ein paar Schnapsflaschen aus DDR Zeiten. Mangelware ist dabei. Ich biete den Herrschaften zur Feier des Vertragsabschlusses einen Apfelschnaps an. Die Gesichter verraten uns, dass die von der DDR und ihren Produkten wenig halten. Keiner der Leute verrät mir seinen Namen und Keiner bietet uns das Du an. Alles ist anonym.

Vor der Haustür steht der Dachdecker. Er könnte die Woche anfangen. Über den Preis werden wir uns schnell einig. Wir decken mit Kunstschiefer. Einheimischer Schiefer, der traditionell hier gedeckt wird, wird über Nacht unbezahlbar. Der Preis verzehnfacht sich. Der Dachdecker hat mir davon auch abgeraten. Die Last wäre zu hoch bei unserem großen Bau.

Der Klempner steht auch schon da. Er kommt zusammen mit seiner Frau. Sympathische Leute, die Zwei. Julia geht mit der Kamera ihrem Rolf hinter her. Sie fotografiert und schreibt, während Rolf misst und diktiert. Joana kocht den Zweien inzwischen einen Kaffee. Im Kulturbüro oben, stand noch eine gute DDR Kaffeemaschine. Eine K108 mit Perlonfilter nach dem System der Frau Melitta. Rolf sagt, er wird uns einen Kostenvoranschlag unterbreiten. Wir wollen eine Ölheizung mit Warmwasser einbauen. Bisher wurde in einem Extra Heizkeller, mit Kohle geheizt. Eigentlich wäre das sinnvoller. Das System steht und ist eingerichtet. Leider wurde über Nacht die Kohle zehn Mal teurer. Angeblich ist der Rauch giftig. Damit ging nur Öl zu rechnen, bei dem Verbrauch, den wir planten. Die Planung von dem Projekt haben wir noch einem DDR Ingenieurbetrieb machen lassen. Rolf lobte uns für dieses Projekt und sagte:

"Das Geld hättet Ihr Euch sparen können."

"Wieso?"

"Das macht bei uns der Installateur, also ich."

"So ist das! Bei uns war das Pflicht, eine Baumaßnahme dieser Größe zu planen."

"Planwirtschaft", scherzt Rolf. "Ich finde das gut."

Ob das vom Herzen kommt, können wir nicht beurteilen. Dafür kennen wir uns zu wenig. Die Zwei scheinen ehrlich zu sein. Wir vertrauen ihnen. Wir reden noch den halben Tag, erzählen, was wir vorhaben und verabreden uns für Übermorgen.

Am kommenden Morgen gehen wir auf die Gemeinde, stellen uns vor und beschreiben, was wir vor haben. Die Anträge werden sofort genehmigt.

"Das Gebäude steht unter Denkmalschutz."

'Na gut', dachte ich mir. 'Sie wollen so Karl Liebknecht würdigen.' Und das in einem Ort, aus dem sechs bis acht Kriegsverbrecherfamilien getürmt sind vor den Sowjetsoldaten. Die sind jetzt wieder da. 'Das wird eine lustige Gesellschaft', denke ich mir. Deren Handlanger sitzen jetzt auf dieser Gemeinde. In der Gemeindezeitung ist ein Foto, auf dem sich die Vertreter bei einem Buffet begrüßen. Es wird nicht lange dauern, die Parks, Straßen, Werke und Schulen bekommen andere Namen. Andere Vorbilder braucht das Land. Recht schaffende Leute haben hier nichts mehr zu suchen. Sie verlassen den Ort zu Tausenden. Ihre Firmen wurden über Nacht geschlossen. Zehntausende Arbeitsplätze hatte der Ort. Sportbekleidung, Strümpfe, Werkzeugbau, Freizeitbekleidung, Gärtnereien und Fahrzeugbau. Alles weg. Mit den Arbeitern gingen auch die Gastwirte. Die Stille in diesem Ort war erdrückend. Trotzdem bauten an jeder Kreuzung, Westfirmen, Einkaufszentren. Für wen?

Der Papierkram auf der Gemeinde war erdrückend für uns. Kein normaler Mensch kann diesem bürokratischen Abfall folgen. Die Westdiktatur in Hochform. Genau das haben die Propagandisten der Kriminellen uns unterstellt. Der DDR. Wir treten jetzt den direkten Vergleich an. Freie DDR gegen angeblich freie

Westbesatzer. Schon am ersten Tag zwischen diesen Papieren wird klar, diese Großmäuler wollen plündern - nicht wirtschaften.

Rolf und seine Frau kommen mit einem Lieferwagen. Eine rollende Werkstatt. Rolf gibt mir den Kostenvoranschlag. Der kostet mich die Hälfte der Summe der Mitbewerber. Und ausgerechnet das kommt von einem Westler. Ich muss nicht lange überlegen. Auf Kredit finanziert, verdoppelt sich der in Anspruch genommene Betrag. Der Ingenieurbetrieb sprach von einer halben Million allein für das Sanitäre und die Heizung. Dieser Handwerker halbiert deren Kostenberechnung.

"Wann fangen wir an", fragt mich Julia.

"Ich warte noch auf den Baubetrieb. Die arbeiten gerade bei meiner Mutter. In einer Woche geht's los."

"Gut. Wir liefern zwischendurch ein paar Rohre und Materialien. Platz hast Du ja."

"Gut. Wir sind hier."

Eine Genossenschaft aus dem Kreisgebiet übernimmt den Leichtbau und die Zimmerei. Die haben mir eine Firma empfohlen, welche die Fenster wechselt. Wir bekommen jetzt Westfenster. Deren Vertreter sind gerade gekommen und vermessen die alten Fenster. Wir bauen Kunststofffenster ein.

"Die sind leise, halten die Wärme drinnen und alle Geräusche draußen", rät mir deren Vertreter. Die Fenster sehen gut aus. Das überzeugt uns.

Eigentlich fehlt uns nur noch die Einrichtung.

Wir gehen zu einem örtlichen Tischler. Der stellt keine Möbel mehr her. Mutter hatte ihre Möbel noch bei einem örtlichen Tischler bauen lassen. Der macht auch

keine Möbel mehr. Alle handeln über Nacht, Westmöbel. Und die waren uns zu teuer. Ein Stuhl vierhundert Mark? Ein Tisch, das Doppelte. Und das bei zweihundert Plätzen mit den Zimmern.
Wir entschieden uns für einen Großhändler, der uns wirklich gutes Belgisches Möbel anbot. Für ein Viertel der Preise bei unseren Tischler Händlern. Vertreter dieser Firma haben bei Mutter übernachtet. Die Familienseilschaften haben sich wieder Mal als günstig bestätigt. Auf Kredit hätte ich für einen Stuhl, achthundert Mark gedrückt. Menschen können das nicht bezahlen. Auch nicht im heiligen Westen.
'Die sind hier angerückt und wollen uns komplett beklauen und ruinieren', denke ich mir.
Wir stellen an einem ruhigen Abend fest, wie die Besatzer allein mit Rechnungen und Gefälligkeiten, ganze Staatshaushalte plündern. Und das sollen wir lernen, wie scheint.
Ein Volk, das sich solche Plünderungen gefallen lässt, ist kein Volk. Selbst unsere afrikanischen Freunde verlieren über Nacht, jede Hochachtung vor diesen Kreaturen. Und das will schon etwas heißen. Im Grunde, können die nur mittels Erpressung verkaufen. Qualität ist das schon lange keine mehr. Die Muster in der Werkstatt des Tischlers waren alles andere als Stühle. Die Beine halten keine zweihundert Aufstuhlungen durch.
Wir haben zwei Zimmer her gerichtet. In einem sollen Rolf und Julia schlafen. Im anderen sein Gehilfe. Eigentlich wollte ich noch ein drittes Zimmer her richten. Für Besucher. Duschen haben wir auf den Zimmern noch keine. Zum Duschen und Waschen gehen

wir in die Heizung. Der Heizer von dem Kulturhaus hat uns Beides hinterlassen. Und das war in einem beneidenswertem Zustand. Sauber, gepflegt und voll funktionsfähig. Spanner hätten an dieser Vorrichtung ihre Freude gehabt.

Julia, Joana und später, Karin, waren alle sehr schöne Frauen. Der Heizkeller war von Außen voll einsehbar. Auch die Dusche.

In unserer Nachbarschaft leben Bauern. Schon früher waren sie keine Genossenschaftsmitglieder. Privatbauern nannte wir sie in der DDR. Die hatten trotzdem die gleichen Bedingungen wie unsere Genossenschaften. Sie bekamen die gleichen Preise für ihre Erzeugnisse. Auch die Stützungen. Beide Bauern züchten auch Pferde. Einer hatte dazu reichlich Kühe und das dazu gehörige Weideland. Das sind große Flächen bis an den Ortsrand. Im Gegensatz zu den Genossenschaftsbauern, wirken ihre Betriebe, abgewirtschaftet. Sie sind baufällig. Die Misthaufen ihrer Wirtschaft sind, wie üblich bei Bauern, auf der Nordseite angelegt. Und genau das war die Grenze zu unserem Grundstück. Deren Jauche läuft bei uns ins Abwasser und bei sehr starkem Regen in unsere Kläranlage. Bei ungünstigen Wetterlagen, riechen wir das sogar in unserem Hotel. Selbst unsere Handwerker bemerken das. Wir bauen Systeme ein, die das unterbinden sollen. Julia sagt, "Landluft verkauft sich gut in Bayern." Beim Abwasser hat das funktioniert. Bei den Fenstern geht es leider nicht.

Das Dach ist in einer Woche fertig. Die Dachzimmer und alle eingebauten Nasszellen, benötigen zwei Wochen. Für die Zimmer, die Fenster, neue Fußböden,

Auslegeware und Malerarbeiten, benötigen wir einen Monat. Rolf und Julia haben bei den Zellen gleich mit gemacht. Die Hauptanschlüsse folgen später. Jetzt geht es an die Küche und an die Wirtschaftsräume. Zeitgleich müssen die gesamten Sanitäreinrichtungen gefliest werden. Rolf kennt Fliesenleger. Die kommen zu Zweit. Sie sind Thüringer. Die Zwei haben nur ein paar Tage Zeit, bei mir etwas zu arbeiten. Ich habe mir ihr System angeschaut und gleich angefangen, mit zu legen. Unsere Küche, die Hälfte unserer Zimmer und die Gästetoiletten habe ich selbst gelegt. Die Jungs haben mich nur noch kontrolliert auf ihren Durchreisen. Damit ergeben sich ein paar Einsparungen. Für den Außenputz reicht das leider nicht. Der ist auch sehr gut in Form. Leider in grau. In der DDR war es nicht üblich, Dreck mit Farbe zu überschmieren. Wir haben Dreck abgewaschen.

Unser Hotel liegt nicht direkt an der Straße. Wir müssen also an der Straße, Werbung für uns aufstellen. Das klingt einfach. Auf der Gemeinde sagt der Bürgermeister zu mir: "Wir haben einen Vertrag mit einer Werbefirma. Die macht für unseren Ort die gesamte Beschilderung. Hier ist ihr Name."

Der Lump fängt doch tatsächlich an, für Prozente und Beteiligungen, Werbeflächen zu verkaufen. Nirgends finde ich einen Beschluss, dass Werbung eine einheitliche Größe haben soll. Und das an Standorten, die sich nicht an unserer Einfahrt befinden.

Ich rufe also die Firma an und schau, es ist eine Westfirma. Die wollen tatsächlich für ein Schild in der Größe zwanzig Zentimeter mal achtzig Zentimeter, zweitausend Euro pro Jahr. Als ich das Julia und Rolf erzähle, sagt er mir, bei ihnen treiben diese Schutzgeldfirmen tatsächlich auch ihr Unwesen. Der Witz ist eigentlich ein anderer. Jede Firma an der Straße baut im Rahmen des Bauantrages, eine individuelle Werbung samt Beleuchtung. Mir gegenüber entsteht ein Einkaufszentrum und die Werben mit Riesenleuchttafeln. Das ist ein Westunternehmen.

Besatzer.

Zum Glück haben meine Eltern einen Gasthof. Sie müssen zur Zeit, hundert Nachfragen ablehnen und zu Kollegen schicken. Zuerst wird mir diese Lösung, Gäste bringen. Für Später muss uns Etwas einfallen.

Unsere Zimmer, die Gaststätte und selbst unsere Lagerräume, nehmen langsam Gestalt an. Die Küche fehlt. Ich brauche keine Werbung schalten, um Kücheneinrichter einzuladen. Vor unserer Haustür geben sich Vertreter die Klinke in die Hand. Ich frage mich, wer die schickt und woher die wissen, dass wir ein Hotel bauen. Irgend Jemand verkauft nebenbei, Tipps und Adressen. Komischerweise finden die uns umgehend. Ohne Werbung.

Ganz nebenbei machen wir uns jetzt Gedanken, woher wir unsere Hotelwäsche beziehen. Es gibt Wäschereien, die verleihen Wäsche. Deren Kilopreise sind für uns nicht wirklich tragbar. Wir würden für die Bank und für die Wäscherei arbeiten. Zur Zeit, werden sehr viele DDR Betriebe aufgelöst. Auf nimmer Wiedersehen. Darunter sind sehr bekannte DDR Firmen für Bettwäsche, Bestecke, Gläser und Geschirr. An genau diese Firmen wenden wir uns. Alle laden uns ein, den Einkauf bei ihnen vorzunehmen.

Joana freut sich, endlich mal wieder aus dem Haus zu kommen. Wir fahren endlich wieder Mal ins Erzgebirge und ins Muldental. Unser Wartburg hat mit mancher Ladung schwer zu schnaufen. Die Einkäufe werden ihm den Rest geben. Wenn nicht die Ladung, dann ein Unfall. Auf unseren Straßen herrscht Wildwest. Die Besatzer haben eingebaute Vorfahrt. Zum Glück reduziert sich deren Zahl erheblich auf unseren Autobahnen. Aber, wie gewohnt bei Unkraut; das wächst unendlich nach. Unkraut-Ex ist gerade vergriffen bei uns. Die Westbesatzer kaufen es tonnenweise. Sind die zu faul zum jäten oder mischen die uns das ins Essen?

Wenn ich jetzt meinen Vater und Herbert so anschaue, kommt mir fast der Verdacht auf. Den Zweien geht es wirklich nicht gut im Moment.

Joana ist fast täglich bei ihnen, um zu schauen, wie es geht. Zwischendurch malt sie in der Küche, im Haus oder in der Gaststube die Decken und Wände. Das lassen wir keine Profis machen. Wir müssen sparen. Gelegentlich bekommen wir Besuch von Familienangehörigen. Sie schauen, wie weit wir sind. Es gibt Tipps und Ratschläge. Die sind alle gut gemeint, aber jetzt nicht umsetzbar. Trotzdem halten alle zu uns und wünschen uns viel Erfolg bei unserem Vorhaben. Ehrlich gesagt, brauchen wir manches Mal diese Aufmunterungen.

Die Anmeldung vom Telefon entwickelt sich zu einem echten Schlager. In unserem Haus buhlen einige Firmen um den Vertrag. Kein Mensch kann bei diesem Schwachsinn durchsehen. Wir nehmen einfach die Telefongesellschaft der Besatzer. Die haben ja schon erfolgreich die Infrastruktur der DDR geklaut. Belohnen tun sie uns das mit dem zehnfachen DDR Preis. Diebstahl ist eben teuer.

Unser Wartburg gibt langsam den Geist auf. Den will plötzlich Keiner mehr bauen. "Keine Ersatzteile", ist die Antwort. Man bewirbt die neuen Westautos mit sagenhaften Krediten. Keiner davon ist unter zehn Prozent. Wenn gestohlen wird, dann richtig.

Rolf und Julia geben uns eine Empfehlung. "Kauft Euer Auto gebraucht bei uns im Westen."

Die Empfehlung hätten wir eigentlich von unseren Geschwistern und Angehörigen erwartet, die schon im Westen leben. Fehlanzeige. Die haben offensichtlich mit sich zu tun im heiligen Land. Wie scheint, ist für sie der goldene Westen, Arbeit. Arbeit für Andere.

Rolf nennt uns einen Händler. Wir fahren hin. Auf der Autobahn. Täglich hören wir von schweren und schwersten Unfällen auf unserer Strecke. Die Abkürzung über die Plauener Autobahn sparen wir uns. Die umfahren wir großräumig über Hermsdorf. Da geht es scheinbar etwas zivilisierter zu.

Bei dem Händler in Franken angekommen, bietet sich eine relativ große Auswahl. Bis dahin hatte ich mit einem Lada geliebäugelt. Jetzt sollte es ein Westauto sein. Für sechstausend Mark standen ein paar Karossen da. Das war etwa der Preis, den wir bezahlen konnten. Aus rechtlichen Gründen nenne ich das Ding, Fekta. Das Fahrzeug begeisterte uns. Es war ein Omol mit wenig Kilometern auf der Anzeige.

Für unseren Wartburg im besten Alter, bekommen wir einen stolzen Preis. Eintausend Mark! Ausgeschlachtet und verwertet, bringt der sicher Zehntausend.

"Wenn es Probleme gibt, kommen Sie zu uns", sagt der Händler. Die Leute sind freundlich, bieten uns sofort Kaffee und Pralinen an. Ich sollte auf deren Grundstück erst mal Probe fahren. Das ging gut und das war mit meinem Wartburg vergleichbar.

Joana traut sich anfangs nicht so recht. Auf der Autobahn geht es aber gut. Unser erstes Westauto. Rolf und Julia freuten sich für uns mit.

"Mit dem Auto, könnt Ihr uns auch mal besuchen kommen, wenn Alles überstanden ist."

Ein Wettrennen haben wir uns nicht getraut. An der Autobahn steht mittlerweile zu viel Polizei. Die vielen Toten haben selbst diese schlafenden Organe geweckt.

Auf dem DDR Gebiet steht ein Jungunternehmer, der Eintöpfe aus der Gulaschkanone verkauft. "Ein Renner hier", sagt Rolf. Wir hielten an und genehmigten uns so ein Schüsselchen. Wirklich gut und nach echtem DDR Rezept. Rolf und Julia sind ehrlich begeistert.

Als wir zu Hause ankommen, steht schon die gesamte Nachbarschaft mit den Köpfen zusammen und tuschelt.

"Schau. Die haben schon ein neues Auto."

Wir könnten fast meinen, wir seien unbeliebt. Eigentlich könnten wir davon ausgehen, wir wären bekannt hier. Woher kommt plötzlich das Misstrauen und die nachbarliche, versteckte Missgunst?

Einige Arbeiter sind noch da. Sie sagen uns, die Küche kommt morgen.

Langsam wird es Zeit, sich um Gehilfen oder Personal zu kümmern. Das Haus braucht eine Grundreinigung. Außerdem müssen die Lieferungen eingeräumt und auf Probe gekocht werden.

Ralf und Julia wollen meine Eltern und ihren Gasthof kennen lernen. Wir gehen gleich Essen bei ihnen. Das Telefon funktioniert mittlerweile. Mutter ist erstaunt von uns zu hören.

Am Stammtisch bei Mutter werden die Stammgäste langsam neugierig.

"Wann ist denn Eröffnung?"

"Ich schätze, in vierzehn Tagen."

"Das ging aber schnell. Ihr habt zwei Monate gebraucht."

"Ich bin selbst überrascht. Wir dachten zeitweise, das Haus bekommen wir nie auf."

"Gab es denn Probleme?"

"Ja. Die Zahlungen der Handwerker kamen oft nicht pünktlich. Dann war das Konto auch mal gesperrt. Dank Rolf liefen die Zahlungen dann aber wieder."

"Wer ist denn Rolf?"

Ich zeige auf unser Klempnerehepaar. Rolf stellt sich und Julia gleich vor. Mutter spendiert uns Allen das Essen. Schnitzel mit Pilzen. Typisch sächsisch.

Neben vielen Ratschlägen, erfahre ich von ihr, wie die Leute im Ort über unsere Gaststätte reden. Die Meinungen sind uns wichtig. Viele Bauarbeiter kommen aus dem Ort, in dem Mutter ihren Gasthof betreibt. Mit Einigen hatte ich etwas Streit, weil sie den Bau mit einem Abriss verwechselt haben. Und das waren ausgerechnet gute Schulfreunde von mir.

Mir fiel ein völlig neues Phänomen auf in unserer Gesellschaft. Es war die peinliche Angst um den Arbeitsplatz. Und nicht nur das. Mit einem Mal war die eigene Meinung weg, die früher lautstark auch am Stammtisch geäußert wurde. Plötzlich kroch Jeder seinem Chef in den Hintern. Alle machen ausschließlich das, was der Chef aufträgt. Das Ergebnis ist schlechter, nicht besser. Es gibt viele Pannen und unordentliche Baustellen. Die Rechnungen sind gepfeffert und es gibt viel Streit. Auch vor Gericht.

Joana muss zu der Zeit oft die Gummifreunde benutzen. Ich werde nahezu unfruchtbar. Die Nerven spielen nicht mit. Jetzt lernen wir die Krankheiten des Westens kennen.

Wir laden Steffen und Karin ein zur Eröffnung. Nicht nur die. Auch die Familien und Handwerker. Es soll ein Bauheben geben, bei dem wir auch die neue Technik einweihen können.

Die Eröffnung

Selbstverständlich muss eine Eröffnung anständig vorbereitet werden. Leider gibt es noch keine Lieferanten mit einem Vollsortiment bei uns. Aus dem Grund, haben wir uns ein Auto zulegen müssen, mit dem wir den Einkauf hin bekommen. Für unseren Einkauf müssen wir anfangs weit fahren. Bis in den Westen nach Nürnberg. Wegen der zu zahlenden Zinsen samt Tilgung, sind wir natürlich gezwungen, unsere Umsätze komplett zu erklären. Betrugsmöglichkeiten wie im Westen, haben wir wenig bis keine. Ein Finanzamt möchte schon gern wissen, woher wir das Geld nehmen, mit dem wir unsere Raten bezahlen. Wohl dem, der keinen Kredit benötigt. Damit ergibt sich schon ein gewaltiger Wettbewerbsnachteil für DDR Unternehmer. Bekanntlich sorgen Schulden auch für Gewissensbisse und Krämpfe. Zumindest bei den Bürgern, die sich eines Gewissens bedienen.
Auf unseren Touren in dieser heißen Gegend, gibt es natürlich täglich Unfälle aller Schweregrade. Die Heimfahrt ist praktisch immer ein Lottospiel für uns. Joana verkrampft sich regelmäßig an den Haltegriffen der Autotüren. Bisweilen quält mich die Befürchtung, sie hätte irgendwann einmal die Tür in der Hand. Natürlich sind meine Fahrmanöver am Rande von riskant. In Rennfahrerkreisen würden wir meine Fahrweise als sportlich bezeichnen. Unseren Fahrgästen wird es regelmäßig schlecht auf einer Tour mit uns. Ich denke schon darüber nach, die Kotztüten für Flugzeuge im Auto zu deponieren.

Bei der Grundreinigung zu Hause dürfen wir feststellen, Hausreinigung ist nicht jedermanns Sache. Und gerade unsere lieben DDR Frauen haben teilweise schwere Probleme damit. Vielleicht liegt es nur daran, dass die wenigsten Frauen wirklich für das Putzen ausgebildet sind. Es könnte auch sein, sie lieben das Putzen nicht sonderlich. Joana hat das kontrolliert und wir müssen schon in den ersten Tagen, Laufpässe verteilen. Natürlich sind unsere Mitarbeiter sämtlich aus der Gegend. Wir haben keine Fremdarbeiter für niedere Tätigkeiten importiert. Es gibt nur zwei Möglichkeiten. Entweder wir lernen das oder wir verlieren. DDR Bürger fühlen sich zu dieser Zeit als ein Volk, das gemeinsam diese Anstrengung angeht. Die Laufpässe und der dahinter stehende neue gesellschaftliche Druck, sorgen natürlich für reichlich Unmut. Wir müssen zu mancher Aussprache gehen und unser Anliegen verteidigen. Und da lagen natürlich auch persönliche Befangenheiten auf dem Tisch.

"Kannst Du Dich erinnern? Du hast bei uns gearbeitet. Der Fleißigste warst Du nicht!" Der Vergleich mit der Schulzeit ist zwar ehrlich gemeint, aber ganz sicher fehl am Platz. Junge Menschen müssen zur Arbeit erst erzogen werden. Wenn die Lehre aber in einem ganz anderen Bereich stattfand, hilft auch keine Entschuldigung. Dann ist die Person für diesen Beruf einfach nicht geeignet. Zeit für die entsprechende Ausbildung haben wir aber nicht bei einer Eröffnung. Karin und Steffen kommen an. Mit ihrem Protzschlitten natürlich. Der Gepäckraum war wieder voll mit Gaben für Joana. Für mich waren auch einige dabei.

"Für Deinen schlappen Jungen haben wir auch Geräte mit. Die Kur wird Dir gefallen."
Karin beugt sich über den Kofferraum. Ich kann ihr bis in den Magen schauen.
"Habt Ihr schon Etwas gegessen?", ist das Einzige, was mir gerade einfällt. Karin schaut mir über die linke Schulter in die Augen. Sie kontrolliert, wie ich das meine. Steffen stutzt mich mit einer Flasche Metaxa an und grinst.
"Hast Du auch Wilthener mit?"
"Das Hessengesöff?"
"Wieso Hessen?"
"Die haben Wilthen übernommen:"
"Naja. Dann trinken wir eben Metaxa zusammen."
Nach Steffen kommt heute praktisch die gesamte Familie. Und die kommen mitunter von sehr weit her. Auch aus Mailand. Caio und Uschi fahren mit einem Alfa ein. Caio ist sehr interessiert. Uschi, weniger. Dazu haben wir die Handwerker und Händler des Ortes eingeladen. Gerade die Beziehungen sind uns wichtig für die Lieferungen von Lebensmitteln und Reparaturen aller Art. Selbst die Kreiszeitung war zugegen. Ich habe sie nicht bestellt. Dazu kamen die örtlichen Vertreter, aber nicht der Bürgermeister. Am meisten freute mich, alte Freunde und Genossen aus der Partei begrüßen zu dürfen. Zünftig kamen sie. Mit einem Strauß Roter Nelken. Einige konnten ihren Arbeitsplatz retten. Für ihre Arbeit gab es keinen Ersatz. Andere haben wie wir, ein kleines Unternehmen gegründet. Heute und morgen, sind nur geladene Gäste zugegen. Wir präsentieren unsere Zimmer in der Absicht, deren Gästen, Quartier bieten zu können.

Margret von der Brauerei, Jens und Agnes gehörten zu den geladenen Gästen. Margret hat uns zwei Fass Bier gespendet. Eins davon war eine Neuentwicklung der Brauerei. Ein Kräusenbier.

"Trübes Bier hatten wir doch schon früher", sage ich zu Margret.

"Das ist ja der Witz. Heute saufen die das förmlich, ohne zu mucken."

"Deine Kenntnisse, Margret, helfen mir etwas. Ich kann darauf nicht verzichten. Selbstverständlich nehme ich nur Euer Bier und das aus Sachsen."

Für den öffentlichen Verkehr öffnen wir am Wochenende. Mit einer Zeitungsanzeige kündigen wir das Vorhaben an. Wie erwartet, war die Bude brechend voll. Wir haben natürlich etwas geschwommen. Bei einer Neueröffnung ist das natürlich normal. Vor Baumärkten und anderen Einrichtungen, bildeten sich hundert Meter lange Schlangen. Nur in einem kleinen Hotel fangen Einige an, sich zu beklagen. Dabei sind wir die Handwerker, welche die Produkte frisch herstellen. Einige Kunden verwechseln ein Restaurant mit einem Imbiss. Selbst bei einem Imbiss stehen sie zwanzig Minuten in einer Schlange. Bei uns können sie wenigstens sitzen, miteinander reden und etwas trinken. Wir gehen davon aus, dass uns diese Gäste von der Konkurrenz geschickt wurden. Für uns war der Begriff Konkurrenz ziemlich neu. Bis dahin glaubten wir tatsächlich an ein Miteinander. Jetzt dürfen wir miterleben, wie sich Mafias, Clans und Seilschaften bilden. Überlebenskampf in Vollendung. Wir werden damit aktiver Bestandteil einer gesetzlosen Tierwelt.

Der Tag geht vorbei und wir feiern mit Steffen und Karin etwas nach. Joana verabschiedet sich wieder mit Karin. "Wir sind jetzt müde", sagt Karin breit lächelnd. Ab morgen haben wir zwei Ruhetage. Die Ruhetage haben wir auf Wochenanfang gesetzt, um uns vom Wochenende etwas zu erholen. Uns erschien Dienstag und Mittwoch recht günstig. Montags hatten alle anderen Gastwirte der Umgebung, Ruhetag.
Ich bin nicht allein geblieben. Einige Jugendliche und Handwerker sind geblieben. Die waren gestern schon da.
"Das habt Ihr gut hin bekommen heute."
"Oh. Ich dachte eher, wir hätten uns teilweise blamiert."
"Ich bin Achim, Klempnermeister hier in Wunderbachwitz."
"Ich bin Mischa und handele mit Gebrauchtwagen."
Ein etwas kürzerer, rothaariger Mann stellt sich mit Mathias vor. Er kommt aus dem Nachbarort und hat bei uns hier in Wunderbachwitz eine Freundin. Die ist auch schon gegangen.
"Ich bin Elektroinstallateur."
Steffen redet sofort mit Mischa. Beide setzen sich etwas abseits hin und diskutieren.
Die jungen Leute stellen sich als Jugendclub des Ortes vor. Sie sind stark an einer neuen Örtlichkeit interessiert. Ihnen wurde der Club gekündigt. Genau wie bei Jens und Agnes im Nachbarort.
"Ich habe unten einen kleinen Raum, den wir zu einem Club umbauen können."
"Das klingt schon mal gut. Tanzveranstaltungen willst Du keine mehr machen?"

"Ihr kennt unseren Saal. Der ist baufällig. Im Moment ist mir das zu riskant und zu teuer."

Der Gedanke ist an sich nicht schlecht. Über Nacht wurden alle Tanzsäle geschlossen. Ein paar Schulfreunde von Joana haben eine Discothek eröffnet. Die läuft gut.

Langsam verabschieden sich unsere Gäste. Die neuen Kontakte werden uns zukünftig helfen. Steffen bleibt mit mir und Mischa allein. Sie helfen mir beim Aufräumen. Wir trinken zusammen Kaffee dabei. Morgen müssen wir frisch sein. Mischa war auch Koch. Den hatte ich mit ausgebildet. Warum er den Beruf an den Nagel hing, hat eindeutig mit den Löhnen zu tun, die jetzt bezahlt werden.

"Davon kann ich nicht leben", sagt er. Bei Steffen war das nicht viel anders. Die Selbstständigkeit war die einzige Rettung aus diesem Dilemma. Wir alle hätten sonst täglich vor dem besetzten Amt gestanden und um Geld oder Arbeit gebettelt. Und das ausgerechnet bei Denen, die uns beklaut haben.

Ich frage Mischa, ob er heute mal ein neues Hotelzimmer einschlafen möchte.

"Gern!", hat er geantwortet.

Wir gehen alle zusammen hoch in die erste Etage. Dort sind noch Zimmer frei. In den anderen schlafen unsere Familienangehörigen, die noch da geblieben sind. Wir lachen leise, weil wir ein leichtes Schnarchen hören.

"Ich bin doch noch gar nicht auf dem Zimmer", sagt Steffen leise. "Ist das etwa Karin?"

Er öffnet die Tür und Karin liegt zusammen mit Joana im Bett. Eng umschlungen. Karin mit gespreizten Beinen, nur halb zugedeckt. Joana mit dem linken Bein zwischen ihren. Das Bett liegt voller Dildos und Gummispielsachen.

"Oh. Die haben aber lange getestet", sage ich zu Steffen.

"Hast Du noch ein Zimmer frei?"

"Aber sicher, Steffen."

Ich gehe mit Steffen in die neu gebauten Dachzimmer. Ihm bleibt die Spucke weg. "Wunderschön!"

Wir sind ganz leise. Auf dem Fensterbrett steht ein Kauz mit zwei Jungen. Sie schauen uns ins Fenster. Neben unserem Hotel stehen riesengroße Linden. In diesen Linden habe die Käuze ihr Nest.

Die Drei wirken wie Silberstatuen. Die Mama kneift abwechselnd ein Auge zu. Sie rühren sich nicht. Wir schalten das Licht ab und ich gebe Steffen ein anderes Zimmer.

"Noch schöner. Mit Blick auf den Ort."

Auf dieser Seite haben wir vier Kastanienbäume stehen. Das soll unser Biergarten werden.

"In vier Stunden müssen wir raus", sage ich zu Steffen.

"Gute Nacht, Karl."

Unsere Wohnung ist praktisch noch eine Baustelle. Im Nachbarzimmer schläft Rolf und Julia. Wir haben nur zwei Zimmer. Ein Bad und ein Schlafzimmer. Das Schlafzimmer ist schon eingerichtet. Die Möbel haben wir mit der Gaststätteneinrichtung gekauft. Wir haben beschissen. Das Riesenbett und der Riesenschrank waren es wert. Mehr brauchen wir nicht.

Die Dusche ist noch nicht ganz fertig. Ich muss die Fliesen noch fugen. Das große Waschbecken hat Rolf zuerst angeschlossen. Beim Aufdrehen des Warmwasser, kommt sofort warmes Wasser. Und das bei fast fünfzig Metern Leitung. Rolf hat eine fähige Pumpe eingebaut. Sehr gut. Ich bin zufrieden.

Der Morgen nach einem schnellen Schlaf wirkt sich auf uns unterschiedlich aus. Einige sind etwas launisch. Andere schauen extrem glücklich aus. Dazu zählen Karin und Joana. Die haben ein Gemüt heute früh. Mischa ist noch etwas besoffen und winkt ab beim Kaffeetrinken.

"Ich kann noch nicht fahren."

Steffen ist noch nicht unten.

"Lass ihn noch etwas schlafen. Er braucht das."

Karin steht in unserer neuen Küche und staunt.

"Ich brauche jetzt einen Grießbrei."

Den hat sie schon an der Trasse gern gegessen. Mit brauner Butter und Zucker.

"Du bist der Koch", ruft Joana und lacht.

Mein Gott. Wie schön sie aussieht, wenn sie lacht. Herbert hat mir ein Sternchen gegeben. Die Sorgenränder um die Augen waren wie weg geblasen. Joana strahlt wie ein Stern.

Andi und Rosi, unsere neuen Mitarbeiter, kommen pünktlich zur Arbeit. Beide sind gelernte Kellner. Kellner haben in der DDR auch etwas Küche mit gelernt. Durch die Schließung ihres Betriebes wurden sie arbeitslos. Zur gleichen Zeit kommt auch Andrea zu uns. Andrea ist Mama und unser neues Zimmermädchen. Sie hat in einem Trikotagenwerk von Weltruhm gearbeitet. Außer dem Weltruhm ist ihr nichts geblieben. Das Werk ist geschlossen und die Maschinen wurden gestohlen. Andrea sagt, ihre Maschinen stehen jetzt in der Türkei.

"Da stehen sie wenigstens bei Menschen, die auch damit umgehen können", antworte ich ihr.

Andrea ist eine hübsche Frau. Sie hat einen arbeitslosen Mann und ein Kind zu ernähren. Andreas Mann war Werkzeugmacher. Meister seines Faches. Solche Spezialisten brauchen Besatzer nicht. Zu teuer und, wenn er ein Meister ist, zu rot. Irgendwie hat ihm das den Rest gegeben. Jochen trinkt etwas zur Zeit. Andrea sagt, er muss Etwas arbeiten. Ich kann ihr im Moment noch keine Hoffnung machen. Wir wissen nicht, ob unser Betrieb ankommt und ob wir davon leben können.

Eine der beiden Bedienungen soll mir in der Küche helfen bei Bedarf. Eigentlich gehe ich davon aus, Rosi wäre gut geeignet. Sie ist schließlich eine Frau. Für gewöhnlich, kochen auch in der DDR mehrheitlich die Frauen. Zumindest machen sie das Abendbrot. An ihrem Gesicht kann ich erkennen, ihr ist das nicht besonders angenehm. Wir einigen uns darauf, Rosi und Andi helfen abwechselnd in der Küche.

Unsere lieben Familienmitglieder kommen natürlich zuerst zum Frühstück. Sie wollen schnell abreisen und uns Platz machen für die Hausgäste.

Heute bereitet Rosi unter Anleitung von Joana das Frühstück zu. Morgen, am ersten Öffnungstag, soll das Andi tun. Rosi bekommt einen roten Kopf. Sie schwitzt. Dabei ist die Frühstücksküche relativ einfach und gemütlich. Ein gutes Aufwärmprogramm für den Tag. Andi bedient, bestellt und serviert. Schon bei den Fünf-Minuteneiern gibt es die ersten Probleme. Völlig normal bei Neueröffnungen. Und trotzdem werden die zwei Profis nervös.

Nach dem Frühstück sagt Andi zu mir: "Für uns Zwei ist das nichts." Rosi steht dahinter und nickt.
"Ihr wollt also gehen?", fragt Joana.
"Ja"
"Na denn. Auf Wiedersehen."
Und schon waren de Zwei weg. Rosi hätte beinahe unsere Schürze mit genommen. Joana hat das verhindert. Die Schürzen sind nicht billig. In der DDR hat das vielleicht funktioniert. Jetzt weht aber ein etwas anderer Wind. Firmeneigentum ist plötzlich kein Volkseigentum mehr. Das zumindest behaupten jetzt die Firmenbesitzer. Und wir sind hoch verschuldete Besitzer. Verwalter wäre vielleicht der passende Begriff. So lange die Bank im Grundbuch steht, sind wir Zwei Angestellte der Bank.
Andrea kann das nicht begreifen. Sie sagt zu Joana: "Das Frühstück übernehme ich mit."
Unsere Freude ist groß. Eine Sorge weniger. Andrea will also jetzt das Frühstück und die Zimmer machen. Joana wird ihr sicher helfen dabei. Die Zwei geben ein gutes Team.
Karin holt Steffen aus dem Zimmer. Steffen stellt sich noch einmal allen Verwanden vor. Mischa auch. Alle Verwanden verabschieden sich von uns. Wir begleiten sie bis auf unseren Parkplatz und winken zum Abschied. Alle, die da geblieben sind, holen jetzt ein gemeinsames Frühstück nach. Karin setzt sich neben Joana und legt sofort die Hand auf Joanas Oberschenkel.
"Unersättlich", sag ich zu Karin.
"Wenn Du heute etwas Zeit hast, kannst Du Deine Geschenke mal ausprobieren", sagt Steffen zu mir.
"Wie viele hast Du mir denn mitgebracht?"

"Zehn", antwortet Karin. Sie rollt dabei mir den Augen. Dabei gehen mir die gemeinsamen Duschgänge an der Trasse durch den Kopf. Karin wollte zu gern den Rücken gewaschen haben. Schon bei den ersten zwei Strichen über den Rücken hat sie sich umgedreht. Mit ihren Brustwarzen hätten wir die Eintrittskarten entwerten können.

"Steffen lacht laut." Eifersucht ist meinem Freund Steffen ein Fremdwort. Der lebt in vollen Zügen.

"Willst Du die Dinger allein ausprobieren?"

"Ehrlich gesagt, wäre mir das lieber."

"Ist gut. Ich zeige Dir dann mal, wie die Dinger richtig benutzt werden."

Einkauf ist heute keiner mehr zu erledigen. Die Lieferungen sind alle im Haus. An der Tür stehen schon die ersten Vertreter. Wir haben immer noch unseren Ruhetag. Die ersten zwei wollen mir Abonnements für Zeitungen aufdrehen. Dann kommen zwei mit Versicherungen. Und noch vor dem Mittag, kommen Vertreter für Gläser, Geschirr, Getränke, Gefrierkost, Autozubehör und Hotelkataloge.

Wir schließen erst mal die Tür. Das war uns wirklich zu lästig. Nicht einer sprach sächsisch. Alle waren irgendwie verlebte, fast verlaust wirkende Westler. Wir würden diese Gestalten als Penner oder Säufer abtun. Wie kann man sich so seinen Lebensunterhalt verdienen? Grauenvoll!

Am frühen Nachmittag rücken die ersten Übernachtungen ein. Mutter hat sie geschickt. Andere, bereits ausgebuchte Kollegen, schickten uns auch Gäste. Bis jetzt scheint das zu funktionieren. Selbst an unserem Ruhetag. Wenn sich das so fortsetzt, ist

eigentlich auch unser Ruhetag für die Katz. Steffen und Karin haben das sofort begriffen.
Andrea und Joana wollen schnell die Zimmer her richten. Karin geht mit. Sie blinzelt Andrea schon so verdächtig an. Irgendwie sieht Karin, wer es nötig hat.
"Ich mach die Zimmer gleich mit."
Steffen lacht schon wieder.
"Bleibt ihr noch etwas bei uns?"
"Bis zum Wochenende können wir schon bleiben."
Steffen interessiert sich sehr, wie unser Betrieb läuft. Bei jedem Klopfen an der Tür öffne ich einen Spalt und frage, was die Herrschaften möchten. Vertreter schicke ich umgehend weg. Einige Vertreter suchen aber eine Übernachtung. Und die lasse ich sofort rein mit dem Hinweis, dass wir heute noch Ruhetag haben. Das war allen recht. Unser Hotel ist voll belegt. Ich hänge das Schild heraus: "Belegt" und schließe die Tür.
Unsere Zimmerpreise haben wir pro Zimmer berechnet. Uns war eigentlich egal, wie viele Gäste auf dem Zimmer liegen. Das erschien uns günstiger als den Preis pro Person zu berechnen. Wir hätten überwachen müssen, ob sich unsere Gäste über Nacht noch einen Beischläfer einladen. Das war uns zu viel Aufwand. In unseren Augen wäre das auch zu viel Schnüffelei. Und eine Rezeption wollten wir nicht.
Zu der Zeit war der Plan leicht umsetzbar. Es gab einfach zu wenig Zimmer. Ein Berater aus dem Westen sagt uns, in der ersten Woche des Monats müssen sämtliche Kosten des gesamten Monats verdient sein. Unter dem würde das Geschäft nicht laufen. Wir sollen bei allen Preisen einen Hebesatz von Fünf anwenden. Also, Nettoeinkaufspreis mal Fünf. Die Ersten, die sich

bei uns über die Preise beklagen, sind ausgerechnet Westdeutsche. Die Berater wurden uns meistens von der Bank geschickt. Sie begleiten uns sehr lange. Wir sehen das als gute Geste der Bank. Unsere Hausbank bucht auch sehr oft Zimmer bei uns.

Nach dem Mittag habe ich etwas Zeit und die möchte ich gern nutzen, endlich mal die Inhalte der Päckchen zu testen, die mir Karin und Steffen mitgebracht haben.

Ich klopfe bei Steffen.

"Die Sachen liegen unten bei Karin. Bei uns testet das Karin mit mir zusammen. Ich bin etwas müde und noch besoffen."

Kein Wunder. Steffen hat auf den Brand mit Mischa zusammen noch ein -zwei Weinbrand getrunken. Jetzt ist er wieder so blau wie am Abend davor.

Ich gehe zu Karins Zimmer runter, klopfe und höre doch tatsächlich schon wieder Stöhnen. Joana. Sie schreit fast. Ich schließe sofort die Tür hinter mir. Karin hat Joana mit einen Zwillingsdildo in der Mache.

"Der ist gut", flüstert sie. Ihr Finger streichelt recht zügig ihren Schambereich. Den hat sie weit geöffnet. Sie schnauft ziemlich aufgeregt.

"Willst Du mal?"

Ich ziehe meine Hose runter und sie sieht das Grabmal hängen.

"Ich gehe mal Duschen. Vielleicht hilft das."

Komisch. Ich habe erst heute früh geduscht. Aber, mir war das irgendwie nicht sauber genug für diesen Sex. An der Dusche hängt ein Duschvorsatz. Ein schmaler Plastikkopf mit zwei Löchern vorne dran. Ich drehe die Dusche auf und muss das Ding festhalten. Es hätte mir das ganze Bad bis an die Decke nass gespritzt. Karin

kommt mit Joana zusammen in die Dusche. ' Die wollen tatsächlich mit mir eine Orgie abziehen', denke ich mir.
"Das Ding ist für Deinen Hintern. Zum Waschen."
"Was? Wird das etwa rein gesteckt?"
Karin ruft gleich: "Ich mach Dir das!"
Ich soll leicht in Vorbeuge gehen.
"Hat sie Dir das auch gemacht?", frage ich Joana.
"Ja. Aber das ist kein besonders schöner Anblick. Das Danach war sehr schön."
Ich gehe leicht in die Vorbeuge und komme mir vor wie bei der Stuhlprobenentnahme der Trassenuntersuchung. Karin dreht die Dusche auf und fängt an. Jetzt begreife ich, was unsere schwulen Freunde so sehr schätzen. Das Gefühl ist nicht zu verachten. Beim Blick nach Unten sehe ich die weniger appetitliche Seite dieses Bades. Mein Gott. Die neue Duschwanne wird zum Toilettenporzellan. 'Wenn das Andrea morgen sieht...' Ich habe wirklich nicht gedacht, soviel verdautes Essen im Mastdarm zu finden. Karin nimmt reichlich Duschgel. Das Bad stinkt nicht. Trotzdem schäme ich mich. 'Die zwei Weiber waschen mich jetzt' denke ich mir. Fast wie im Mittelalter. "Bin ich jetzt der Herr Baron?", frage ich Joana. Sie wäscht mir gerade meinen Schlafenden. Der rührt sich nicht. Trotz des herrlichen Anblicks der zwei Feen. Warum hänge ich mich nicht auf? Bin ich überhaupt noch der Herr im Hause? Draußen stehen hunderte Männer, die würden einen Sack Gold dafür geben, in meiner Situation zu sein.
Karin fängt nun auch mit an, meinen Schlafenden zu bearbeiten. Zwecklos. Jetzt scheint er auch appetitlich zu wirken. Beide versuchen es abwechselnd mit dem

Mund. "Der ist tot", sagt Karin. Sie kitzelt nebenbei Joana. Und sie bekommt gerade Einen. Meine Hilflosigkeit scheint sie anzuregen.

"Wir haben uns zuletzt immer mit der Hand befriedigt. Ich fand das gut. Aber bei Karl hat sich mir immer die Hand verkrampft und sie hat weh getan. Ich habe deswegen aufgehört."

"Wir wollen mal sehen, ob unsere Hilfsmittel helfen." Die Mädels haben mich mit Frauenduschbad gewaschen. Ich rieche wie ein blühender Fliederstrauch. Es riecht nicht unangenehm. Sogar etwas antörnend. Die Zwei tragen mich fast aufs Bett. Ich komme mir vor wie ein Behinderter. Naja. Beim Anblick des schlafenden Kleinen, liegt die Vermutung nahe.

"Du bist noch schöner geworden, Karl", sagt Karin und streichelt nebenbei Joana. Joana zuckt schon wieder.

"Das ist der richtige Fleck." Karin kennt den zur Genüge.

"Dein Karl war ein Weiberschwarm bei uns in der Sowjetunion."

"Das hab ich mir fast gedacht. So, wie er es mir erzählt hat. Er hat sich wahrscheinlich mir gegenüber etwas zurück gehalten."

"Wir waren sogar mal zusammen in Leipzig in einem Hotel. Auf zwei Urlaubsnächte. Britta durfte das damals nicht erfahren."

"Soso", antwortet Joana stöhnend.

Karin hat tatsächlich den richtigen Augenblick abgewartet, um das Joana zu beichten.

Die Zwei bearbeiten mich auf dem Bett wie einen Fürsten. Joana staunt. "Das Gerät bringt was!"

Der kleine Junge steht. Nach einem halben Jahr. Im Falle einer schönen Frau, wäre jetzt sicher das Dornröschen Märchen entstanden.

Umgehend probieren sie alle mit gebrachten Gummiteile an mir aus. Karin fettet selbst meinen Anus gut ein. In den Anus haben sie mir einen Vibrator platziert. Ich muss gestehen, das ist wunderbar. Der hat sich seinen Weg selbst gesucht. Joana setzt sich wieder auf den Doppeldecker. "Der ist so gut", stöhnt sie. Meine Reaktion scheint sie an zu treiben. Und Karin hält sich mit der freien Hand einen gut vibrierenden dicken Gummiklumpen an ihr Nest. Sie zuckt und winselt fast. Was hat dieses Gerät, das Steffen nicht hat? Steffen war von unserem Flur, der am besten bestückte Mann. Deswegen hat er Karin bekommen.

Und schau, der kleine Junge gibt Saft. "Mein Gott! Das ist ein halber Liter!", ruft Karin. "Du hast wirklich lange gespart!"

Das treibt sie Zwei sofort an, weiter zu machen. Joana dachte jetzt, auf den Kleinen steige ich auf. Zack, lag er wieder. An Joana kann das nicht liegen. Auch nicht an Karin. Karin würde eh nicht versuchen, aufzusteigen. Sie liebt Joana dafür viel zu sehr. Und Steffen natürlich. Der ist eh besser bestückt als ich. Ich könnte das meinem Freund auch nicht antun. Dieser Sex gefällt mir so sehr wie der mit Joana.

Die Zwei rubbeln, kneten, vibrieren und zittern vor mir. Das bringt mir etwas. Drei Mal durfte ich kleine Fontänen spenden. "Das ist ein gutes Gleitmittel", stellt Joana fest.

Zwischendurch habe ich Karin mal wieder an ihre sehr schöne volle Vagina gegriffen. Joana hat das gesehen

und auch meine Hand zu ihrer geführt. "Ich muss gestehen, die Muschi von Joana fühlt sich besser an."
"Das habe ich auch fest gestellt", stöhnt Karin.
Ich glaube, sie hat heute Nachmittag zwanzig Mal gestöhnt. Ich kann mich auch täuschen. Wer zählt bei so einer Kur mit?
"Haben wir Dich geheilt?"
"Ich würde gern noch so eine Kur beantragen. Bei Euch Schwestern natürlich."
"Joana wird das zukünftig übernehmen. Ich habe sie gut geschult."
Wir gehen duschen. Die Zwei waschen mich wieder. In Steffens Zimmer habe ich eine große Duschkabine eingebaut. Wir haben auch Zimmer mit ziemlich kleinen Kabinen. Dort hätte das so nicht funktioniert. Das Zimmer jedenfalls, haben wir gut eingelebt. Joana nimmt gleich das Futon mit. Morgen stünde das von selbst im Bett. Andrea könnte vor lachen nicht putzen. Karin ist mit zu Steffen hoch gegangen. Die Zwei schlafen zusammen. Steffen wird schön erschrecken, wenn ihn die jetzt heiße Karin weckt. Naja. Vielleicht ist sie jetzt endlich auch mal schlapp. Am Ende hat es fast so gewirkt.
Joana muss sich hinlegen. "Ich bin total fertig! Aber sehr schön war das. Das haben wir gebraucht. Und Deine Freunde...sind dafür die beste Wahl. Ich habe mich nicht geschämt."
"Hat Dich Karin gut geschult?"
"Die hält nicht auf. Sie macht einfach weiter nach dem Orgasmus. Nach dem dritten war ich schon in einer Art Ekstase. Das war mir trotzdem nicht lästig."

"Du wolltest nach einem Orgasmus mit mir immer in Ruhe gelassen werden."

"Jetzt würdest Du sterben mit mir." Joana lacht so herzhaft, aber total schlapp. Dazu macht es sich Karin auch immer wieder. Wie ein Ausbilder. Das trieb mich zusätzlich an. Endlos. "Sie hält einfach nicht auf. Woher nimmt sie so viel Leidenschaft?"

Ich darf einsehen, dass mir der Herrgott nicht die Mittel gab, um unsere selbstbewussten Frauen nachhaltig zu befriedigen. Zum Glück wurden die passenden Werkzeuge erfunden. In meinem Waschbecken liegen jetzt zehn Utensilien für die männliche Beglückung. Und die haben mir auch tatsächlich geholfen. Ich könnte sie streicheln wie meine Joana. Joanas Sortiment ist atemberaubend. Kleine, Große, Doppelte, Schnelle und Langsame. Alle sind weich. Die Nachbildungen meines Teiles, benachteiligen mich, wenn ich jetzt die Griffigkeit vergleiche. Der Mensch baut ein Produkt besser als er selbst ist. Wenn das in Zukunft, Roboter können, Gute Nacht. Dann treffen sich Paare höchstens noch zum Kaffee trinken. Wer weiß.

Das Abendbrot essen wir zusammen. An der Küchentür klopft es. Zwei Hotelgäste fragen in gebrochenem Deutsch, ob wir etwas zu Essen haben. 'Die Zwei kenne ich doch', denk ich mir.

"Wir kommen von Ihrer Mutter. Sie sagt, Sie könnten das, was wir essen, besser kochen als sie."

"Und was essen Sie gern?"

"Filetsteak. Dick, nicht geklopft und innen, rot."

"Das habe ich da. Wir waren die Tage einkaufen. Es ist frisch und gut gelagert."

"Zwei Stück mit frischen Champignons."

Hui. Ein Großauftrag. "Wie groß sollen die sein?"
"Dreihundert Gramm ein Steak."
"Kommen Sie rein. Was wollen Sie trinken?"
"Ein Bier von hier. Groß bitte. Die Champignons bitte
nicht schneiden."
Ich koche ihnen das und serviere das Gewünschte.
Natürlich kann ich zwei Gäste nicht allein bei uns sitzen
lassen. Gleichzeitig bin ich auch deren Unterhalter. Als
Gastgeber bin ich ihnen das schuldig. Karin und Joana
gehen schon wieder zusammen. Steffen bleibt noch
etwas. Er hat Hunger, als er die Riesensteaks sieht.
"Soll ich Dir eins mitmachen?"
"Aber sicher, mein Freund."
Wir unterhalten uns mit unseren Gästen. Sie sind
Belgier, die bei uns irgend Etwas mit Lastkraftwagen
bauen. Ich kapiere das nicht bei ihrer ersten Erklärung.
Steffen ist etwas weiter. Er denkt, die Zwei
konstruieren die Aufbauten für LKW.
"Das Essen war gut. Wir bleiben bei Ihnen. Wir sind jetzt
müde und gehen zu Bett. Unsere Fahrt dauerte
sechzehn Stunden bis hier her."
"Gute Nacht."
"Wir bezahlen mit dem Zimmer. Rechnen Sie bitte
großzügig."
Steffen räumt mit mir zusammen auf. Sein Steak will er
in der Küche essen. Das geht nicht. Wir setzen uns in
mein Büro. Das ist ein Teil der Küche.
"Wenn das gut geht, seid ihr Zwei schön raus."
"Ich glaube, wir haben hier zu viel Feinde."
"Das sehe ich auch so. Neben meinem Zimmer schlafen
zwei Finanzbeamte von Drüben."

"Mir haben das schon Freunde gesagt, dass die bei Neugründungen prüfen. Ich rechne täglich damit. Zumindest nach den ersten Belegen."

"Keine Angst. Die warten noch einen Monat. Die wollen erst sehen, wie das läuft bei Dir."

"Das denke ich mir auch so. Was macht Ihr morgen?"

"Karin wollte mal durch die Stadt gehen. Wir kommen zeitig wieder."

"In Karl-Marx-Stadt bauen sie ein neues Gewerbezentrum. Ihr könnt dort mal schauen, was es da so gibt."

"Vielleicht gibt es auch ein paar Sexshops. Die beliefere ich auch."

"Also, bist Du auch schon Großhändler?"

"Aber sicher."

"Steffen. Wir gehen hoch ins Bett."

Wir schließen Alles ab und gehen in die Etage.

Bei Karin im Zimmer stöhnt es schon wieder.

"Nimmersatt bei der Arbeit", scherzt Steffen.

"Aber Joana hat das recht gut getan. Wir hatten wenig Gelegenheit in letzter Zeit. Und überall waren Bauarbeiter."

"Rolf war gar nicht zum Essen mit Julia", sagt Steffen.

"Die wollten heute auch mal auswärts gehen. Vielleicht sucht Rolf gleich noch Anschlussaufträge."

Wir kratzen etwas an der Zimmertür von Karin. Die alten Türen haben wir nur abgebeizt. Sie sehen schön aus so. Karin stöhnt schon wieder. Joana hat uns herein gelassen. Sie lacht.

"Ich habe mich revanchiert."

Karin liegt auf dem Bett. Joana streichelt sie. Karin zuckt und kichert. Steffen schaut ganz zufrieden.

"Joana kann das besser als ich."

"Wo willst du denn heute schlafen", frage ich Joana.

"Bei Dir natürlich. Morgen ist Frühstück zu machen und ich will Andrea noch etwas anlernen."

"Gute Nacht Ihr Zwei."

Wir gehen in unser Zimmer. Joana duscht sich noch etwas. "Ich habe überall Gleitgel. Willst du mal probieren, wie das schmeckt?"

"Hast Du etwa das Riesending probiert?"

"Karin hat gesagt, das ist nicht gut. Das gibt kleine Risse und Entzündungen."

"Ja. Aber der Frauenarzt kommt doch auch rein."

"Unsere Frauenärztin hat so kleine Hände. Das kannst Du mit diesem Riesending nicht vergleichen. Die Ärztin hat das auch irgendwie drauf."

"Und der Doppelte?"

"Den hab ich jetzt Karin gesetzt. Sie hat gesagt, das ist der beste. Das denke ich auch."

"Bei Frauen kommst Du schneller als bei mir. Soll ich Dich in Zukunft Chef rufen, Joana?"

"Wir bekommen das schon wieder hin bei Dir. Um den kleinen Chef muss ich mich nur etwas öfter kümmern." Ich wasche Joana. Und schau, der kleine Chef wird größer. Joana nimmt ihn in die Hand, wie als wöllte sie ihn wiegen. "Braver Junge." Sie gibt ihm einen Kuss. Joana zuckt auch als ich sie wasche. "Wie oft warst Du heute glücklich?"

"Ich zähle schon nicht mehr mit. Sicher zehn Mal. Karin hat ein Händchen dafür. Sie beobachtet mich genau."

"Das hat sie früher an der Trasse auch schon getan. Sie hat immer kontrolliert, ob das gut tut, was sie macht."

"Sie ist schon eine gute Freundin und Steffen sehr treu, hat sie mir gesagt. Außer bei mir. Irgend Etwas regt sie bei mir an."

"Du. Weil Du so schön bist wie sie."

"Heute hat sie mir gebeichtet, mit Dir hätte es ihr auch gefallen. Sie liebt an Dir das Ehrliche. Fast so, wie ich."

Wir gehen zu Bett. Joana schlägt ihr linkes Bein über mich und nimmt den kleinen Chef in die Hand. Ich lege meine Hand an ihre Muschi. Mein Gott. Die hat immer noch fünfundvierzig Grad. Ich glaube fast, wir sind so eingeschlafen. Wie im Märchen.

Der Betrieb läuft

Die sehr schöne Eröffnungswoche geht vorbei. Steffen und Karin sind oft unterwegs. Sie gehen auf Rundfahrten und erzählen uns von ihren Erlebnissen. Die Vergleiche zur DDR fallen oft positiv aus. Das Negative überwiegt. Besonders loben sie unsere wirklich schönen FKK- Anlagen an den erzgebirgischen Badeseen. Und die sind voll belegt. Steffen zeigt uns Fotos von sehr schönen Frauen. Sie waren in Rabenstein. Erst auf der Burg, dann in den Felsendomen und zum Schluss, am Stausee.
"Brauchst Du schon Vorlagen?", frage ich ihn.
"Meine beste Vorlage ist Karin."
"Da hast Du ganz sicher Recht."
Joana lacht laut. Andrea ist noch da. Sie hat das Frühstück geschafft. Die Reste räume ich weg. Andrea geht auf die Zimmer. Karin läuft ihr hinterher.
"Das nächste Opfer", lästert Steffen.
"Sie ist sonst gar nicht so. Du hast sie mir umgedreht", sagt er zu Joana.
"Ich?"
"Weil Du zu schön bist!"
"Danke!"
Unsere Hausgäste sind alle schon weg. Sie kommen im Laufe des Tages wieder. Dann haben wir auch unser Restaurant geöffnet.
Mischa kommt wieder. Er will mir etwas helfen.
Rolf und Julia bauen oben in unserer Dusche. Dann geht er teilweise noch bestimmte Leitungen abdrücken und kontrollieren.
"Alles bestens. Wir sind fertig."

"Wunderbar."

Er gibt mir die Rechnung. Mit der Heizanlage, möchte er über zweihundert Tausend. Den Materialkauf haben wir schon vorfinanziert. Es gab zwischendurch Ärger, weil die Bank einen Lieferanten nicht zahlte. Rolf und Julia sind mit uns auf die Bank gefahren. Er hat getobt dort. Zwei Tage später war das Geld da. Wir stellten uns gerade vor, Rolf wäre ein DDR Handwerker. Julia schüttelt den Kopf. Sie kann die Gebaren nicht verstehen.

"Die fühlen sich hier auf wie der letzte Abschaum. Zu Hause würden die sich das nicht getrauen."

Die Zwei schämen sich aufrichtig für ihre Landsleute aus dem Westen.

Joanas Mutter ruft an. "Es ist was Schlimmes passiert!"

"Was?"

"Nicht am Telefon. Kommt mal her. Allein!"

Wir entschuldigen uns bei Steffen und Mischa. Sie sollen derweil mal auf unser Haus aufpassen. Sie versprechen das.

Wir gehen das Haus hoch an Karins Zimmer vorbei und suchen Andrea. Irgend Jemand keucht ziemlich laut in Karins Zimmer. Andrea ist nirgends zu sehen.

"Das ist Andrea", sagt Joana zu mir. Wir kratzen an der Tür. Andrea liegt breit auf dem Bett. Karin hat geöffnet.

"Ich konnte nicht widerstehen", sagt sie zu Joana. "Sie hat das Zimmer gemacht und mir ihren Hintern gezeigt. Und das ist ein Hintern!"

"Andrea!", rufe ich fast. "Du musst mal auf das Haus aufpassen. Wir sind bei Joanas Mutter. Es ist Etwas passiert."

Andrea kichert. Sie ist fast wie ich. Redselig, etwas naiv wirkend und aufgeschlossen. Ein perfekter Gastronom. Sie nimmt das Leben wie es kommt und weiß immer eine Antwort.

"Das tat mir gut. Ich kann bis morgen durch arbeiten."

"Du musst unbedingt bei uns bleiben, Karin. Als Motivationstrainer", sag ich zu Karin.

"Das ist ein guter Trainer", stöhnt Andrea beim Aufstehen.

Andrea passt zu uns. Sie ist sehr schön mit ihrem dunklen Haar.

Karin schüttelt es gerade noch etwas, als ich ihr die Hand auf die Schulter legte. Wahrscheinlich hat ihr Andrea schon ihre Antwort verpasst. Sie ist deutlich überreizt.

"Andrea ist der perfekte Motivationstrainer. Du wirst mich sicher kaum noch brauchen."

"Sag bitte Mischa, Steffen, Rolf und Julia Bescheid."

Wir fahren zu Joanas Mutter. Vor dem Haus steht ein örtlicher Beerdigungsunternehmer. Er schüttelt den Kopf.

"Herbert hat sich im Schuppen erhängt", sagt er zu uns.

"Er war unser bester Freund und in unserer Mannschaft."

Herbert war leidenschaftlicher Kegler.

Bei Mutter steht der Hausarzt unserer Familie. Auch der ABV ist da. Die Nachbarn schauen teilweise hinter Gardinen hervor oder öffnen Spalten ihrer Haustüren. Herbert war extrem beliebt in der Gegend. Älteren hat er die Anliegerordnung gemacht, gestreut, gefegt und auch Hecken verschnitten.

"Ich konnte ihn allein vom Fenster abnehmen. Er wog keine dreißig Kilo mehr", sagt der Bestatter.
Heinz, unser Hausarzt, sagt: "Seine Verdauung war restlos hinüber."
"Er hat bei uns ziemlich viel gegessen", sag ich zu Heinz.
"Ja. Aber wie er es gegessen hat, hat er es auch wieder verloren. Das ist fast wie ein Durchfall nach einer Infektion."
"Wie lange ging das schon so?"
"Das kam mit der Umstellung auf die neuen Medikamente. Und die begann vor einem halben Jahr."
"Also waren die Medikamente schuld?"
"Das darf ich so nicht sagen."
Wir fragen Mutter, ob sie mit zu uns fahren möchte.
"Das tut mir sicher gut jetzt."
Joana packt ihre Sachen. Wir nehmen Mutter mit zu uns. Ein Zimmer ist frei geworden. Das geben wir unserer Mutter.
Der Vertreter wollte zwar verlängern, aber wir haben ihn in ein anderes Hotel vermittelt. Die Zusammenarbeit der Hoteliers funktioniert immer noch gut. Man hilft sich noch begrenzt untereinander. Kleine Vermieter sind dankbar für jede Vermittlung. Um die Familienangehörigen und Gäste zur Trauerfeier unter zu bringen, wird das nützlich sein.
Steffen, Mischa und Karin wollten zuerst bleiben und an der Trauerfeier teilnehmen. Es geht nicht. Irgendwann muss sich Steffen auch mal um sein Geschäft kümmern. Seine Helfer können nicht Alles machen.
"Wir kommen jetzt regelmäßig. Karin will das so", sagt Steffen bei der Verabschiedung. Andrea weint.

Mischa will mir in der Küche helfen. Er dreht ein paar seidene Klöße. Wir haben Sauerbraten im Angebot. Unser Vater war kein Kind von Traurigkeit. Dazu war er ein ausgesprochener Fan von Grillkost. Wir haben uns entschlossen, den Abschied von Vater mit einem Grillfest zu begehen. Das Wetter wird günstig sein.
Im Nebenzimmer unserer Gaststätte befindet sich ein Vereinszimmer. Dort bringen wir unsere Gäste unter. Zur Not bliebe uns noch die Bühne des Tanzsaales. Die Campingbetten besorgt uns Achim. Der hat wirklich alle Beziehungen. Und die haben wir jetzt wirklich nötig. Sein Freund Thomas hilft ihm dabei. Er ist spezialisiert auf Veranstaltungen und die mobile Versorgung der Gäste. Er kann über Nacht eine Zeltstadt mit allem Drum und Dran organisieren. Platz haben wir genug dafür.
Gerade in dem Moment, bucht bei uns ein Gastspielbetrieb für einen westdeutschen Countrysänger und seine Crew die Zimmer. Ich frage gleich, ob er für einen verstorbenen Fan ein kleines Stelldichein gibt. Die Antwort kommt später.
An Wochenenden leiden wir eigentlich an Gästemangel. Unser Hotel dient dem reinen Werksverkehr. Herbert wird am Wochenende beigesetzt. Zum Unglück gehört auch etwas Glück. Der Verdienstausfall hält sich damit in Grenzen. Unser Vater war das wert. Eltern, die fünf Kinder groß gezogen haben, sind unser aller Respekt wert.
Das erste Abendgeschäft in unserem Hotel läuft glänzend. Wir bekommen viele Komplimente für unser Angebot und für unser Hotel. Bisweilen werden Vergleiche mit meiner Mutter ausgesprochen.

Leider, und das ist der Nachteil des Geschäftes, werde ich auch als Animateur betrachtet. Joana muss oft allein zu Bett. Ich muss oft lange bei den Gästen bleiben, weil sie ein Gespräch suchen. Sie suchen bestimmte Auskünfte über Firmen als auch Personen. Dazu erfahre ich sehr oft, als was sie arbeiten, wie leicht oder schwer sie es haben.

Am Freitag vor der Trauerzeremonie verabschiedet sich Rolf und seine schöne, mithelfende Frau samt dem Kollegen. Er lädt uns ein, ihn einmal zu besuchen. Wir kennen die Gegend von der Suche nach Arbeit und nehmen das Angebot dankend an.

Abends reisen die Künstler an. Eine lustige Gruppe, die dem Alkohol sehr zu getan ist, feiert bis früh morgens. Joana zieht sich rechtzeitig zurück. Morgen ist viel zu tun. Der Country Sänger gibt sein "Ja" zu einem segnenden Stelldichein für Papa. Er sieht das auch als Werbung. Im Gespräch mit ihm, stellt sich heraus, er ist oder war ein recht bekannter Sänger im Westen. Seine besten Zeiten sind wohl vorbei. Er meint, im Westen geht das ziemlich schnell. In seinem Gefolge buhlt praktisch schon die nächste Generation um Fernseh- und Rundfunkauftritte. Persönlich bin ich von der Offenheit und Einfachheit des Stars beeindruckt. Im Westen ist ein Künstler, der mehrmals im Fernsehen war, ein Star. Er schenkt uns für diverse Feiern eine ganze Plattensammlung. Für einen Neugründer in unserer Lage war das Geschenk, Gold wert. Zumal er es signierte. Gegen Früh, als seine Kollegen ziemlich müde oder teilweise betrunken waren, sollte ich ihm Etwas zu Essen kochen. Er möchte ein Rührei mit Blutwurst. Und ausgerechnet das, war ein sächsisches Nationalessen.

Von unseren einheimischen Gästen bestellt das keiner mehr. Ich würzte ihm das noch etwas nach mit Majoran, Zwiebel, Pfeffer und etwas Salz. Er war hell begeistert. Unsere Familie reist langsam an. Unsere zwei Mailänder sind auch wieder da. Caio wirkt etwas übermüdet. Die Künstler haben sich bei Zeiten verabschiedet und angedeutet, abends wieder bei uns zu sein. Es gäbe noch ein Konzert in unserer Nähe.

'Ah, Deswegen hat der Star zugestimmt', denke ich mir. Joana geht mit Andrea zusammen, Zimmer putzen. Andrea bekommt frei bis Montag. Wir lassen das Wochenende geschlossen für die Trauerfeier.

Unsere neuen Freunde kommen fast geschlossen. Viele haben Trauergebinde mit. Mischa richtet den Grill. Mutter läuft durch die Zimmer wie abwesend. Die ersten Familienangehörigen kümmern sich um unsere Mutter. Sie gehen etwas spazieren zusammen.

Mischa hat das Mittagessen fertig. Sozusagen, das erste Trauerbrot. Wir decken für unseren Vater Kerzenleuchter. Nach dem Mittagessen gehen wir zur offiziellen Abschiedsfeier auf den Friedhof. Papa liegt im Sarg aufgebahrt. Der Heimbürger hat ihn trotz seiner Magerkeit, ein Gesicht verliehen, das ihm gut steht und würdig erscheinen lässt. Die Familie weint, auch der Zwillingsbruder von Joana. Joana und ich, wir weinen nicht. Wir können wahrscheinlich unsere Gefühle so nicht zeigen. Die starke Betroffenheit und der Stolz lassen das nicht zu. Vielleicht schwören wir sogar Rache für das Geschäft und die Bedingungen. Das ist jedenfalls das Gefühl, welches vorherrscht im Moment und die Tränen unterdrückt.

Alle geben eine Hand voll Erde. Ich habe Papas leere Brieftasche dazu gelegt. Arme Leute dürfen der kommenden Generation ruhig zeigen, weswegen sie gestorben sind.

Der Abend beim Grill mit allen Freunden und Bekannten wurde ein tränenreicher. Der Countrystar aus dem Westen, ein von Vater bewunderter Sänger, gab den Anlass mit wirklich passenden Liedern. Dazu sagte er ein Herz zerreißendes Gedicht auf. Kein Taschentuch bliebt trocken und wir wünschten uns, Papa hätte es gehört.

Am Tag darauf haben wir noch ein traditionelles Kaffeetrinken veranstaltet. Unser örtlicher Bäcker gab den Aschekuchen dazu. Und es klingt wie ein Witz. Am späten Abend war Alles vorbei. Keiner trauerte mehr und Jeder fuhr lächelnd - bei uns Abschied nehmend, nach Hause. So endet ein arbeitsreiches Leben mit voller Aufopferung für die Familie. Wenn diese Feststellung nicht klüger macht, hilft sie zumindest eine ganze Weile durchs Leben.

Mutter musste umziehen. Der Vermieter nutzt den Tod des Vaters, Mutters Vertrag zu kündigen. Zum Glück hat Mutter zwei wirklich liebe Söhne und Brüder Joanas. Die haben ihr die neue Wohnung in unmittelbarer Nähe zum Friedhof, eingerichtet. Ob der neue Wohnort unbedingt die beste Wahl war, ist strittig. Mutter neigte seit dem eh zu einem Eremitendasein. Wir haben Mutter oft, sehr oft ermahnt, sich zumindest eine Freundin zu zulegen. Mutter verabscheut primitive Menschen und kommt mit denen nicht aus. "Mutter, sei nicht so pingelig und setze auf die Vorteile der Freundschaft!"

"Die wollen alle nur Sex!"
"Was? Die Freundinnen?"
"Gerade die!"
"Na und? Tut Dir Sex nicht gut? Kinder bekommst Du keine davon!"
Schade, unsere Mutter hat leider in ihren ersten Lebensjahren zu viel Erziehung der falschen Lehrer bekommen. Mal sehen. Vielleicht bekommen wir das noch hin. Wir werden Mutter verkuppeln. Das ist unser fester Plan. Unsere Mutter darf nicht so einsam und undankbar abtreten wie Papa.
Bis zum Umzug bliebt Mutter bei uns. Allein stehende Männer, das hat sich bei ihren Bekannten schnell herum gesprochen, sind zu faul und sicher falsch erzogen. Mutter hat Angst vor heimlichen Trinkern und Lügnern. Joana rät ihr zu einer Freundin. Auch mit Sex. Ich schätze, das hat geholfen. Zwei Wochen hat es gedauert und eine wirklich schöne Freundin von Mutter steht bei uns im Hotel. Sie will die Küche sehen. Achim, Mischa und Thomas waren da. Sie haben laut gepfiffen. "Steiler Zahn", haben sie zu Mutter gesagt. Mutter wurde knallrot. Endlich sehen wir mal Gefühle bei unserer Mutter. Sie hat ein Leben lang die eigenen Gefühle unterdrückt für die Familie. Was sollen wir dieser liebevollen Mutter zum Gedenken tun? Wir werden es der Ewigkeit anvertrauen. Hier und heute. Nachdem das Trauergedenken vorbei ist, kommt uns ein Familienmitglied besuchen.
Der Bruder von meiner Mutter. Manne ist sein Name. Er war Beifahrer und Lieferant bei unserem Schlachthof. Manne hatte einen Sportunfall in der DDR. Er war Torwart und hat beim Fangen eines Schusses, den

Pfosten mit dem Kopf getroffen. Seit dem hat er gelegentlich ein paar unbedeutende Aussetzer. Deshalb durfte er kein Auto mehr fahren. Er bekam eine Rente zum Lohn als Hilfsarbeiter. Bis zur Wende. Sportunfälle galten in der DDR als Betriebsunfälle. "Wir müssen ihre Unterlagen prüfen", faselte sein Sozialbetreuer. "Sie können ja arbeiten."

Manne wohnte bei seiner Mutter. Die war natürlich auch Rentnerin. Und das war den Besatzern zu viel des Guten. Ihnen wurde wegen Eigenbedarfs die Wohnung gekündigt und die Rente halbiert. Sie sollten tatsächlich eine Wohnung beziehen, die sie auch gern schon in der DDR gehabt hätten. Eine leer gezogene Neubauwohnung. Jetzt gehörte die Wohnung nicht mehr dem Volk. Jetzt gibt es dort Besitzer und ein Besatzungsrecht. Plötzlich reicht die Rente der Oma und die Rente von Manne nicht mehr, ein anständiges Dasein zu pflegen.

Manne geht also auf Suche nach einer Frau. Für einen behinderten kein leichtes Spiel. Die Frau soll mit einziehen bei den Beiden. So kann man die Miete leichter stemmen. Der Plan klingt recht logisch. Manne kommt mit Oma zu uns und stellt uns seine Freundin vor. Die noch arbeitende Volkssolidarität hat das Pärchen zusammen geführt. Die Freundin ist schön, redselig, lieb und in etwa so behindert wie Manne. Alles passt.

Achim und Thomas sind begeistert von den Dreien. Sie lieben meine Oma. Eine echte Sächsin mit aufmunternden Sprüchen. Beim Kaffeekränzchen erzählt Oma von Opa, der sich im Keller das Leben nahm. Ich kenne ihn noch aus frühen Kindeszeiten.

Oma hat eine Schwester im Ort; Martl. Die Zwei stritten oft, weil Martl eine echte Kommunistin ist. Oma ist das blanke Gegenteil. Tja. Und das macht irgendwie einsam und unzufrieden mit dem aktuellen Dasein. So scheint es. Martl zieht sie deswegen auf: „Was hast Du denn? Genau das hast Du Dir doch gewünscht."

„Früher haben wir wenigstens Ausfahrten und Konzerte bekommen. Das ist wie weg geblasen."

„Ja. Aber Du hast gesagt, Kommunisten sind Scheiße."

„Jetzt muss ich sogar beim Doktor bezahlen. Der will zehn Mark und hält mir seinen Lauscher an die Brust. Das wars."

Ich muss die Drei nach Hause fahren. Sie haben nicht mal das Fahrgeld, das sich verzehnfacht hat. Manne kann den Arzt nicht mehr bezahlen. Gerlinde auch nicht. Die Drei leben in Existenzangst. Wir packen ihnen etwas Essen zusammen, ein paar Brote, Konserven und ich fahre sie nach Hause. Trostlos endet, was hoffnungsvoll begann.

Das kommende Wochenende kommt schon der erste Bus. Unser Ort hat jetzt angeblich eine Partnergemeinde im Westen. Und die besuchen uns. Die blöden Kommentare unterscheiden sich kaum von den Kommentaren der Westgäste unserer ersten Gaststätte. Im Gegenteil. Sie sind erniedrigender.

„Warum schmeißt Du die nicht raus", zischt Joana. „ Die angepinselten Nutten mit ihren großen Fressen. Keine von denen hat je gearbeitet."

Joana hat schon Recht. Geschenke haben die keine mit. Nicht mal Souvenirs. Wer hat denen die Fahrt gezahlt?

„Wir haben eine Spendensammlung für Wunderbachwitz gemacht. Der Pfarrer freut sich."

„Das glaub ich gerne. Der hat es auch bitter nötig."

„Was gibt es denn heute zu Essen?"

„Die Gemeinde bezahlt Ihnen heute:
Champignonsuppe
Salatteller
Roulade mit seidenen Klößen und Anhaltiner Spargel
Eierschecke mit einem Kirschlikör"

„Spargel haben wir selbst zu Hause, massenhaft."

„Aber der Gemeinderat, dem auch maßgeblich Bürger ihrer Stadt angehören, hat dieses Menü genehmigt."

Nach dem Essen sagen mehrere, „der Spargel schmeckt besser als unserer:"

„Vielleicht kann ich ihn besser kochen?"

Der Anhaltiner Spargel war griechischer. Der wäre dem Westpublikum zu billig gewesen. Uns nicht.

So habe ich wenigstens dabei, für etwas voreingenommene Unterhaltung gesorgt.

Am frühen Morgen lernen wir das erste Mal, wie sich Westdeutsche an einem Frühstücksbuffet benehmen. Sie packen Alles ein, was nach Essen aussieht. Aber auch unsere Dekoration. Mundgeblasene Vasen aus Lauscha. Jetzt ist das privates Westeigentum, das mit Waffen verteidigt wird im Notfall. Die kleinen Schnitzereien aus unserer Glasvitrine, sind auch in ihren Taschen gelandet. Ich frage sie bei der Abreise, ob sie zufälligerweise etwas mitgenommen hätten.

„Nej", schallt es fast einhellig aus ihren breiten Fressen.

„Soll ich erst die Polizei holen?"

„Unsere Polizei ist doch schon da", antwortet dieses Drecksvolk, laut lachend.

Ich rufe auf der Gemeinde an und sage Bescheid, dass ich dieses Gesindel nie wieder aufnehme. Die haben bei uns Hausverbot!

In unserer Gegend werden viele neue Gewerbegebiete gebaut und alte Betriebe übernommen. Eigentlich war das der Antrieb für uns, ein Hotel genau dort zu betreiben. Das Telefon klingelt und ein Bauunternehmer bestellt bei uns für seine Monteure, Zimmer. Der Chef, ein Franke, sagt, er kommt persönlich, wöchentlich zum Bezahlen. Sie bauen in einem uns bekannten Gewerbegebiet für eine namhafte Firma.

„Ich kenne Sie nicht. Zahlen Sie bitte etwas Vorkasse für unsere Unkosten."

„Ich überweise es", ist die Antwort.

Kurz darauf klingelt das Fax und wir sehen den abgestempelten Überweisungsträger. Es kann los gehen.

Die Arbeiter, fast alle Engländer und Polen, sind freundlich und trinken recht viel. Der Umsatz stimmt. Das Essen und die Unterkunft will der Bauherr bezahlen. Wir sollen ihm eine Rechnung stellen. Ihn bitten wir natürlich auch um etwas Vorkasse. Vierzig Arbeiter verzehren schon Etwas.

Das a la carte läuft ziemlich gut. Wir haben ein paar Geschäftsleute aus dem Ort als Stammgäste gewonnen. Dazu trägt natürlich die gute Vermittlung und Werbung von Achim und Thomas bei. Die bauen für viele Firmen. Die restlichen Zimmer werden immer von Vertretern belegt. Oft übernachten sie ein oder zwei Tage.

Joana geht oft Andrea helfen. Andrea muss nach ihrem Dienst in den Kindergarten gehen, ihren Sohn abholen. Sie schämt sich etwas, weil sie oft verschwitzt erscheint. Joana bietet ihr an, bei uns zu duschen bis wir eine Personaldusche gebaut haben. Eigentlich könnte sie ja zwischendurch auf einem Zimmer duschen oder unten in der Heizung. Joana will das nicht. Man würde das bemerken als aufmerksamer Gast.

In der Heizung würde das jeder anreisende Gast sehen. Soviel Aufmerksamkeit wollen die Zwei nun wirklich nicht. Andrea überlegt nicht lange. Sie duscht ab heute bei uns mit.

Joana macht mit Andrea das Frühstück zusammen. Wenn unser Haus voll ist, schafft das Andrea nicht allein. Manchmal ist Mischa früh mit da. Er arbeitet jetzt bei einem Freund als Gebrauchtwagenhändler. Das funktioniert gut. Er verdient gutes Geld. Seinen offenen freundlichen Charakter verändert das nicht. Er bleibt der Alte. Bisweilen hilft er, wenn die Beiden schwimmen. Er kocht schnell Frühstückseier nach und legt die Aufschnittplatten bei Bedarf. Oft gibt er den Zweien brauchbare Tipps. Langsam werden Andrea und Joana routinierter.

Ein Mal pro Woche habe ich Abrechnungstag. Ich hefte alle Rechnungen ab und führe Buch. An diesem Tag, meist Freitag, zahle ich auch Andrea den Wochenlohn. Sie braucht das dringend. Jochen sucht immer etwas Geld. Andrea will verhindern, dass er es versäuft. Langsam entwickeln sich solche Trinker - Kreise bei uns im Ort.

Freitags will Andrea immer etwas einkaufen. Dafür macht sie sich frisch. Bei uns in der Dusche. Joana fährt freitags in den Großhandel. Sie bietet Andrea an, sie mit zu nehmen zum gemeinsamen Einkauf. Im Großhandel sind die Grundnahrungsmittel erheblich preiswerter. Das hilft Andrea, zu sparen. Vielleicht bleibt so auch etwas Geld übrig für Jochen. Der muss unter die Leute kommen. Zumindest an einem Tag die Woche. Wie wir selbst wissen, finden Arbeitslose am schnellsten in der Kneipe eine Stelle. Außerdem spielt Jochen Fußball. Und da gibt es sehr viele Kontakte. Beim gemeinsamen Einkauf reden Beide miteinander über ihre intimen Dinge. Andrea sagt, sie nimmt keine Pille mehr. Mit den neuen Pillen hätte sie schwere Reaktionen festgestellt, die sie vorher nie hatte. Jochen hat mit seiner Arbeitslosigkeit psychische Probleme. Und wenn er angetrunken ist, hat er zwar Lust, kann aber nicht mehr aufpassen. Beide haben sich auf einen Sex geeinigt, bei dem sie untereinander Hand anlegen und Hilfsmittel benutzen. Joana sagt, seit dem Unglück mit Vater hat sie auch ihre Bedenken bei der Pille. Die DDR Pille war ihr vertraut. Seit der Umstellung hat sie Probleme mit ihren Tagen und mit der Regelmäßigkeit. Andrea rät ihr, wie ihre Schwestern auch, die Pille nicht mehr zu nehmen. Der Grund ist wohl einleuchtend. Die Firmen, die Contergan auf dem Gewissen haben, produzieren immer noch ungestraft im Westen.

Zu Hause angekommen, reden wir das gleich am Tisch zusammen aus. Andrea ist dabei und unterstützt Joana. „Eigentlich musst Du mich bei Karl nicht unterstützen. Der will grundsätzlich mein Bestes und richtet sich so ein, wie wir es am besten finden."

Andrea staunt. Sie streichelt mich gleich etwas auf der Hand.

„Du hast schöne Hände."

„Das sagt Joana auch immer. Meine Hände wären Goldhände. Andrea, unsere Arbeit und die damit verbundene geistige Belastung, wirkt bei mir nicht positiv. Ich kann oft nicht. Joana muss es allein tun. Manchmal liege ich daneben. Ich kann nicht mal mehr zart und lieb sein. Ich bin permanent wo Anders mit den Gedanken."

„Wie bei Jochen. Aber bei unserer Behandlung war etwas Leben da. Das gibt uns Hoffnung."

„Wie hat es Dir denn mit Karin gefallen?"

„Die Karin hat mich erst mal richtig drauf gebracht. Sie ist eine Künstlerin."

„Versucht es doch mal zusammen."

Joana schämt sich etwas. „Im eigenen Haus?"

„Wo sonst? Auf dem Marktplatz?"

Die Zwei quieken vor Lachen.

„Na. Zumindest kommen uns keine fremden Kinder ins Nest. Das hat Etwas."

„In unserem Beruf können wir eh keine Kinder groß ziehen", sagt Joana. „Ich wollte noch nie Kinder."

„Naja. Du bist in einer großen Familie aufgewachsen"sagt Andrea.

Das wäre jetzt mal geklärt und wir trinken Kaffee zusammen. Dem örtlichen Pfarrer berichten wir nicht, was wir besprochen haben. Wir sind erwachsen.

Das Telefon klingelt. Joana geht ran. Eine Big Boob Show sucht Übernachtungsmöglichkeiten. Wir fragen uns, was das ist, Big Boob.

„Sind alle Zimmer fertig? Die brauchen fast alle."

„Wir haben auch gearbeitet, Karl", scherzt Andrea.
Auf unserem Parkplatz fahren mehrere kleine Busse
ein. Ein Transporter ist dabei. Aus einem Bus steigen
hübsche Frauen. Aus den anderen, Fotografen und
Kameramänner. Aus einem ziemlich voll besetztem Bus,
steigen Männer in Anzügen. Die haben alle einen
verkabelten Stecker im Ohr. Auf ihrem Bus steht
Security. Sind das die Big Boobs? Ich gehe auf den
Parkplatz und frage sie persönlich. Sie lachen ziemlich
laut. „Das sind die Frauen. Wir sind der Wachschutz."
„Was heißt Big Boobs?"
„Große Titten!" antwortet der Seniorchef der
Wachtruppe und lacht dabei.
„Ach. Und das ist eine Show?"
„Da bin ich mir ganz sicher!"
Die Frauen gehen zu dem Transporter und holen sich
dort ihre Taschen. Keiner hilft ihnen tragen. Weder der
Wachschutz noch die anderen Männer. ‚Alles Kavaliere',
denk ich mir. Nun, die Frauen sind unsere Gäste und ich
der Page. Joana sieht das, Andrea auch. Sie kommen
auch gestürmt und nehmen den Frauen die Taschen ab.
„Thanks", sagen sie zu uns.
„Oh! You do not speak German?", frage ich sie.
Ein Dolmetscher kommt angelaufen. Er übersetzt.
Der deutsche Reisebegleiter sagt mir, wer das ist und
was die Frauen tun. Der Dolmetscher übersetzt.
„Das ist eine Showgruppe aus Florida. Die Frauen
zeigen tanzend ihre großen Brüste."
Wenn ich mir das so ansehe, könnte der Reiseleiter,
Recht haben. Die haben tatsächlich ziemlich große
Lungen.

„Did you scream a lot when you were young?", frage ich die jungen Frauen.

„But you speak English pretty well", antwortet mir eine junge Frau der Gruppe.

Der Übersetzer redet weiter für die Frauen.

„Benötigen Sie eine spezielle Kost?"

„Ja. Nicht all zu viel Fett und ziemlich viel Eiweiß. Dazu frische Salate."

‚Also, eine Künstlerdiät", antworte ich.

„Genau."

Just in dem Moment, kommt mein Sohn aus unserer geschiedenen Ehe gefahren.

„Ich brauche eine Lehrstelle."

„Die kann ich Dir bieten."

„Ich habe mich zur Koch - Lehre eingetragen."

„Du willst also Deiner Mutter und Deinem Vater folgen."

‚Viele andere Möglichkeiten sehe ich nicht."

„Das wird ein ziemlich arbeitsreiches Leben in einem relativ sicheren Beruf."

„Das sehe ich auch so."

„Komm mit herein. Wir haben hübsche Gäste."

Die jungen Frauen aus Amerika sehen meinen Sohn und geben sofort Freudengeräusche von sich, die wir vielleicht als Quieken oder Jubeln bezeichnen. Sie klingen in etwa, wie die Fanrufe bei Konzerten. Mein Junior, Alex, rollte mit den Augen bei dem Anblick. Nach der Gepäckablage stürmen die jungen Frauen meine Küche und fangen an, in meinen Rohstoffen, ihre Speisewünsche zu suchen. Der Dolmetscher will eigentlich, dass sie gehen. Das habe ich nicht zu gelassen. Schließlich will ich auch meine Show. Und zwar, ohne Eintrittsgeld. Zudem ist mir die Gegenwart dieser jungen Frauen sehr angenehm. Alle sind fast schon übertrieben freundlich. Zumindest wirkt das bisweilen etwas aufgetragen. Neugierig sind sie auch noch. Sie wollen unbedingt sehen, wie ich ihr Essen zubereite. Joana und Andrea bekamen reichlich Komplimente für ihr Aussehen. Das Wort, das ich am meisten hörte, war:

„Very nice."

Unsere Restaurant gefällt ihnen besonders. Sie finden es kuschelig. So übersetzte mir das jedenfalls der Dolmetscher.

Mir allenfalls, gelingt es nicht, sämtliche Äußerungen zu verstehen. Die Frauen reden sehr oft untereinander. Ich konzentriere mich mehr auf deren Gesten. Und die sind einladend und freundlich.

„Warum machen Sie diese Show?", frage ich sie.

„Die meisten jungen Frauen beklagen den großen Brustumfang. Eine Operation zur Verkleinerung der Brüste wäre aber unglaublich teuer zu Hause. So würden sie sich das Geld zusammen sparen."

Sie geben uns allen Tickets für ihre Auftritte. Wir sollen unbedingt ihre Show besuchen. Der Junior bekommt auch ein Ticket.

Ich frage sie, ob ihr Programm jugendfrei ist.

„Der hübsche Junge ist doch schon ein Mann", ist die Antwort. Und schon nehmen die Frauen ihn in ihre Mitte und hätscheln ihn. Sie fragen ihn, wie er heißt. Alex, mein Sohn, stellt sich schüchtern vor. Die Schüchternheit scheint die jungen Frauen noch mehr anzusprechen. Er bekommt unzählige Küsschen und Streicheleinheiten. In diesem Alter hätte sich die

Behandlung bei mir auf die Hose ausgewirkt. Ich glaube, bei Alex war es so weit. Die Frauen provozieren das förmlich.

An der Küchentür klopft es. Ich gehe, um zu sehen, wer da steht. Zack, steht ein Fuß in der Tür und eine Kamera vor meinem Kopf. „Sind sie der Wirt hier?"

„Und wer sind Sie?"

„Wir kommen vom Fernsehen."

„Doch nicht etwa wegen mir?"

„Nein. Wegen ihrer Gäste."

„Und Sie finden das rechtlich gesehen, so in Ordnung? Das sind Privaträume und sie fragen nach Privatpersonen."

Der Reiseleiter der Show kommt.

„Das Fernsehen habe ich bestellt. Ich habe vergessen, Sie zu informieren. Das ist eine Werbekampagne von uns."

„Oh. Damit bekomme ich ja Werbung kostenlos von Ihnen."

„Genau so."

Vor der Kamera fragt mich eine Art von Reporterin, was denn die Damen gerne essen.

„Das kann ich Ihnen noch nicht sagen. Sie haben noch nichts bestellt."

Ich soll vor der Kamera für die Frauen kochen. Das tu ich. Leider kommt das später nicht im Fernsehen. Ich war sicher nicht fotogen genug für die Art Mensch. Ich habe den jungen Frauen Omeletts gebraten. Sie wollten nur zwei Eigelb auf sechs Eiweiß.

Für uns Zwei war das schon mal ein Grund, unser Glück nicht unbedingt in Amerika suchen zu wollen. Der Gedanke hat uns zwischendurch einmal beschäftigt. So, als letzten Ausweg. Für DDR Bürger gab es weltweit Grüne Karten für eine Einreise. Mit unseren Kenntnissen, hätten wir wohl eher Russland, Vietnam, Libyen oder die Karibik vorgezogen. Dort genießen DDR Bürger wenigstens eine gewisse Achtung. Leider tummeln sich in diesen Ländern massenhaft westliche Geschäftemacher. Egal, wohin wir laufen, wir werden die Läuse nicht los.

Nach dem Essen geben die Frauen uns und unseren Gästen eine kleine Kostprobe ihres Könnens. Alex und ich werden zum Fotoshooting eingeladen. In meinem ganzen Leben hatte ich nie das Gefühl, kurz vor dem Ersticken zu stehen. Auf dem Stuhl sitzend, kam Miranda von Hinten und nahm meinen Kopf in ihre braun gebrannten Riesenbrüste. Ihre Brustwarzen waren so groß wie meine Mittelteller. Mittelteller haben einen Durchmesser von vierundzwanzig Zentimetern. Der Kopf von Alex verschwand fast in diesen riesengroßen Apparaten. Das Foto wird er sicher seinen Freunden zeigen. Joana und Andrea haben sich auch fotografieren lassen. Andrea haben die Frauen so angesetzt, als würde sie an diesen Riesenbrüsten nuckeln. Die Frauen amüsierten sich darüber. Andrea gab den Brüsten einen richtigen Zungenkuss. Eine der Frauen hatte Silikon in ihren Brüsten. Die anderen waren komplett, Natur. Ich darf sie angreifen und heben. Ein wunderbares Gefühl.

„Only you can do that, my angel", ruft Miranda fast kreischend. Eine wirklich schöne Frau. Ihr Hinterteil hat in etwa das Maß meiner Träume. Groß. Der Höhepunkt ihrer Show ist der persönliche Besuch einiger Gäste. Die sind natürlich da geblieben. Und da wird eine Stripshow geliefert, die ihres Gleichen sucht. Die Beglückten dürfen dann etwas Geld in den Slip stecken. Nach der Show kann ich dann echte Kollegialität bewundern. Die Frauen legen ihr eingenommenes Geld in eine Kiste, zählen die Einnahmen und teilen. Keine der Frauen hat auch nur einen Tropfen Alkohol angerührt. Zumindest nicht in unserem Beisein. Joana ist davon am meisten begeistert. Sie schaut mir tief in die Augen dabei. Bisweilen lasse ich mich von unseren Gästen zu einem Bier verleiten. Nach einem Bier bin ich in aller Regel schon ziemlich besoffen. Die Umsatz bringende Animation ist schon auch eine Gratwanderung. Das ist auch der Grund, warum so viele Wirte, Alkoholprobleme haben.

Joana beobachtet mich in der Beziehung ziemlich genau. Sie verhindert aktiv mein Abgleiten in diese Sucht. Sie kommt einfach an den Tisch, an dem ich mich gerade unterhalte und sagt, die Steuererklärung ist noch zu machen. Keiner meiner Gäste legt da ein Veto ein.

Andrea und Joana gehen die restlichen Zimmer putzen. Die Zimmer für die Neuanreisen haben sie schon geschafft. Wir haben unbesetzte Zimmer. Das erste Mal. Nach dem Putzen gehen Beide zum Duschen. Zusammen. Ich ahne, was passiert.

Die Tür geht auf und unsere Jugendgruppe trifft ein. „Wir haben Etwas zu besprechen."

„Ja. Ich habe auch einen schönen Vorschlag für Euch. Jochen, der Mann von Andrea, bekommt keine neue Arbeit. Ich denke darüber nach, ihn für Euch in unserem Club einzusetzen."

„Das ist eine Überraschung. Wir wollten Dir gerade anbieten, den Club mit herzurichten."
„Ein Billard kann ich Euch noch nicht versprechen, obwohl ich eins besitze. Wir haben aber anfangs keinen Platz dafür."
„Das hört sich gut an."
„Ich rede die Tage mit Margret von der Brauerei, ob sie Euch eine Theke stellen kann."
„Du bist ja schneller als wir dachten."
„Wenn das fertig ist, gebe ich Euch Bescheid."
Die jungen Leute lassen ihre Telefonnummern da.
„Meine Show habt ihr aber verpasst."
„Welche Show?"
„Big Boobs, frisch aus Amerika. Wollt ihr ein paar Freikarten? Wir können eh nicht dahin gehen."
Die Jungs reißen sich fast um die Karten. Die Mädels werden mitgehen, denke ich mir. Auf den Karten steht immerhin ein Eintrittspreis von Fünfzehn Mark. Ich schenke den jungen Leuten die zehn Karten.
Nachdem sich unsere Gäste langsam zurück ziehen, kann ich endlich mal an mich denken. Ich schließe alle Türen, werfe alle Gäste und Bekannten freundlich raus und vertröste sie auf unsere Öffnungszeiten. Ich brauche etwas Ruhe. Im Haus zieht auch Ruhe ein.
In unserer Wohnung angekommen, darf ich die schönste Überraschung unseres gemeinsamen Lebens sehen. Andrea und Joana liegen umarmt im Bett. Sie schlafen. Zum Glück habe ich noch ein Campingbett da stehen. Zur Reserve. Ich falte es aus, stelle den Wecker und lege mich hin.

Die Erweiterung

Im Laufe der Zeit werden unsere Beziehungen umfangreicher. Viele Betriebe feiern bei uns ihre Feste. Die Privatfeiern beschränken sich auf Hochzeiten und außergewöhnliche Jubiläen. Unter der Woche sind wenige Bürger im Ort. Entweder arbeiten sie im Westen oder weit weg von zu Hause. Auf den Autobahnen spielen sich dramatische Vorgänge ab. Es gibt hunderte Tote. Auch im Umfeld unserer Familie. Manne hat sich zusammen mit Oma und seiner neuen Freundin, vor das Gas gelegt. Alle sind gestorben. Keiner hat sie in dem halb leeren Haus vermisst. Die Trauerfeier war einsam. Arme Leute haben keine Freunde. Selbst die eigene Familie war sehr sparsam vertreten. Wegen Manne, sind mir das erste Mal Tränen gekommen. Ich habe ihm monatlich dreihundert Mark überwiesen. Wir hatten einfach keine Zeit, ihn zu besuchen.
Inzwischen haben wir unseren Jugendclub eröffnet. Ich nannte es nicht offiziell Jugendclub. Der neue Staatsschutz verlangte dafür Erklärungen, die mich an 1933 und an das FDJ-Verbot im Westen erinnern. Deshalb nannte wir es Bar. Die örtliche Jugend war zufrieden mit dem Treffpunkt. Den Club, einen nicht all zu hohen Raum, richteten wir etwas spartanisch ein. Eine gewisse Gemütlichkeit sollte vermittelt werden. Das gelang uns. An der Decke haben wir einen Durchbruch angelegt. Im Raum oben drüber, einer ehemaligen Bühne, konnte ich den jungen Leuten das Billard platzieren. Jochen, der bis jetzt immer noch keine Arbeit fand, wurde Barist. Andrea war

überglücklich. Zu unser aller Glück, wurde die Bar kein Saufhaus. Auch unsere Hotelgäste gingen regelmäßig in die Bar.

Das Alles hat jedoch einen Nachteil. Jochen geht zur Arbeit, während Andrea den Feierabend antritt. Jetzt könnte man denken, ich hätte das zu Gunsten Joanas, absichtlich so getan. Habe ich nicht. Das ist das einfache Tagesleben in Gastronomenfamilien. Die Familienmitglieder treffen sich an den Ruhetagen. Zumindest haben wir der Familie eine Existenz ermöglicht und wesentlich zur Entspannung der Situation bei getragen. Andrea begrüßt ihren Jochen jetzt immer persönlich. Jochen freut sich regelmäßig über ihr frisches Aussehen und ihre Gelassenheit.

Die Beziehung zwischen Joana und Andrea entwickelt sich zu einer echten Liebe, von der wir Alle profitieren. Steffen und Karin kommen an diesem Wochenende. Wir erwarten wieder eine Strip Show aus Amerika. Dieses Mal sind es die Dream Boys. Steffen hat davon gehört und Karin angetrieben. Die Zwei versprachen uns einen großen Koffer voller Geschenke. Im Gegenzug versprechen wir kostenlose Kost und Logis. Das sind wir unseren Freunden schuldig.

Unsere monatliche Belastung durch Kredite steigt mittlerweile auf sage und schreibe, siebzehn Tausend Mark. Viele unserer Freunde und Konkurrenten fragen sich, wie wir das aufbringen.

Ein guter Kollege, der auch einen Gasthof umgebaut hat, hat sich deswegen aufgehangen. Wir sind nicht nur traurig, sondern auch etwas besorgt. Der Umgang mit den Investoren hat sich wesentlich verändert. Wir registrieren schon eine gewisse Bosheit. Offensichtlich hat Keiner damit gerechnet, dass die Schuldner so problemlos die Wucherkredite bedienen. Es vergeht keine Woche, in der nicht neue Hürden präsentiert werden. Regeln, die es weltweit nicht gibt. Aber bei uns.

Alle Kollegen gehen irgendwie immer den gleichen Ideen nach. Es könnte auch sein, man hat sich das untereinander abgeschaut. Wir jedenfalls, möchten Essen außer Haus anbieten. Der Zwang, die Darlehen zu bedienen, ist Ausschlag gebend dafür.

Steffen und Karin kommen. Wir begrüßen uns. Andrea bekommt als Erste von Karin ein Küsschen.

„Du bist schöner geworden", säuselt Karin.

Jetzt küsst sie Joana. Mit einer Hand geht sie Joana gleich unter das Nicki.

„Du hast keinen BH an und bist sofort hart?"

Steffen läuft inzwischen mit dem Gepäck ins Haus. Er gibt mir einen Honeckerkuss.

„Bisschen Parfüm könntest Du mal gebrauchen. In meiner Tasche ist welches."

„Entschuldige, mein Gutster. Ich habe die Fässer angesteckt, den Bierkeller geputzt und etwas Essen vorbereitet."

„Wann kommen denn die Dream Boys? Karin kann es gar nicht erwarten."

„Hoffentlich noch vor dem Mittagessen. Wir haben heute acht Reservierungen von Margret. Die will ich nicht enttäuschen."

„Wie ich das sehe, packen wir morgen die Geschenke aus."

„Mischa wird dann kommen und mir etwas helfen."

„Dann helfe ich Dir auch. Karin wird mit den Zweien allein fertig."

„Kannst Du denn noch kochen?"

„Das werden wir sehen, mein Freund. Ich kann auch etwas Bedienen."

Andrea bleibt heute lange bei uns. Sie hat ihren Sohn zu den Großeltern gebracht übers Wochenende. Sie sagt, ein Stelldichein mit Jochen wäre vorgesehen. Wenn sie vorher eine Behandlung von Karin bekommt, wird das ein langer Abend. Den hat sie sich verdient in dieser Woche. Die war wirklich hart.

Wie versprochen vom Konzertveranstalter, kommen die Stripboys pünktlich kurz vor dem Mittagessen. Wir sitzen gemeinsam beim Personalessen. Mischa, Achim und Thomas sind da. Sogar Mathias kommt mit seiner Freundin. Langsam aber sicher scheint sich das Haus zu füllen. Von unserem Zimmer aus können wir den Parkplatz sehen.

Joana und Andrea sind geduscht und wirken mehr als frisch. Fast schon, wie elektrisiert.

„Mein Gott, seid Ihr schön! Die Jungs werden staunen!"

Andrea und Joana brauchen weder Lidschatten, noch Lippenstift oder Schminke. Sie leuchten wie zwei Sterne. Zur Kontrolle greife ich den Zweien an die Schulter und an die Hüfte. Sie zucken. Joana ist noch ziemlich hart an ihren Brustwarzen. Die stechen durch die Bluse. Sie hat heute eine Bluse an.

Die Stripper kommen zu Acht. Zwei mehr als gebucht. Im Team ist ein Betreuer. Der scheint so etwas wie ein Trainer zu sein. Er hat eine ziemlich große Tasche für Ärzte dabei.

Die Security ist auch wieder da. Dieses Mal mit vier Mann.

Im Team ist auch eine Frau. „Die hat es gut", sagt Karin. Sie ist der Manager. Fotos macht sie auch. Ihr Auto ist voller Plakate, Poster, Bilder und Autogrammfotos. „Die Jungs sind wunderschön", stöhnt Karin. Sie ist gerade runter gekommen aus dem Zimmer.

„Zum Glück haben wir Dich schon behandelt", sagt Joana lachend. Andrea hält sich die Hand vor den Mund. Ich kann nur raten an ihren Blicken, was sie taten. Bei Karin mache ich auch gleich eine Probe an der Hüfte und am Hals. Sie zuckt gewaltig.

„Du Schlingel", flüstert sie zu mir. „Morgen bist Du dran!"

Steffen lacht. „Du wirst staunen!"

Wie die Frauen, kommen die Jungs in die Küche wegen ihrer Menüs. An der Haustür klingelt es.

„Ah. Schon wieder das Fernsehen!"

„Haben Sie uns schon erwartet?"

„Naja. Die Zeit ist etwas ungünstig. Unsere Gaststätte sitzt voll mit Gästen."

„Das passt gut. Wir filmen Sie beim Essen kochen."

Die hübschen Männer kommen in die Küche. Einer erzählt, er wäre der Sohn eines Hoteliers in Miami. Andere sagen, sie wären Studenten und wieder Andere betonten, es wäre eine gute Gelegenheit, sich etwas Geld zu verdienen. Dabei kam heraus, viele junge Amerikaner würden bis zu fünf Nebenjobs ausüben, um über Wasser zu bleiben. Während wir so schön reden und kochen, füllt sich der Parkplatz unseres Hotels. Joana schaut aus der Tür und stellt fest, wir werden belagert. Nicht etwa von der Presse oder dem Militär.

Nein. Von geilen Frauen. Zu Hunderten. Unsere Zufahrt und große Teile des Ortes, sind blockiert. Ich dachte nicht im Geringsten daran, bei uns so viele unbefriedigte Frauen zu treffen. Deren Männer arbeiten gerade im Westen oder stehen im Stau auf der Nachhausefahrt. Und deren Patronenhülsen sind sicher prall voll. Karin schüttelt fast verzweifelt mit dem Kopf. Der Tross mit den jungen Männern muss jetzt vom Gelände. Die Show ruft. Sie kommen noch mal in die Gaststätte und Küche und verabschieden sich freundlich. Einige spritzen sich irgend Etwas in die Schulterblätter und Andere, schlucken schnell noch ein paar Kapseln. Auf meine Frage, was das sei, kommt die Antwort: „Hormons."

Die Security wurde deutlich verstärkt und musste nun Platz machen für den Tross. Einige der Security Leute kommen mir bekannt vor. Sie waren zu DDR Zeiten bei der Volkspolizei. Andreas, ein ehemaliger Ortspolizist der Kreisstadt, grüßt mich. „Da hast Du Dir einen schönen Weiberauflauf eingefangen."

„Wo stehen die ?"

„Im ganzen Ort. Die Autos kommen auch vom Nachbarbezirk bis nach Magdeburg hinauf." Die Show scheint ein absoluter Volltreffer zu sein. Die Jungs bleiben eine Nacht.

Unsere Restaurantgäste werden etwas zerrig. Margret sagt, sie wolle mit mir eigentlich Etwas besprechen.

„Nach dem Essen. Zuerst koche ich Euch das Essen und dann können wir reden."

Mischa und Steffen haben Alles vorbereitet. Karin und Joana bedienen schon. Die Bestellungen sind ziemlich einheitlich. Bis auf eine Ausnahme. Das war ein

Westgast von Margret. Ein Berater. Die restlichen Frauen im Restaurant trinken eine Orange oder Cola. Sie essen nicht. Für die Mitarbeiter der Show fertigen wir ein Buffet. Das können sie dann bis morgen verzehren. Die Nacht mit dem Sänger aus dem Westen hat mich etwas klüger gemacht. Ich setze mich nicht mehr die ganze Nacht hin, um ein Essen zu verkaufen. Für unsere Sächsischen Gäste kochen wir natürlich auch Sächsische Nationalkost. In Butter gebratene Schweinezunge und Rouladen. Der Westdeutsche hebt die Zähne, als ich die Zunge anbot.

Die weiblichen Gäste sind gegangen. Wir sind nur noch mit Margret und ihren Gästen zusammen. Mischa, Steffen und Mathias setzen sich in die Gasträume. Sie möchten nur Bier trinken und vielleicht etwas lauschen. Die Gäste von Margret sind die neuen Chefs Sächsischer Weingüter. Sie möchten bei uns ihre Weine absetzen. Margret hat uns empfohlen. Die Einkaufspreise sind ziemlich hoch. Der Westberater sagt mir, alle Einkaufspreise müsste ich mal Fünf nehmen. Die Weine würden für fünfzig Mark rauskommen, bei der Kalkulation. Margret hat ihn gebeten, etwas spazieren zu gehen. „Wir wissen schon, wie die ihre Gaststätten leer bekommen haben", sagt sie ganz trocken.

Ich ordere von jeder Sorte einen Karton. „Probe", habe ich den Gästen gesagt. Ich werde für DDR Bürger einen günstigen Preis nehmen und für Westler eben den, den sie gewohnt sind. Margret lacht darüber.

Joana, Andrea und Karin verabschieden sich. Andrea geht zu ihrem Jochen in die Bar. Die Bar ist voll. Sie kommt gleich wieder und geht zu Joana und Karin. „Das wird nichts heute", stammelt sie. Der Topf scheint zu kochen. Eigentlich war das absehbar. Jochen hat wegen der Show eine volle Hütte. Viel Arbeit, wenig Sex. Jochen wird sich noch daran gewöhnen müssen.

Margret geht mit ihren Gästen. Sie geben uns und mir, reichlich Komplimente. Jetzt endlich habe ich Zeit für Steffen, Mischa und Mathias. Die Freundin von Mathias ist mit in die Kreisstadt gefahren. Sie möchte gern die Stripshow anschauen. Mathias wartet ganz brav mit uns.

Karin, Joana und Andrea kommen wieder. Ihre Beine wirken etwas schwammig beim Gehen. Sie müssen sich erst Mal setzen. Karin hat einen Knutschfleck am Hals, „Das war Andrea!" Andrea kichert. Wenn das Jochen sehen könnte… .

Andrea hat die Handtasche randvoll gepackt. Ich schlage kurz mal den Reißverschluss zurück. Das ganze Glückssortiment. „Da brauchst Du viele Batterien in den kommenden Wochen."

„Morgen gehen wir Dich verarzten!"

Wenn das eine Drohung ist, dann Gute Nacht.

„Ich habe Termine am Montag."

„Unser Termin ist morgen", droht Karin.

Irgendwie bin ich in einer so glücklichen Situation, die sich ganz sicher jeder Mann wünscht. Drei Frauen sind um mein Wohlergehen bemüht. Fehlt nur noch, dass sie mich ans Bett fesseln. So weit will ich gar nicht denken.

„Bringe niemals solchen Sado Maso Kram mit, Karin."

„Du hast wohl Angst vor uns?"

„Ich muss unbedingt Mal mit Steffen reden. Der soll Dich mal richtig durchnehmen."

„Steffen? Das macht der doch schon jeden Abend!"

Das auch noch. Steffen hat das gehört.

„Du kennst mich ja. Karin ist mein Ein und Alles."
, Der hat ein Gemüt', denke ich mir. Unschlagbar.
„Im kommenden Monat wollen wir mal zur Ostsee
fahren. Nach Rostock. Wir wollen Kato besuchen. Schau
mal, ob Ihr Euch frei machen könnt."
„Wenn das auf unsere Ruhetage fällt, kommen wir."
„Steffen wird das schon so einrichten", sagt Karin.
Karin spielt mir unterm Tisch schon wieder am
Oberschenkel rum. Langsam strafft sich die Hose.
„Der ist wieder gesund, Schnucki!"
„Gut. Dann kannst du morgen mit uns Ski fahren."
Ich weiß wirklich nicht, was Steffen mit Ski fahren
meint.
„Lass Dich überraschen."
Die Jungs kommen wieder von ihrer Show. Nicht ganz
allein. Ihnen folgt ein Autokorso. Die Security fahren
vor. Nach der dritten Umrundung unseres Blockes
kommen sie auf den Parkplatz. Ihnen folgt niemand
mehr. Sie steigen aus und wollen gleich ins Zimmer. Sie
sind schon satt. „Von einem Catering", sagt Klaus, der
Veranstalter. „Das funktioniert gut mit Dir. Ich werde
die kommenden Gastspiele alle bei Dir unterbringen."
„Und die wollen auch in so eine bescheidene Hütte wie
unsere?"
„Naja. Alle nicht. Es gibt Ausnahmen mit Namen. Die
wollen vier, fünf, sechs Sterne. Die Meisten wollen
Abgeschiedenheit. Und da sind wir bei Dir richtig."
„Danke, mei Gutster."
Klaus bezahlt mich gleich mit. Mir fällt ein Stein vom
Herzen. Ich werde sichtbar lockerer.
„Die Mädchen haben Dir eine Kasse zurück gelegt. Ich
soll Dir das mit geben."

Die hübschen Riesenbusen sammelten mir fast zweitausend Mark. Das hätte ich beim besten Willen, niemals erwartet. Wenn ich bedenke, wo das Geld gesteckt hat, möchte ich es gar nicht weiter geben. „Das ist vom Fernsehgeld. Ein Kompliment für Deine Küche."

Dazu haben sie eine schönes Kartenfoto gelegt, auf deren Rückseite sie alle einen Kussabdruck hinterließen. Auf dem Bild ist mein Junior in diesem Meer aus Brüsten zusehen. Die Karte ist fast wie ein Ratespiel. Wo ist der Kopf vom Junior? Meinen Sohn habe ich erst nach Joanas Hinweis gefunden.

Kaum sind die Jungs oben, höre ich an unserer Haustür die ersten Bewegungen. Klaus geht mit mir an die Tür. Durchs Haus schleichen die ersten Mädchen mit den Schuhen in der Hand. Wir gehen ihnen hinterher. Oben angekommen, können wir unseren Augen kaum trauen. Sie stehen tatsächlich Schlange für ein Schäferstündchen mit den Strippern. Eine raus, die Nächste rein. Der Witz ist, alle Jungs schlafen im Doppelzimmer. Also, nicht allein. Was kann junge Frauen in so einen Zustand versetzen? Hormone können das schon mal nicht sein. Klaus fragt sie, was sie denn hier wollen. Keine Antwort. Vereinzelt etwas Gekicher. Sonst nichts. Vor der Tür stehen sie schamvoll. Im Zimmer benehmen sie sich schamlos.

Am meisten schockiert bin ich von der Tatsache, vor den Türen stehen nicht nur Mädchen. Erwachsene Frauen sind auch dabei. Ich frage sie nicht, ob sie verheiratet sind. Dem Schmuck nach zu urteilen, schon. Wir gehen schnell wieder runter zu unseren Freunden. Klaus und mir ist das peinlich.

Wir stellen uns gerade vor, wie die zukünftigen Unterhaltsforderungen aussehen. Wer steht darauf als Vater? Zimmer fünfzehn? Jetzt erklärt sich mir langsam auch, warum sich die Jungs spritzen müssen. Vor zwanzig Jahren wäre ich neidisch geworden. Bei den Körben, die ich sammeln durfte. Für ein Stelldichein sind wir zwanzig Kilometer durch die Nacht geschlichen. Zu den Jungs kommen die freiwillig. Diese Nacht werden wir nicht so schnell ins Bett kommen. Geplant war das anders. Alle sitzen noch im Restaurant. Wir haben schon zwei Uhr. Jochen schließt gerade ab. Er kommt zu uns. „Ist Andrea schon gegangen?"

„Sie ist oben bei Karin. Sie warten auf Dich. Soll ich sie holen?"

„Das wäre nett. Habt Ihr noch einen Kaffee für mich?"

„Mischa gibt ihn Dir."

Ich gehe allein nach Oben. Jochen kann ich unmöglich mitnehmen. Zuerst klopfe ich bei Karin. Keine Antwort. Also, schau ich bei uns nach. Andrea steht gerade unter der Dusche. ‚Ein schönes Weib', denk ich mir. Ich sag es ihr auch. „Du bist sehr schön, Andrea. Jochen wartet unten. Er hat Feierabend."

Andrea kommt aus der Dusche so nackt und nass, wie man eben duscht. Sie wirkt wirklich frisch. „Die Kur hat Dir gut getan, wie Du aussiehst."

„Helfe mir mal beim Abtrocknen."

Das mach ich natürlich gern. Karin und Joana hören das. Beide stöhnen etwas. Andrea lenkt mich zu sehr ab, um zu schauen, was sie gerade tun. Schöne weiche Hüften und der Po, sehr schön. Jochen hat eigentlich Glück. Bei so einer Frau. Durch die viele Bewegung als

Zimmermädchen, fällt es Andrea leicht, ihre Figur zu
halten. Ich klatsche ihr etwas auf den Hintern. Fertig.
Die Muschi hat sie sich rasiert. Ein schöner Anblick.
Karin ist immerhin Mama.
„Gute Nacht, meine Liebe. Kommst Du morgen?"
„Ich komme etwas später. Mit Jochen."
„Ich glaube, in den Zimmern der Jungs braucht es
morgen eine Spezialreinigung."
Ich gehe in unser Schlafzimmer. Karin macht keine
Anstalten, auf zustehen.
„Steffen sitzt noch unten bei den Jungs. Ich wollte
eigentlich nur Andrea holen. Jochen hat Feierabend."
„Geh wieder runter. Wir haben noch zu tun."
Joana lacht. Sie hat einen neuen Vibrator zwischen den
Beinen. „Der ist gut!"
„Du bist der Tester."
Joana hat schon vierzig von den Dingern. Einer schöner
als der Andere. Sie hat Andrea auch schon welche ab
gegeben.
„Willst Du mit machen?"
„Unten sitzen noch Alle."
„Geh wieder runter. Das Frühstück mache ich morgen.
Andrea kommt etwas später."
Ich nehme Andrea in den Arm und gehe mit ihr
zusammen runter. „Schaffst Du heute Jochen noch?"
„Ich bin eine hungrige Frau, Karl."
„Alles klar."
Andrea gibt mir einen Kuss. „Du bist der Beste!"
„Ich versuche mein Bestes."
Andrea küsst mich gleich noch Mal. Sie duftet, wie ein
Rosenbeet. Wir gehen zusammen zu Jochen. Jochen

trinkt Kaffee. Wie ich. Kaffee ist meine neue Droge. Mir wäre am liebsten, Jochen schaut sich das ab bei mir.

„Ich habe heute über zwei Tausend Umsatz gemacht."

„Bei zehn Prozent Prämie, hast Du allein Zweihundert zusätzlich. Gratulation!"

Nachtzuschlag gibt es heute nicht mehr. Ich gebe Jochen dafür die Prämie. Zum Trinkgeld gerechnet, dürfte das den Familienfrieden wieder ins Lot bringen. Andrea ist gut versorgt mit Gummi. Das hilft, über die Not zu kommen.

Zum Glück, helfen sich die Frauen auch untereinander. Unser Beruf wäre ohne die Umsicht unserer Frauen, schlecht machbar. Die Gastronomie erfordert eben ganz spezielle Charaktere und sehr selbstbewusste, praktische Frauen.

Jochen streichelt beim Gehen den Hintern von Andrea. Andrea dreht sich kurz um und zwinkert mir zu.

Steffen, Mischa, Mathias und ich sitzen noch etwas zusammen. Die Freundin von Mathias kommt gerade. Sie ist etwas spät dran. Ihre Freundinnen haben sie mit genommen. Sie war die Letzte. Mathias beruhigt sich. Er wirkt etwas gereizt.

Steffen sagt, „Gute Nacht!" Er ist müde. Ich auch. Mischa, Mathias und seine Freundin fahren nach Hause. Steffen hat für mich den Rausschmeißer gespielt. Er hat einfach die Fenster geöffnet und die frische Nachtluft herein gelassen. Danach schickt er mich ins Bett und räumt etwas auf. „Morgen bist Du dran, mein Freund. Gute Nacht." Zuerst begriff ich nicht, was er meint. Karin liegt mit Joana immer noch im Bett. Sie sind eingeschlafen. Eine ihrer Hände liegt jeweils bei der Freundin auf oder zwischen den Beinen.

Ich gehe auf mein Campingbett, um sie nicht zu stören. Unser Bad duftet immer noch nach dem Parfüm von Andrea. Sie hat ganz schön aufgetragen für Jochen. Sie liebt ihn ganz sicher. Jetzt, nachdem ich Jochen richtig kenne, verstehe ich das. Jochen wird auch ein guter Barmann.

Sonntag ist wie immer, der Tag der Abreise. Klaus steht schön früh an der Tür und möchte seine Schützlinge abholen. Wir kochen zusammen Omeletts aus zwanzig Eiweißen. Auf die Omeletts legen wir dünne Scheiben von Hühnerbrüsten. „Kein Salz!", ruft Mike in Deutsch, als er bemerkte, ich wolle das Ei salzen. Seine Eltern haben ein Restaurant in Miami. Er lädt uns gerade ein, ihn zu besuchen.

Andrea ist schon da. Sie ist die Erste. Sie läuft wie aufgezogen. Jochen hat wahrscheinlich sein Meisterstück abgeliefert. „Ich habe nicht geschlafen", sagt sie etwas säuselnd. Klaus lacht. Er kennt den Anblick.

„Der Termin steht noch nicht sicher fest, aber bei Dir werden die Donkosaken übernachten. Die sind jetzt gemischt."

„Wie gemischt?"

„Bei ihnen tritt jetzt auch ein Frauenballett auf zur Begleitung der Musik und zum Gesang."

„Das bereden wir später, mein Bester."

Karin und Joana kommen. Mit weichen Beinen. Frisch geduscht und fröhlich gestimmt. In der Küche duftet es nach Jasmin. Ich stelle gleich die Lüftung ab, um den Geruch zu genießen.

Steffen kommt mit Taschen und räumt bereits sein Auto ein.

„Keine Angst. Ich muss eh bis weit nach Mittag warten.
Ich bin noch voll."
Das heißt, wir können Kaffee kochen bis zum Abwinken.
Ich höre die Haustür. Dort schleichen sich gerade ein
paar frisch beglückte Hausfrauen raus.
„Wollen Sie keinen Kaffee trinken?", rufe ich ihnen nach.
„Oh doch. Danke."
‚Die Zwei anderen, die keinen Kaffee wollen und schnell
verschwinden, kenne ich doch', denke ich mir. Ich schaue
schnell noch zu einem Fenster hinaus, an dem sie vorbei
müssen. Die Frauen vom Gemeindevorstand. Ich
schlage die Hände über meinem Kopf zusammen. Eine
aus dem Westen und eine aus dem Ort. Die Besseren.
„Hast Du Jemand erkannt?", fragt Klaus.
„Schau! Du wirst staunen!"
Klaus guckt. „Ich kann es nicht fassen! Die Huren von
der Stadtverwaltung. Du ahnst nicht im Geringsten, was
die Zwei mir für Schwierigkeiten gemacht haben!"
„Die wollten den Jungs ihr zu Hause als Übernachtung
anbieten wie mir scheint."
„Das könnte man fast denken bei dem Anblick."
Die zwei Kaffeetrinkerinnen waren von der Zeitung.
Auch aus dem Westen. Recherche nennt sich das heute.
Sie arbeiten für die Kulturseite. Eine feine Kultur. Klaus
verschluckt sich beim Lachen und sprudelt mir den
Kaffee an die frische Kochjacke.
Klaus verabschiedet sich herzlich. Er muss seine Jungs
fahren. Jetzt sind wir allein. Wir trinken Kaffee
zusammen und essen etwas Kuchen. Es klopft an der
Tür. Mischa kommt. „Ich bereite Dir das Mittag vor. Leg
Dich noch etwas hin. Ich habe heute frei."
Ich glaube langsam, Mischa ahnt, was bei uns läuft.

Die zwei Frauen führen mich in unser Zimmer. Duschen wollte ich eigentlich allein. Aber Karin kommt mit einem Teil aus dem Koffer. Das Teil soll ich an die Dusche anschließen.

„Das ist die Analdusche", sagt sie.

Mit unserer Dusche, die ich auch zum Duschen des Hinterns benutze, wasche ich natürlich mit Druck, die Hälfte des Mastdarms mit. Jetzt soll ich wahrscheinlich auch noch den Magen spülen. Das Ding ist jedenfalls ziemlich lang.

„Ich habe eigentlich keine Verstopfung", sage ich zu Karin. Die Zwei lachen sich krumm. „Wir wollen Dich nur etwas sauberer als beim letzten Mal." Ich setze die Dusche an. Was da in dem Duschbecken landet, wirkt nicht unbedingt sexuell erregend. Gut. Manche finden das vielleicht doch schick. Ich weiß es nicht. Riechen tut es aber nicht lästig. Die Nachbehandlung Karins mit Flüssigseife und Eau de Cologne, lässt meine Zweifel etwas schwinden. Als gestandener DDR Bürger ist Unsereins natürlich neugierig. Lässt sich Glück noch steigern, ist die aktuelle Frage. „Habt Ihr das auch gemacht bei Euch?"

„Natürlich", sagt Joana und Karin nickt. „Bei Joana war es nicht so viel wie bei Dir. Du frisst zu viel!" Sie rubbeln mich ab. Ich komme mir vor wie ein Tourist in einem thailändischen Badehaus. So stelle ich mir das gerade vor. Karin und Joana haben sich ausgezogen dabei. Jupps, schon steht der kleine Junge. Jetzt sehe ich die Zwei im Vergleich. Karin hat den Hintern etwas größer. Ich schätze, das kommt vom Büro. Die schönere Figur hat Joana. Das passt Alles zusammen. Ein Glücksgriff. Steffen kommt geschlichen. Wir haben ihn gar nicht gehört. „Bei den Männersachen muss ich etwas helfen. Karin kann das noch nicht perfekt." Steffen hat sich ausgezogen. Er öffnet den Koffer. Da liegen zwanzig bis dreißig Masturbatoren drin. So nennt er die Dinger. Steffens Stab steht als er die Mädels sieht. Sein Schneckchen ist bedeutend größer als meins. Wir haben ihn deswegen immer bewundert beim Duschen. Seine Riesenhoden haben wir immer als Klöten bezeichnet. Als Klöten werden die Hoden von Stieren bezeichnet. Karin sagt, wenn die anschlagen, wäre das wie eine Vibration von einem Dildo. Sie kichert dabei. Joana scheint das zu erregen. Steffen zieht sich den ersten auf. Der ist ohne Vibration. Ein einfacher, sehr enger Gummischlauch. „Du musst gut fetten, Karl!"

Kaum ist das gesagt, reibt mir Karin meinen halb zusammen gefallenen Rentner mit einem Gel ein. Joana reibt mit. Zack, steht er wieder. „Du hattest schon in Russland zu tiefen Blutdruck. Jetzt weiß ich, woher Deine unglaubliche Ruhe kommt."Jetzt hält sie mir einen engen Schlauch, ähnlich dem von Steffen, an die Schnecke. „Das ist viel zu eng!", rufe ich.

„Warte ab!" Karin bewegt den hin und her und ganz langsam, sucht sich mein Schwänzchen den Eingang. „Jetzt geht er rein!", ruft Joana. „Das funktioniert tatsächlich." Karin greift Joana zwischen die Beine. Ein kurzes Schnaufen und Joana senkt den Kopf etwas. „Es funktioniert", habe ich lachend beigepflichtet. Das Ding ist so eng. Mit einer Hand würde ich einen Krampf bekommen. „Das Zeug ist wirklich gut."

„Wart ab. Es kommt noch besser!", ruft Steffen. Wir probieren den Zweiten, Dritten und Vierten. Einer ist besser als der Andere. Zwei sind dabei, die kann man extra noch aufpumpen. Mir wäre das zu viel Aufwand. Bei mir muss Sex recht schnell gehen. Unkompliziert. Mir ist lieber, ich habe fünf Mal Sex an einem Tag als einmal, fünf Stunden lang. Das wäre mir entschieden zu langweilig.

„Jetzt kommen die mit Dampf", sagt Steffen. Den ersten führt er mir wieder vor. Nach einem kurzen Schütteln und einem Pfützchen im Vibrator, dürfen wir feststellen, Steffen ist auch erregbar. „Wie oft nutzt Du so ein Ding?", frage ich ihn. Steffen braucht etwas für die Antwort. „Ein bis zwei Mal pro Tag", antwortet Karin. „Steffen ist vom Geschäft ähnlich beeindruckt wie Du."

„Also, auch tot."

„Noch nicht ganz, Karl", antwortet Steffen. „Wir leben noch!"

Jetzt zieht mir Karin einen Vibrator auf. Wieder so eng. Einen zusätzlichen steckt sie mir in den Anus. Joana fettet noch mal etwas nach. Das ist immerhin der zwölfte Masturbator, den die Zwei an mir ausprobieren. Mir macht es zunehmend Spaß. Joana und Karin auch. Joana hat Karin zwischendurch mal eine Revanche verpasst. Ihr Griff war etwas fester. Karin hat fast geschrien. Karin spreizt Ihre Finger und misst meinen Kleinen. „Steffen! Der ist auch fast zwanzig Zentimeter." Eigentlich wusste das Karin. Sie hat ihn schon in der Sowjetunion gemessen. Wahrscheinlich will sie nur Joana beruhigen.

„Sag ich doch. Der Karl ist gut bestückt."

„Den musst Du aber gut pflegen. Der fällt Dir sonst zusammen!", sagt Karin und schaut Joana dabei tief an.

Das vibrierende Ding schlabbert so intensiv, es braucht keine Minute und das Bett fängt wieder an zu schwimmen.

„Dafür hat Karl viel mehr zu geben als ich", sagt Steffen, leicht beeindruckt.

„Das macht die erzwungene Enthaltsamkeit", wiederhole ich.

Steffen sagt, „den Koffer lassen wir hier. Trainiere recht oft und Dein alter Schnuller funktioniert wieder."

Ich bemerke sofort, Steffen braucht noch etwas Ruhe oder etwas Gescheites zu Essen. Karin möchte sich von Joana ordentlich verabschieden. Sie hat bemerkt, Andrea ist da.

In der Küche steht Mischa. Achim und Thomas sind bereits bei ihm und kosten verschiedene Dinge vom Buffet. Mischa hat so die Entsorgung der Reste vom Vortag organisiert. Den Opfern schmeckt es.

Zu Mittag erwarten wir weniger Gäste. Im Stadtpark findet ein Volksfest statt. Die Stripboys machen dort eine Modenschau und ziehen dann weiter. Die frisch beglückten Damen werden zahlreich erscheinen. Mit Ehemann.

Es kommt wie erwartet. Wir haben drei Nachbarn als Gast. Für mich ist das die Gelegenheit, etwas mit ihnen zu schwätzen. Neben aufrichtig begeisterten Nachbarn und Anhängern, darf ich auch den Kontakt mit echten Heuchlern und Schwindlern pflegen. Alle beklagen, es gibt für ihre Eltern keine vernünftige Versorgung. Auch nicht auf ihrer Arbeit.

Eine Idee wird geboren. Ich biete ihnen an, ihre Eltern zu Hause und sie, auf Arbeit, mit Essen zu versorgen. Zu mal das angesichts der höheren Belastung dazu beitragen kann, die Darlehen zu bedienen.

Lange nach dem Mittagessen, also schon zum Kaffee trinken, kommt Joana mit Karin. Es duftet nach Flieder. Jeden Tag ein anderer Duft. Jeden Tag ein frischeres Aussehen von Joana. Ich probiere wieder die Berührung, wie gewohnt. Dieses Mal lacht Joana. Sie zittert am ganzen Körper.

Steffen zeigt sich wieder. „Ich bin jetzt frisch. Wir könnten fahren." Als Koch lernte ich, wie wir den Abbau von Alkohol berechnen. Nicht präzise, sondern behelfsmäßig. Für ein Zehntel Promille, benötigen wir eine Stunde Abbauzeit. Die Normalgröße setze ich voraus bei Steffen. Bei zwei Promille müsste Steffen also vom ersten Schluck Alkohol an, einundzwanzig Stunden für den Abbau berechnen. Zwei Promille sind gleich zu setzen mit zwanzig normalen Einheiten alkoholischer Getränke. Bei Schnaps sind das zwei Zentiliter, bei Wein - zwei Zehntel und beim Bier, ein Viertel Liter für ein Zehntel Promille. Beginnen wir mit dem Konsum des ersten Getränkes, müssen wir ab diesem Zeitpunkt, die Stunden addieren. Nach der Berechnung müsste unser Steffen bis Drei warten. Karin und Joana haben praktisch exakt den kompletten Abbau des Alkohols in Steffens Blut überbrückt. Das ist schon mal eine Glanzleistung. Trotzdem hat Steffen jetzt Hunger. Und Karin auch. Ich grille ihnen Hühnchenbrust und brate Prager Ei dazu. Die Zwei sind begeistert. In eine große Thermoskanne gießen wir den Zweien einen Liter richtigen Kaffee und schon können sie los fahren.

„Wir kommen nächsten Monat wieder!"

Ich gebe den Zweien einen Karton Wein aus Meißen mit. Bei mir wäre der zu teuer im Verkauf. Als Geschenk für unsere zwei Lieben, gerade richtig. Steffen küsst Joana. „Putz Dir noch mal schnell die Zähne. Du stinkst noch aus dem Mund!"

Steffen rennt sofort los. Inzwischen lecke ich Karin ab. „Du bist mein zweitliebster Mann," stöhnt sie. Ich berühre sie an der Hüfte. Das ist kein Zittern mehr, es ist ein Beben. Sie bebt am ganzen Körper. Joana hat eine Glanzleistung abgelegt.

„Und ich?", fragt Joana.

„Du bist mein absolutes Sternchen", antwortet Karin. Steffen kommt wieder und versucht ein neues Küsschen bei Joana.

„Geht es jetzt?"

Joana küsst Steffen noch Mal nach. „Jetzt schmeckst Du gut. Du solltest aber nicht unsere Zahncreme fressen. Ist noch Etwas übrig?"

Steffen lässt trotzdem Karin fahren. Sie fährt so gut wie Joana. Kuppeln muss sie ja nicht mit ihren zittrigen Beinen.

Andrea kommt mit zum Abschied von den Zweien. Sie weint etwas. Eigentlich haben wir diese Reaktion von Andrea nicht erwartet. Karin sieht das, dreht um und gibt Andrea einen Kuss. „Wir kommen doch wieder." Die Zwei fahren. Wir könnten fast glauben, Steffen und Karin haben bei uns ihre zweite Heimat gefunden. Ihr Herz ist jedenfalls auf unserer Seite.

Kaum sind die Zwei weg, offenbart uns Andrea die Inhalte der Müllkübel jener Zimmer, die von den Stripboys hinterlassen wurden. Nach ihrer neugierigen Zählung der Hinterlassenschaften, hätten die Jungs im

Schnitt, jeder fünf Frauen beglückt. Dabei steht nicht zur Frage, ob die Frauen glücklich wurden. Bei dem Aussehen der Jungs, ganz sicher mit reichlich Eigeninitiative. Klaus hatte jedenfalls angedeutet, der Besuch dieser Jungs bei uns war nicht der letzte. Sie würden in vielen Gruppen mit unterschiedlicher Besetzung, auftreten. Wir sind gespannt. In unserer Kasse hat das positiv gewirkt. Klaus handelt nicht. Er zahlt die Zimmerpreise.

Am Nachmittag kommt Jochen mit einem großen Lächeln auf dem Gesicht. Andrea ist gerade fertig geworden und wir trinken zusammen Kaffee. Mischa hat einen Kuchen gebacken. Der ist etwas schief gegangen. Er ist in der Mitte noch schliff. „Dein, mit Gas betriebener Kombidämpfer ist für das Kuchen backen schlecht geeignet", sagt er. Die Temperaturen schwanken zu heftig. Damit hat er schon recht. Ich bemerkte das auch beim Arbeiten in Niedertemperatur. „Das war ein Fehlkauf. Bei den Preisen, kein unbedeutender."

Nach dem Kaffee trinken sind wir allein. Bis auf Jochen, gehen Alle nach Hause. Wir bereiten etwas das Abendgeschäft vor und gehen noch einmal zu Bett. Joana berichtet mir von ihren Erlebnissen. Sie streichelt dabei meinen kleinen Karl. Die Schule von Karin hilft. Karin hat Joana gesagt, nur jeder dritte oder vierte Höhepunkt wäre ein echter Höhepunkt. Die anderen sind nur Zwischenspiele. Früher hätte Joana das für den ultimativen Orgasmus gehalten. Ich muss mich also auf längere Beischläfe einrichten. Ehrlich gesagt, fehlt mir oft die Kraft dazu. Joana zeigt mir schnell noch ihre Lieblingsspielzeuge. Zwei Doppeldecker sind dabei und ein ganz dicker. Karin hat sie gewarnt vor diesem Ding. Der würde kleine Verletzungen auslösen. Die Folge sind Entzündungen. Wir legen das Prachtstück mal bei Seite. Dafür sucht sie sich den zweit Liebsten heraus. Jeder Mann würde blass werden bei einem Vergleich. Ich auch. Und der sieht so echt aus. Und wie der sich anfühlt. Mit Links greife ich den kleinen Karl und mit Rechts, das Ding. Kein Unterschied. Außer, in der Größe natürlich. Ein Meisterprodukt menschlicher Handwerkskunst. „Du bist aber wegen dem nicht überflüssig", tröstet mich Joana. „Dein Herz, Dein Gemüt und Du sind für mich unersetzlich."

Joana verpackt Liebeserklärungen sehr geschickt. Ich muss oft drei Mal nachdenken, was sie gemeint hat. In dem Wesen kommt sie mir sehr nahe. Ich sage das auch so ähnlich. Gemeine Floskeln sind uns zu primitiv. „Ich liebe Dich", kann gelogen sein oder nicht. Das Herz spricht eine ganz andere Sprache. Ich lege die Hand rüber zu Joanas Oberschenkel. Mit dem kleinen Finger versuche ich, das Nest zu erreichen. „Hast Du einen Tampon gesetzt?"

„Wieso?"

„Dort ist so etwas Hartes."

„Jaja. Dort bist Du richtig."

Es braucht keine fünf Minuten Handarbeit und wir schlafen glücklich ein. Keine wilden Träume, keine Schulden, kein Streit, einfach Schlafen.

Der Wecker ruft. Joana duscht und ich wasche mich. Duschen ist für meine Füße nicht gut kurz vor der Arbeit. In der Küche trage ich geschlossene Schuhe. Nasse Füße bringen einen Schweißfuß. Den habe ich nicht. Dafür werde ich sehr oft gelobt von Joana. Karin hat das auch bemerkt. Die zwei Frauen werden sich immer ähnlicher. Steffen hat sich dem gleich angenommen. Ich sollte ihm erklären, wie er den Schweißfuß weg bekommt. Er hat es satt, immer mit den Turnschuhen ins Bett zu gehen, sagte er lachend. In der Sowjetunion hatten wir einen Kollegen, dessen Fuß wir schon rochen, als er unsere Baracke betrat. Olaf hieß er. Und er hieß nicht nur so. Er war es auch. Stockschwul. Er war ein guter Koch und ein sehr guter Kollege. In der DDR wurde das nicht so thematisiert wie heute. Auch nicht in der Sowjetunion. Wir sind Menschen und Gott sei Dank, recht verschieden. Olaf wartete immer gespannt auf den Studentensommer. Unter den Studenten war immer ein Gleichgesinnter. Zu der Zeit wurde Olaf immer bedeutend entspannter. Wir spürten sofort, wenn Olaf keinen Freund hatte. Er war launisch, zickig und ziemlich unausgeglichen. Sobald er einen Freund hatte, war er der Lustigste der Küche und immer zu Späßen aufgelegt. Steffen hat ihn unter der Dusche mal seine Riesenschnecke angreifen lassen. Das hat Wochen lang gewirkt. Ein Kollege aus dem Erzgebirge hat das fotografiert. Das Foto hat Olaf bestimmt als Vorlage benutzt in düsteren Zeiten. In seinem Schrank lag es jedenfalls immer ganz Oben. Kaum ist Montag, erreichen uns wieder traurige Nachrichten. Der Besitzer der Baufirma, die bei uns gebaut haben, hat sich aufgehängt. Er hatte zu viele offene Rechnungen. Die Schuldner aus dem Westen wollten einfach nicht bezahlen. Das Schlimmste ist, seine Frau ist bei dem Chef einer Schuldenfirma auch noch Sekretärin. Und die besprang der Chef auch noch regelmäßig. Liebe kann das keine gewesen sein. Jetzt hat sie den Schuldner gewechselt. Die Familie von Rainer, dem Baubetriebsbesitzer, wird sich die Schulden schon holen. Der Papa ist immerhin Polizist. Das sieht nicht gut aus für die Witwe von Rainer. Sie besetzt immerhin sein selbst gebautes Eigenheim. Das würde gern die Familie beziehen.

Heute kommt auch mein Sohn mit einem Freund. Alex möchte Koch werden. Ich hatte ihm den Beruf empfohlen. Ich habe ihm nicht versprochen, als Koch gäbe es wenig Arbeit. Ich versprach ihm nur, diese Arbeit ist zur Zeit etwas sicherer. Er hat die Lehre beantragt und es geht um den Trägerbetrieb. Die Freundin seines Freundes möchte das auch lernen. Sie kommt noch mit ihren Eltern. Mir ist das eigentlich Recht, weil sich mit dem Essen außer Haus, eine Vergrößerung des Betriebes andeutet. Noch herrschen Übergangsgesetze, mit denen die Lehrlingsarbeit geregelt wird. Der Junior legt mir den Lehrplan auf den Tisch, nach dem die Lehrausbildung ausgerichtet werden soll. Ich studiere dieses Machwerk. Zur Ausbildung eines Handwerkers ist dieses Konzept nicht geeignet. Jetzt wundert mich auch nicht mehr, warum das im Westen Keiner lernen will. Sämtliche Ernährungsgrundlagen werden auf den Kopf gestellt.

Essen außer Haus

Auf der Suche nach geeigneten Geschirr und Transportbehältern, bekommen wir wieder Kontakt mit skrupellosen Vertretern aus dem Westen. Die bieten uns für dreißig Mark, Geschirr und Behälter für eine Person an. Ich stelle mir gerade vor, wir würden einhundert Personen oder mehr mit Essen beliefern. Wir würden für diese Geschirrbude arbeiten und sicher nicht für uns und unsere Kunden. Das Angebot ist eher für Scheinbetriebe geeignet, die fleißig das Steuersäckel bestehlen. Gemeint sind hauseigene Westbesatzer. Im Campingbereich finden wir das passende Set. Wir möchten Mehrweg benutzen. Keine Einwegsysteme. Welcher Mensch möchte mittags aus einer dünnen Aluschale fressen? Mit der kann man das Essen im Backofen oder auf Wärmeplatten erwärmen. Wir entscheiden uns für Plastik, welches unsere Kunden auch in der Mikrowelle erwärmen können. Wir könnten unser Essen sogar notfalls kalt ausliefern.
Zunächst bieten wir ein klassisches Menü in fünf Gängen an.
Für jeden Wochentag ein Menü. Diesen Speiseplan verschicken wir in der Vorwoche mit dem Fax. Die Bestellung muss ausgefüllt zurück gefaxt werden. Und schon wäre der Plan perfekt. Privatpersonen haben natürlich kein Fax. Die müssen ihre Bestellung in der Woche vorher, dem Lieferanten mit geben. Kunden, die keine Mikrowelle haben, bekommen von uns eine. Nur so lange, wie sie bei uns ihr Essen bestellen.
Auf unserem Grundstück ist eine sehr schöne Kompostanlage. Gemauert. In der DDR gehörte das zur

Grundnorm bei größeren Gastronomieobjekten wie eine intakte Kläranlage. Der Grünschnitt und vegetarische Speisereste wurden auf dem Kompost, in einem Jahr zu wertvoller Erde verwandelt. Mitunter haben wir auch wenige tierische Abfälle unter gemischt, wegen der Bakterienbildung und den wertvollen Maden. Damit geht das Kompostieren etwas schneller. Mit den Besatzern kamen natürlich auch deren Geschäftemacher. Die stritten sich mit uns um die Speisereste. Bauern unserer Nachbarschaft waren auch auf Eierschalen und Grünabfälle scharf. Sie nahmen regelmäßig auch die tierischen Abfälle mit. Die dürften ab jetzt nicht mehr verfüttert werden. Plötzlich sind Kläranlagen der DDR ungeeignet. Die intakte Kreislaufwirtschaft der DDR wurde über Nacht zum Verbrechen deklariert. Dafür sind landesweit, tausende Besatzer ausgeschwärmt, um das Volk und deren Kreislaufwirtschaft nachhaltig zu zerstören. Beim Kompostieren kämen in der Nacht die Füchse und würden den Viehbestand der Bauern anstecken. Haushunde machen das natürlich nicht. Die machen nur Frauchen glücklicher. Die Erklärungen werden immer verrückter. Wir sehen ein schweres Diktat auf uns zu kommen, das von geistig zersetzten Kriminellen ausgeübt wird. Das kommt uns bekannt vor aus der Schule.

Die Steuerprüfung hat sich angesagt. Es ist die dritte seit unserer Eröffnung. Im gleichen Moment klopft es an der Tür. „Hygienekontrolle!" Sie stehen zu Viert im Haus. Nicht nur das. Es klopf noch einmal. „GEZ!"
„Was GEZ?"
„Wir sind die Gebühreneinzugszentrale."

„Haben Sie sich mit der Finanz- und Hygienekontrolle abgesprochen? Verschwinden Sie! Ich habe für Sie jetzt keine Zeit!"

Irgendwann platzt einem Menschen der Kragen, wenn an der Tür nur noch Alkoholiker klopfen. Offensichtlich haben diese Eintreiber ihre Laufburschen in der Kneipe gesucht. Die sind billiger, erpressbar und denken nicht. Wegen der Hygienekontrolle, die ich sicher begleiten muss für eventuelle Fragen, habe ich die Finanzkontrolle ohne Aufsicht arbeiten lassen. Ich lege ihnen meine Hefter und Abrechnungen hin. Die Franken legen sofort los. Einer kommt aus der bayrischen Landeshauptstadt. Selbstverständlich in Tracht. „Das ist ja heute hier ein Trachtentreffen", sage ich zu ihm. „Ich in Kochtracht und Sie in Finanztracht." Er lacht nicht mit, der Schnüffler. Joana und Andrea hören mit und lachen. Der rothaarige Lederhosenseppel wird röter dabei.

Die Hygienekontrolle wird von Frauen durchgeführt. Ein Mann ist dabei. Dr. steht auf dem Schild. In der DDR hätte der sicher eine Stelle als Gemeindeschwester bekommen. Von den Frauen ist eine übernommen und die anderen, importiert. Wahrscheinlich sind sie die Freizeitmatratzen diverser Beamter. Die müssen auch unter kommen.

„Bei den Lebensmitteln ist alles okay", sagen sie zu mir. Sie hält mir ein Buch hin, von dem ich jede Seite unterschreiben soll. Das dauert fünfzehn Minuten. Es sind über einhundert Seiten. Durchlesen und kontrollieren, soll das Keiner. Besatzungsrecht in Aktion.

Der Doktor schlendert derweil über unser Grundstück. Er findet den Komposthaufen überflüssig. „Wir geben das heute in Tonnen. Die können Sie kaufen."

„Die Misthaufen vom Bauern oben drüber kommen auch in diese Tonnen?"

„Wir reden von Speiseresten!"

„Mist von Tieren ist auch ein Speiserest."

Dieser Dummkopf lehnt es ab, sich mit mir weiter zu unterhalten. Argumente, die den IQ über siebzig ansprechen, vernimmt dieser frauenähnliche Typ nicht. Der hört eher auf verlogenes Liebesgesäusel von seinem Chef. In Diktaturen haben geistig Behinderte und Kriminelle, Hochkonjunktur.

Die Hygiene verabschiedet sich mit einem Protokoll. Mein Komposthaufen wurde nicht erwähnt. Eigentlich geht das auch nicht. Es fehlt die gesetzliche Grundlage.

„Ihre Bücher und Ihre Abrechnung sind in Ordnung. Einen kleinen Fehler haben wir gefunden. Sie haben die falsche Kostenstelle zugeordnet", sagen die Finanzbeamten.

„Muss ich jetzt Strafe zahlen?"

„Nein. Im Kontenrahmen ist es richtig platziert als Einnahme. Nur die Kontenstelle hat sich geändert. Dafür müssen Sie keine Mehrwertsteuer bezahlen. Sie bekommen Geld zurück."

„Könnten Sie mir die neuen Kontenstellen mitteilen?"

„Fragen Sie einen Steuerberater."

„Sie meinen etwa, einen Weststeuerberater?"

„Ja."

„Ich habe Buchen gelernt und möchte so lange, wie es geht, selbst buchen."

„Trotzdem müssen Sie das durch einen Steuerberater kontrollieren lassen. Gut. Wir schicken Ihnen den Kontenrahmen. Übrigens; wir möchten bei Ihnen Zimmer buchen. Unsere Behörde möchte Zimmer nur in sauberen Betrieben buchen."

„Wie meinen Sie, sauber?"

„Gemeint sind korrekte Betriebe. Deshalb haben wir sie so oft geprüft."

„Ist das jetzt ein Kompliment oder eine Belobigung?"

„Es ist eine Tatsache, kein Privileg. Bis später, Herr Karl."

Klaus ruft gerade an. Die Kosaken kommen am Wochenende.

Unsere Werbeaktion mit dem Essen außer Haus trägt Früchte. Mittlerweile treffen bei uns rund einhundert Anfragen zusätzlich ein. Alle wollen Essen außer Haus und an ihrem Arbeitsplatz. Selbst unsere Polizei, die Ämter, Gerichte und die Dragonia ist dabei. Wir liefern das Essen. Es sind auch unsere Eltern und Großeltern, die wir versorgen.

Die Dragonia ist eine Kirchensekte, die sich im Dritten Reich sehr wohl fühlte. In der DDR war die Sekte unter starker Beobachtung. Beteiligung an Republikflucht und Sabotageaktionen waren oft Ermittlungsgegenstände. Mit der Besatzung blühte deren Geschäftsinteresse auf. Kreuze schwenken wird wieder modern. Man baut und betreibt Altenheime und Versorgungszentren. In der DDR haben diese Vereine keine Unterstützung bekommen. Sie mussten arbeiten und ihr Geld selbst verdienen. Hilfe für Alte und in Not Geratene, war bei uns nicht nötig. Das war die Aufgabe der Volkssolidarität und der Gewerkschaft. Die ließen es gar nicht so weit kommen.

Pünktlich zur Wende wurde die Finanzierung der Kirche durch Zwangsabgaben, also durch Raub eingeführt. Wir wurden nämlich alle über Nacht, Zwangsmitglieder einer kriminellen Sekte. Deren umfangreiche Kenntnisse in Völkermord, Raub und Vergewaltigung, sind den Besatzern natürlich Gold wert. Gleich und Gleich gesellt sich gern. Auf jeder Steuererklärung war der Zehnt an eine kriminelle Organisation, Pflicht. Im Grunde entstand für uns also die Pflicht, mittels Investitionen und Kosten, die Abgaben an Besatzer und Verbrecher so gering wie möglich zu halten. Eine ausgeglichene Nullerklärung wäre das Ideal. Das erfordert natürlich Überblick und auch ein paar Kenntnisse in Buchhaltung. Unsere Lehrer haben uns für diese Eventualität sehr gut ausgebildet.

Unsere zwei Lehrlinge kommen und treten den Dienst an. Die Ausbildungsreihenfolge muss ich etwas ändern und der, unserer DDR Ausbildung angleichen. Normal lernt man doch zuerst Gehen, ehe man Fahren lernt. In der DDR war die Lehre des Reinlichkeitssinnes, die aller erste Lehre. Nebenbei lerne ich den Zweien auch die Grundkenntnisse und Garmethoden. Gabi, unser frischer weiblicher Lehrling, versteht sich sehr gut mit Alex. Beide werden schnell Freunde. Schulfreunde. Die Eltern von Gabi, beide arbeitslos wegen westlicher Betriebsplünderung, sind froh und sehen für Gabi eine Zukunft. Das zusätzliche Einkommen tut der Familie gut. Bisweilen kann ich eine Prämie locker machen. Ihre Neubauwohnung gehörte jetzt Westbesatzern, die kräftig kassieren wollen.

Ein sehr trauriger Zwischenfall führt zu einem Telefonat mit einer Bestellung für eine Trauergesellschaft. Unser Kreisparteisekretär ist gestorben. Das Haus, in dem er mit seiner Familie lebt, gehörte natürlich nicht ihm. Der neue Besitzer, ein Rechtsverdreher aus dem Westen, hat ihn wegen Eigenbedarf gekündigt. Wir bieten ihm sofort ein Zimmer an und andere Genossen, auch eine Übergangswohnung. Die Kündigung hat den Verfolgten des Naziregimes, den Geist aufgeben lassen. Zwei Tage vor seinem Tod, sagte er mir noch am Telefon, „Das ist das zweite Mal, dass ich diesen Verbrechern gegenüber stehe."

Die Trauerfeier halten wir unter der Woche ab. Die Genossen haben dafür die Tafel von Karl Liebknecht gewählt. Über vierhundert Gäste sind zugegen. Die verdeckte Gestapo der Besatzer ist auch dabei. Das Blumenmeer hat den gesamten Vorplatz belegt. Der Stadtrat fehlt komplett.

Vor drei Monaten, als ein Pfarrer, der die Wehrmacht an der Ostfront segnete, abtrat, haben sie den dreißigtausend Mark teuren, reichlich dekorierten Holzkasten durch den ganzen Ort geschleppt. Davor und hinterher, liefen zwanzig Jungen mit Bettelbüchsen. Der Pfarrer bekam monatlich vierzehntausend Mark. Seine vierzig Jahre jüngere Putzfrau und Matratze, erbt; auch das Bettelgeld. Unbefleckt, in Gottes Namen.

Derweil leert sich der Ort. Aus einer Stadt wird ein Dorf. Aufbau Ost. Den Politikern muss jetzt etwas einfallen. Nach kurzer Überlegung fällt ihnen ein, in Russland leben Deutsche. Die stecken wir jetzt in die leeren Wohnungen.

Gedacht, getan. Mit den Donkosaken am Wochenende, kommen reichlich Russen, die meinen, sie wären Deutsche.

Unser Ort bekommt sein erstes Ghetto. Die Hauptstraße ist poliert. In den Ecken stinkt es. Zwei Jahre und die Westkultur ist komplett eingezogen. Der Pfarrer geht jetzt Streife mit einem selbst erklärten, orthodoxen Schwinger von Rauchtöpfen.Das ist Deutsch – Sowjetische Freundschaft in Wendezeiten.

Der GEZ - Mann steht wieder vor der Tür. „Ich muss Ihre Fernsehgeräte zählen."

„Morgen komme ich zu Ihnen und zähle Ihre Fernsehgeräte. Räumen Sie bitte Ihre leeren Flaschen weg zu Hause. Wegen der Unfallgefahr!"

Ich schließe die Tür. Er steckt mir Etwas in den Briefkasten.

Andrea ist heute extrem früh fertig. Unsere Gäste essen sehr zeitig. Es sind Montagearbeiter. Sie bauen wieder Maschinen ab. Es sind Druckmaschinen für Stoffe. „Die gehen in die Türkei", sagen sie zu mir. Nach dem Frühstück geht Andrea mit Joana Zimmer putzen. Sie sind schnell fertig. „Die Arbeiter sind sehr sauber" sagen die Zwei. Danach gehen sie zusammen duschen. Eigentlich wollte ich noch unseren Einkauf organisieren und die Zwei einladen. Unser Geschirr und die Kübel reichen nicht mehr aus. Ich habe das schon bestellt. Im Haus ist es sehr ruhig. Nach dem Türen schließen, gehe ich nach Oben zum Waschen. Beim Betreten unseres Zimmers höre ich recht lautes Keuchen. Andrea wollte tatsächlich so ein dickes Ding probieren. ‚Für eine Mama wird das schon passen', haben sich die Zwei gedacht. Joana sitzt auf der Hand von Andrea. Mit der anderen Hand reibt sie Andrea zwischen den Beinen. Die Beine hat sie drückend gestreckt. Die Zehen von Andrea sehen aus, als wollte sie damit Klavier spielen. Joana hat ihr Kinn zur Brust gesenkt. Die Zwei haben einen gemeinsamen Höhepunkt. Wie in einer guten Ehe bei gutem Sex.

„Darf ich etwas helfen?"

„Gehe erst Mal duschen."

Ich dusche mich extra sauber. Also, mit dem berühmten Stäbchen. Mittlerweile habe ich mich an den Anblick im Duschbecken gewöhnt. Der Anblick der Gästeunterhosen, die Andrea für unsere Gäste wäscht, hat mich abgebrüht.

Am Bett angekommen, greift Andrea mein Stäbchen.

„Du bist größer als Jochen", lacht sie.

„Aber Jochen ist Dein Mann. Die Gummis, Karin und Joana sind Dein Notprogramm. Ich nicht. Deswegen hast Du gerade einen noch Größeren drinnen."

„Und der vibriert. Ich komme gerade wieder."

Joana hilft gewaltig nach. Sie reibt, was das Zeug hält. Andrea geht über den Punkt. Sie schiebt nicht Joanas Hand weg. Im Gegenteil. Sie dreht sich etwas zur Seite und küsst Joanas Muschi. Mit einem saugenden Zungenkuss. Joana kommt nicht mehr weg. Ihre Brustwarzen sind knochenhart.

Sie reibt meine Stange. Reibt, reibt...und jetzt kommt es mir.

Joana hält auf zu reiben. Andrea reibt weiter. Ich zucke zusammen. Immer weiter. Andrea dürfte nichts mehr in der Hand halten. Sie gibt nicht auf. Meine Zuckungen lassen nach. Ich habe tatsächlich Schweißperlen an der Stirn. Auch den Rücken runter läuft mir der Schweiß.

Andrea spreizt die Beine und zieht das dicke Ding heraus. Sie ist ganz offen. „Andrea", ruft Joana. „Das ist die Arbeit von Jochen."

Andrea wollte jetzt Einen rein haben, hat sie gesagt.

„Dicker haben wir die nicht da", sagt Joana.

„Es muss nur leben", stöhnt sie.

Joana greift ihre Muschi und reibt. Ich hole den Doppeldecker. „Das wird helfen", sage ich.

Es hilft tatsächlich. „Tiefer, tiefer", stöhnt Andrea. Jetzt zuckt sie zusammen und gibt einen Laut von sich, den die ganze Ortschaft hören könnte bei offenem Fenster. „Das war bitter nötig", stöhnt sie. „Entschuldige Joana."

Die Zwei sind triefend nass. Nicht vom Schweiß. Von meinem Sperma. Andrea hat mir den kleinen Karl ausgewrungen. Joana massiert sie mit dem Sperma. Ich probiere, meinen in Joana zu stecken. Zwei, drei Zentimeter geht er rein. Ein schönes, warmes Gefühl. Das hatten wir eine Ewigkeit nicht mehr. Andrea sieht das und reibt bei Joana. Bei ihr bringt es Etwas. Bei mir nicht. Trotzdem feiern wir den Fortschritt. Der Papa hat wieder einmal in der Mama gesteckt.

Nach dem Duschen gibt es Torte. Die habe ich gemacht. Buttercremetorte mit Nüssen und Kakao. Jeder von uns hat ein Viertel verzehrt.

„Morgen und Übermorgen ist Ruhetag. Willst Du den mit uns verbringen?", fragt Joana. Joana hat die Liebe wieder entdeckt. Die körperliche Liebe.

„Jochen will eh aufschließen zu den Ruhetagen. Er will Geld verdienen. Ich komme so und so zum Putzen."

„Also. Machen wir morgen Sex und dann gehen wir essen."

„Das letzte Mal war ich vor zwei Jahren mit Jochen aus. Bei Karl's Mutter. Wir haben zwei Riesenschnitzel gegessen."

„Wir lieben griechisches Essen. Bei Christos."

Unser Grieche nennt sich auch Christos. „Bei Christos" ist der Name seines gut besuchten Restaurants.

„So machen wir das."

„Wie hat Dir der Doppelte gefallen?"

„Ich will nur noch den! Und den Dicken!"

„Und die kleinen für den Pförtner?"

„Unbedingt. Der hat mir heute gefehlt."

Andrea hat schon wieder Lust. Wir lachen darüber. Den Rest der Zeit reden wir über andere Themen. Karin muss etwas abkühlen hier im Gastraum.

An der Tür klopft es. Ich öffne und vor mir stehen die Eltern von Gabi. „Ist heute geöffnet?"

„Ja. Wir essen gerade Torte. Wollen Sie die auch probieren?"

„Ich bin Reinhard und meine Frau ist Lisa."

„Ich bin Karl. Wollt ihr mit uns Torte essen, Reinhard?"

„Gerne. Die bezahlen wir."

„Bitte keinen Streit hier. Ihr seid unsere Gäste", sagt Joana.

Beim Kaffee trinken stellen sich die Beiden vor. Lisa ist schön. Ihre Tochter hat davon viel ab bekommen. Sie war Sekretärin im Vertrieb und nebenbei, Mannequin für Bademoden. Reinhard ist Ingenieur für Werkzeugmaschinen. Die Bilder von Lisa habe ich noch im Kopf. Sie waren in jedem Katalog unserer Kaufhäuser abgedruckt. „Nicht nur da. Ich war auch auf vielen Plakaten und in Messekatalogen", sagt sie. Die Bilder aus diesen Katalogen waren begehrte

Sammelobjekte. Sie hingen oft über den Betten der Jungen und jungen Männer. Die Mama von Gabi war sozusagen, die erste Geliebte vieler Jungen bei ihren ersten sexuellen Erfahrungen.

Kapazitäten wie Papa Reinhard braucht heute niemand mehr. Die Maschinen werden eh wo anders gebaut und gebraucht. Reinhard ist weit herum gekommen. Ihm können die Besatzer nichts mehr wegnehmen. Er hat bereits Vieles gesehen und erlebt.

Jochen bietet jetzt belegte Brote. Ich kaufte ihm zusätzlich einen Kontaktgrill. Damit kann er die belegten Brote zu Toast verarbeiten. Unsere Hausgäste nutzen das Angebot. Immer weniger verlassen unseren Betrieb an den Ruhetagen. Das Billard wird langsam schon zum Streitobjekt. Eigentlich könnten wir auf dem Saal ein Billardcafe einrichten. Das würden die Trägerkapazitäten noch locker hergeben. Zumal wir auch diverse Betonstützen darunter bauen könnten. Auf die ehemalige Bühne können aber noch zwei Billardtische aufgestellt werden. In der Bezirkshauptstadt ist ein Billardbauer. Den gab es schon zu DDR Zeiten. Karl-Marx-Stadt war eine Billardhochburg. Dort wurden viele Weltmeisterschaften ausgetragen. Als ich das Jochen mitteile, fangen seine Augen an zu glänzen. Jochen spielt auch gern Billard.

Die Donkosaken kommen am Wochenende. Klaus hat uns angerufen und die Zimmerbestellung gefaxt. Unser Haus ist mit ihnen voll belegt. Zwei Buchungen müssen wir bei meiner Mutter unterbringen. Wahrscheinlich haben diese Gäste eher gewusst als wir, dass die Kosaken bei uns auftreten. Mutter hat am Wochenende

Platz. Sie übernimmt die Gäste. Jetzt muss ich nur noch die Gäste informieren.

Andrea kommt heute früh mit einer Tasche. Das Frühstück hat sie schnell geschafft. Sie geht mit Joana, Zimmer putzen.

„Jochen schläft noch. Er ist erst heute Morgen nach Hause gekommen."

„Das kann ich bestätigen. Die Bar war bis heute Morgen, gerammelt voll", sagt Joana. „Zum Glück liegt die Bar so günstig, dass wir im Haus nicht einen Ton hören."

Die Jugend hat in der Bar eine kleine Disco veranstaltet. Selbst einige Monteure sind dort hin gegangen. Ich hatte für Jochen ein Musikanlage gekauft. Die Jugend sagte mir früher, sie möchten Tanzen und Ausgehen, ohne horrende Eintrittspreise zahlen zu müssen. Darauf hin habe ich Jochen vorgeschlagen, einfach zehn Pfennig auf jedes Getränk aufzuschlagen. Sozusagen, als Eintritt. Das funktioniert. Bei Jochen haben wir eh ziemlich soziale Preise platziert. Gerade, um unsere Jugend anzusprechen. Immerhin ist unsere Jugend zur Hälfte arbeitslos. Bisweilen kommen Einige zu uns und pflegen die Außenanlage. Dafür verlangen sie nicht mal Geld. Langsam entwickelt sich unsere Bar zum Jugendtreffpunkt. Auch Mathias, seine Freundin, Mischa und ihr Umfeld, sind oft bei uns. Bei Jochen haben wir das Sortiment etwas erweitert. Er bietet jetzt auch Kaffee, Eis, alkoholfreie Mixgetränke und Kuchen an.

Eine Nachbarin kommt bei Jochen täglich putzen. Die recht junge alleinstehende Mutter, Renate, hat im Ort

Sporttrikotagen genäht. Das ist jetzt vorbei. Die Werkshalle ist komplett ausgeräumt und leer.

Renate habe ich angesprochen, ob sie bei uns Essen mit ausfahren möchte. Die Idee hat ihr sofort gefallen und sie hat „Ja" gesagt. Ich habe ihr versprochen, die gesamte Familie, kostenlos mit Essen zu versorgen. Ihre Tochter, Beate, bekommt damit ein wirklich abwechslungsreiches Essen. Das war ihr am wichtigsten. Renate ist schön. Das ist auch der Grund für ihre frühe Mutterschaft."Ein kleiner Unfall", hat sie lachend gesagt. Beate hat ihr Aussehen geerbt. Sie hat schon drei Freunde. Mit Zwölf. Alle Achtung!

Die DDR Gewohnheiten schlagen voll durch. Unsere Jugend konnte sehr schnell das lernen, was ihnen die uneigennützigen Kreuzschwinger untersagen. Die brauchen immerhin die jungen Leute, um ihre Devotionalien zu polieren.

Renate hat Angst vor neuen Männerbekanntschaften. Ihr Lebensgefährte hat den Ort für eine Arbeit verlassen. Er ist jetzt Norweger. Ich schätze, Renate wird sich in unserem Umfeld sehr schnell wohl fühlen. Andrea hat sie gleich mit zum Essen eingeladen. Sie hat zugesagt. Die Zwei treffen sich ziemlich oft. Ich schätze, sie haben auch schon die Geschenke von Karin zusammen getestet. Ich glaube, das an ihrem Gesichtsausdruck lesen zu können.

Joana ist wieder zusammen mit Andrea duschen. Die Tasche von Andrea ist mit einem selbst genähtem Utensil gefüllt. Andrea wollte das Joana vorführen. Nach dem Duschen hat sie es angezogen. Sie hat sich zu Karl verwandelt. Das zweite Teil, welches sie auspackt, nennt sie Karl und Jochen.

„Willst Du mal probieren?", fragt sie Joana.

„Aber nur kurz. Wir wollen doch Essen fahren."

Nach dem ersten kleinen manuellen Höhepunkt, zieht Andrea gleich das Karl-Jochen-Ding an. Joana kommt recht schnell. „Großartig!"

„Und Du", fragt sie Andrea.

„Ich war schneller als Du."

Sie zeigt Joana die selbstkonstruierte Innenseite. Prachtvoll.

„Damit kommst Du sicher nicht zu kurz!"

Die Zwei gehen wieder duschen.

„Unser Gleitmittelverbrauch wird gewaltig anwachsen", hat sie zu Andrea gesagt.

„Rede mal mit Karl. Vielleicht kann er uns eins kochen."

Die Zwei lachen bis ins Haus runter. Und punktgenau kommt die Anfrage an mich.

„Ich muss erst lesen, was die Inhaltsstoffe sind. Der Rest ist kein Problem."

Renate ist schon da und sieht die Beiden. Ihr Gesichtsausdruck verrät mir, sie weiß Bescheid.

Meine Frauen haben sich gut angezogen. Jochen wird etwas neidisch. „Ich haue die Tür zu und komme mit!"

„Das geht nicht", antwortet Andrea. „Du hast doch schon wieder voll."

Stimmt. Jochen hat schon wieder Viel zu tun.

„Ein anders Mal", sagt er kleinlaut.

Ich muss mich bemühen, den Zweien einen gemeinsamen freien Tag zu organisieren. Vielleicht finde ich eine Vertretung.

Wir fahren griechisch Essen in die Kreishauptstadt. Die Begrüßung ist wieder so lieb. Bei Christos muss ich aufpassen, nicht zu viel zu trinken. Es gießt ständig nach. Ich bin schon von zwei Schnäpsen besoffen. Joana zieht mir dann immer am Hemd, nach der Methode: „Pass auf!"

Der Abend hat unser Frauenkollektiv fester zusammen gebracht. Schade, dass Jochen gefehlt hat.

Klaus kommt mit den Donkosaken. Das ist die Westvariante des Alexandrow – Ensembles. Nicht annähernd so gut, aber eben russisch angehaucht. Der westliche Einfluss hat sie stark verändert; leider. Von der Trasse her kennen wir die Jungs und Mädels des Alexandrow – Ensembles. Man reiste damals in kleineren Gruppen von Standort zu Standort, um den Trassenarbeitern etwas Freude zu bereiten. Damals gab es auch einen Kraftwerksunfall. Die evakuierten Menschen, darunter sehr viele Kinder, wurden mit den Auftritten großer berühmter Ensembles und Künstler etwas getröstet in ihrem Leid.

Wir benötigen für die Sänger und Tänzerinnen das ganze Haus. Sie wollen Etwas essen. Dafür haben wir ihnen ein Buffet aufgestellt. Wir wissen, wie lange West - Künstler zechen.

In knapp einem Monat kommen die echten Russen vom Alexandrow - Ensemble. Und die sind in der DDR nicht nur bekannt, sondern ungeheuer beliebt.

Der Chef der Kosaken stellt sich mit Wanja vor. Ein gut aussehender Mann mit einer vorzüglichen Stimme. Alle ziehen sich sofort auf ihre Zimmer zurück, um sich frisch zu machen. Ein paar Gäste sind da und unsere Bar ist geöffnet. Die Jungs geben für unsere Gäste eine kleine Kostprobe ihres Könnens. Unbeschreiblich. Wir bekommen Gänsehaut. Auf Menschen, die mal in der Sowjetunion gearbeitet haben, wirkt das wie ein Ruf aus der Heimat. Mir würde es nicht schwer fallen, die Sowjetunion als meine Heimat zu betrachten. Wir waren immerhin drei Jahre auch Sowjetbürger. Leider unter dem falschen Präsidenten.

Die Tänzerinnen sind oben geblieben. Sie sind auch keine Russinnen. Das hätten wir sofort am Parfüm gerochen. Echte russische Frauen bevorzugen süßes, blumiges Parfüm. Kein Männerparfüm.

Komisch finden wir das Fehlen der Frauenschar, wie es bei unseren Stripboys der Fall war. Die Kosaken sind doch auch Männer. Und die können sowohl Singen als auch Tanzen. Die neue Welt wird für uns immer unerklärbarer.

Achim und Thomas kommen. Sie wollten sich die Stars einmal anschauen. Etwas Ernüchterung zieht ein. Vielleicht auch Neid. Es dauert nicht lange und unser gesamter Bekanntenkreis findet sich ein. Das Potential einer großen Fete wäre gegeben.

Klaus holt seine Künstler ab. Sie bleiben nur bis morgen. Ein halbes Wochenende voll verkauft, ist ein Wochenende, halb voll. Und das ist gut für uns.

Der Druck wächst

Mit der Vergrößerung des Kundenstammes, werden einige Investitionen nötig. Wir beliefern jetzt dreihundert Kunden. Mit unserem Auto ist das nicht mehr möglich. Wir müssen zwei Routen fahren. Renate ist goldrichtig dafür. Sie fährt wie Joana. Die Kunden lieben sie. Sie hat immer ein Lachen auf dem Gesicht. Was macht sie so glücklich? Es wird doch nicht etwa Andrea sein?

Steffen ruft an und fragt, ob wir am Wochenende eventuell etwas Zeit hätten. Mittlerweile entwickelt sich der Wochentag zu unserem Hauptgeschäft. Allein der Erlös vom Essen außer Haus, trägt um die siebzig Prozent unserer Darlehenskosten. Nach diesem Jahr müssen wir nur noch ein Drittel der Summe aufbringen, die wir aktuell zahlen. Langsam aber sicher haben auch wir uns einen Kurzurlaub verdient.

Steffen möchte Kato in Rostock besuchen und lädt uns ein. Buchungen sind keine vorhanden für das Wochenende. Wir nehmen das Angebot an. Jochen hat ja so und so geöffnet. Andrea geben wir den Schlüssel für das Hotel. Für den Notfall.

Wir brechen in der Nacht auf und fahren zu Steffen und Karin. Auf der Autobahn ist selbst in der Nacht noch Stau in Richtung Dresden. Die Arbeiter, die im Westen ausgebeutet werden, sind jetzt schon acht Stunden auf dieser Straße. Ein Telefonat kostet pro Minute, zwei Mark. Die Besatzer sind auf vollen Raub aus. Die klauen uns das Geld an jeder Stelle und sanieren ihre kaputten Betriebe. Zum dritten Mal auf unsere Kosten. Neuerdings lassen sie selbst die Eigenheimbesitzer und

Anwohner, den Anschluss von Wasser, Gas, Telefon und Strom bezahlen.

Ab Dresden wird es etwas normaler auf der Autobahn. Steffen hat angerufen. Ich habe nur klingeln lassen bei ihm. Wir haben uns ausgemacht, wenn wir über Dresden sind, lasse ich drei Mal klingeln. Dann kann er den Sekt kalt stellen. Ich schätze, wir nutzen die Nacht und fahren gleich weiter zu Kato.

Kato arbeitet immer noch in einem großen Hotel am Strand. Das Hotel hat mit als Erstes den Besitzer gewechselt. Kato verdient jetzt nicht mal die Hälfte von dem, was er in der DDR verdient hat. Aufbau Ost, nennen die Diebe das. Kato will sich verabschieden. Er geht nach Thailand. Seine Frau kommt von dort. Sie ist von diesem Deutschland hoch enttäuscht. Sie wollte zurück nach Hause. Ein Schulfreund, Bäcker von Beruf, ist nach Thailand gegangen. Er arbeitet dort ziemlich erfolgreich. Die Thai kaufen bei ihm Sächsischen Platz- und Kartoffelkuchen. Auch die Touristen. Vergangenen Monat hat er seine Eltern geholt. Die Bäckerei steht jetzt leer. Kato und der Schulfreund kennen sich. Auch untereinander und besonders, familiär. Und das ist für einen Migranten schon wichtig.

Ich lasse vier Mal klingeln. Wir sind da. Karin kommt im Morgenmantel an die Tür. Sie öffnet ihn kurz. Sie ist splitternackt darunter. Ich höre Steffen schon lachen von Weitem. Wie sie da steht. Die schöne dicke Muschi. Meine Hose hebt sich etwas. „Empfängst Du alle Gäste so?"

„Nur Euch Zwei."

Joana kommt und legt ihr die Hand an das frisch rasierte Nest. „Fahren wir gleich los?"

„So oder mit dem Auto?"

„Kannst Du in dem Zustand, Auto fahren?"

„Nicht ganz so gut."

Steffen holt uns Zweien einen wirklich alten Metaxa.

„Du nibbelst doch eh nur am Schaum."

„Wenn der Schaum besser schmeckt als der Rest, schon."

Auf einem Teller liegen sechs Sahnerollen.

„Komm. Wir essen zwei Stück. Wenn die Joana sieht, sind sie alle weg."

Steffen zeigt mir sein Büro und sein Lager. Er hat ungeheuer vergrößert. Auf dem Grund vom Papa wird er eine kleinere Lagerhalle samt Büro errichten. Kredite benötigt er keine. Beim Anblick des Lagers dachte ich zuerst, er handelt auch Schutzausrüstungen für die Feuerwehr und Lebensrettung.

„Das nennt sich Sado Maso", gibt er mir lachend zum Besten.

„Dann dauert es sicher nicht mehr lange und Du handelst dann noch medizinische und Unfalldevotionalien."

„Dessen kannst du Gewiss sein."

Nach knapp drei Stunden kommen unsere zwei Schnecken frisch poliert wieder. Ungeschminkt. Kato wird staunen.

„Mit etwas Glück, schaffen wir es bis Mittag", sagt Karin.

Teilweise ist die Autobahn im Bau. Im Norden fahren wir auf unserer Autobahn aus Betonplatten lieber als bei uns. Dort liegen sie eben und wirklich perfekt. Bei uns im Süden werden die Platten durch Frost oder natürliche Gegebenheiten teilweise stark angehoben.

In Richtung Gera könnte man meinen, das Auto bewegt sich auf Treppen. Hier im Norden gibt es die Stöße zwischen den Platten nicht.

Wir kommen in Rostock an und müssen ins Neubaugebiet. Steffen weiß, wo Kato wohnt. Kato steht schon am Eingang des schönen Neubaublocks und erwartet uns.

„Eh! Lange nicht gesehen!"

Kato gibt mir gleich eine echten russischen Kuss. Kato hatte immer Stiefel an in der Sowjetunion und einen Schritt, der eher an einen Stechschritt erinnert. Durch den Fersen betonten Schritt war er natürlich gezwungen, auf den Absätzen seiner Stiefel, Eisenbeschläge zu tragen. An Absatzsohlen hätte er ein Vermögen verschwendet. Den speziellen Schritt hat er aber benötigt. Kato war ein ziemlich klein geratener Mann. Das Gesicht, der Haarschnitt als auch der Schnurrbart in seinem Gesicht, erinnerte an einen deutschen Führer. Auf die Art kämpfte er um etwas Anerkennung. Die hatte er eigentlich nicht nötig. Er war ein ausgezeichneter Fischkoch. Gerade in der Sowjetunion war das der Beruf, der ziemlich oft gebraucht wurde. Wir bekamen nicht selten Fische geliefert, die zwei Meter und größer waren. Kato fühlte sich dabei wie im Paradies. Er streichelte die Fische, als würde er ihnen danken, sich für unseren Genuss geopfert zu haben. Zumindest war Kato unser Mann dafür, uns recht unbekannte Fischsorten, fachlich richtig zu verarbeiten.

Er führt uns in seine Neubauwohnung. Und dort werden wir von einer sehr schönen Frau erwartet. Sie war noch etwas kleiner als Kato und stellt sich uns als Stefanie vor. Wie jeder Koch, liebt Kato, sportliche Frauen mit einer entsprechenden Figur. Mit sportlich meine ich natürlich die DDR Beschreibung. Nicht den Westnamen für dürr und verhungert. Und wie der Zufall es will, Stefanie ist auch Köchin. Karin gibt Stefanie eine Tasche in die Hand. Wir müssen nicht raten, was drinnen ist. Wir einigen uns schnell auf eine kleine Hafenrundfahrt. Zu Kato kommt Stefan, der mir, Joana, Steffen und Karin sogleich einen russischen Kuss verpasste. Stefan ist einer meiner Zimmerkollegen von der Trasse und ein sehr guter Freund. Stefan lebt noch allein bei seiner Mutter. Stefans Mutter ist sehr schön aber geschieden. Ihr Mann, Stefans Vater, ist ausgewandert nach Norwegen. Als Werftarbeiter.

„Wohnst Du immer noch bei Mama?", fragt Steffen.

„Tja. Mama lässt mich einfach nicht los."

„Du badest also immer noch mit Mama zusammen?"

„Naja. Du weißt ja: Sie kocht gut, sie putzt gut und sie poliert gut."

Joana und Karin lachen halblaut. Stefan ist ein hübscher Mann. Lockig, brünett. Wie seine Mama. Karin kennt auch Stefan etwas intimer. Sie hat uns gut versorgt an der Trasse. Stefan war ihr etwas zu spritzig und danach, oft nicht mehr zu gebrauchen.

„Bei Stefan konnte ich mir das Ausziehen sparen", hat sie mal gesagt.

„Da sind wir ja zu einer stattlichen Truppe zusammen gekommen", sage ich. „Das wird eine Spitzenausfahrt."

„Deine Frau und Dein Sohn fehlen."

„Wir sind geschieden. Joana ist meine neue Frau. Alex ist Lehrling bei mir."

„Oh ja! Deine Britta vergesse ich nicht so schnell."

Stefan hat mir an der Trasse gebeichtet, er hätte sich gelegentlich mal um Britta und ihre Freundin, Kerstin gekümmert, während ich weg war. Kerstin war unsere Nachbarin. Ihr Mann war ein kleiner Westfanatiker, recht primitiv, dem Alkohol zugeneigt und mit einer flotten Hand ausgerüstet. Dabei war er kein Handwerker, sondern ein Maulwerker. DDR Frauen haben solche Männer einfach verhungern lassen.
Im Nachhinein wird so manche Sünde gebeichtet. Freunden vergebe ich großzügig bei der Gelegenheit. Frei nach dem Spruch: „Die Muschi ist kein Stück Seife."
In der DDR und an der Trasse sind wir zum Teilen erzogen worden. Und das funktioniert heute immer noch gut.
Unsere Hafenrundfahrt, bei der auch eine schöne Regatta zu beobachten ist, wollen wir eigentlich mit einem guten Krimsekt begießen. Die neuen Veranstalter wollen uns irgendein billiges Westgesöff für diesen Preis aufdrehen. Wir bedanken uns ablehnend herzlich. Es bleibt ganz zünftig bei Kubanischem Rum mit Vita Cola. Das Kälteschutzmittel im Wein aus ihren chlorierten Weinbergen können die im Westen selbst saufen. Dann wissen die wenigstens, warum die im Cabriolet, kurzärmelig, Ende September über die Alpen fahren können.
Für den Abend hat uns Stefan ein paar Plätze in der Atlantik Bar reserviert. Die Bar ist uns in sehr guter Erinnerung geblieben. Mit unserem Trassenausweis konnten wir immer rein; egal, wie voll der Betrieb war. Unser Kaffeetrinken organisiert Stefanie. Stefan hilft ihr beim Kaffee, weil er meine sensiblen Geschmacksbedürfnisse kennt. Er ist unser Patissier.

Mit seinen Minitörtchen weiß er uns zu begeistern. Wir sitzen auf dem Balkon. Katos Balkon hat Südblick. Von anderen Balkons winken Katos Freunde und er winkt zurück. Karin sitzt wieder genau richtig. Zwischen Stefanie und Joana. Sie sitzt da wie ein Orgelspieler. Beide Hände auf der Tastatur. Links, auf Joanas Oberschenkel und rechts, auf dem von Stefanie. Steffen lacht ziemlich laut, als er das bemerkt und zwinkert Karin zu. Karins Ausdruck zeigte uns, sie ist schon wieder im Siebten Himmel. Das kann eine schöne Disco werden.

Kato hat natürlich ein Kinderzimmer. Das überlässt er seinen Gästen. Auch sein Schlafzimmer. Ich habe schon drei Schnäpse getrunken und bin ziemlich besoffen davon. Kato und Steffen begleiten mich ins Schlafzimmer. Im Bett riecht es angenehm nach Stefanie, Zitronenschale und Vanille. Ich schlafe sofort ein. Geweckt werde ich von Karin und Joana. Sie bearbeiten den kleinen Karl. Mit dem Mund. Ein schönes, warmes Gefühl sorgt für meine sofortige Nüchternheit. Ich dachte, ‚das kann nur der Himmel sein.'

Karins Finger steckt schon wieder in meinem Anus. Sie weiß wirklich, wie man den letzten Tropfen aus einem schlafenden Mann heraus bekommt. „Du musst Dich noch anständig Duschen, Du Ferkel", hat sie mir zugeflüstert. Joana hat ihr gleich auf den Hintern geklatscht. Die Zwei sind in Hochform. Karin hat einen String an, der ihre großen Backen so richtig betont. Der Anblick versetzt mich in den Siebten Himmel. So stelle ich mir den Engelsempfang am letzten Tag vor. In der, für uns reservierten kommunistischen Hölle, kann es nicht schlechter sein. Bei den Freunden und Genossinnen.

„Hast Du gut geschlafen", fragt Kato und grient über beide Ohren.

Das erinnert mich an unser „Besen einholen" an der Trasse. Kato hatte mit der dicken Ursula aus unserem Küchenbüro gewonnen. Er lag unter ihr und war kaum zu erkennen in dem Meer aus saftigem Leben. Ursula war unser Hauptkonsument der feinen russischen Smetana. Die Eskimofrauen standen ihr in Nichts nach. Schön war sie schon. Aber eben acht Nummern zu groß für unseren Geschmack. Und das trotz der Tatsache, dass wir Gefallen an den großen russischen Frauenhintern hatten. Einer war schöner als der Andere. Wir durften zeitig feststellen, Sport formt die schönsten Frauen. Sport und Arbeit hinterlassen genau an den richtigen Stellen, Muskel, die sich in faulen Momenten, gern etwas Polster anlegen. Und genau diese Pölsterchen an unseren Frauen, lieben wir so sehr. In der Disco ist es nicht ganz wie früher. Es gibt etwas mehr Lichteffekte und die Musik ist fast schon zu laut. Mir fehlen etwas die Fernsehstars vom DDR Fernsehen. Zwei Verbliebene geben dennoch ihre Show zum Besten. Sie begrüßen uns persönlich. Wir kennen sie noch von der Trasse und dem folgenden Zusammensein in der Küche. Horst, einer der Künstler, schwärmt heute noch von den Massen an Kaviar und feinem Lachs. Wir haben davon so viel gefressen, dass im gesamten Leben nie wieder ein brennender Appetit danach entstand. Die Kundschaft der Bar hat sich mit der Wende gewaltig geändert. Bürger der DDR sind einfach keine mehr anzutreffen. Um uns herum lungern Snobs aus dem

Westen und die wedeln mit kleinen Scheinen um sich. Der Raum war gefüllt mit polnischen Nutten. Die lassen sich von diesem Klientel kaum beeindrucken. Ein paar Schweden zeigen kurz ihre Brieftasche und schon sitzen sämtliche Nutten bei ihnen auf dem Knie. In der einst schönsten Bar der DDR wird es uns stink langweilig.

„Das ist ein Puff", grölte Kato. „Lass uns gehen!"

Wir fahren geschlossen zurück zwischen die Neubauten. Dort stehen noch zwei wirklich gute Kulturzentren mit Klubräumen und Gaststätten. Einheimische führen die Betriebe. Der kühle Charme der Betreiber als auch deren Musikangebot, laden uns zum Tanzen ein. ‚Mein Gott. Wie lange haben wir nicht mehr getanzt?', denk ich mir. Karin und Stefanie fangen an. Sie werden von Kato und Stefan abgeklatscht. Der Abend scheint doch noch lustig zu werden.

Die Preise bei dem Wirt sind erheblich ziviler als in der Bar. Der Wirt kommt zu uns und begrüßt uns. Ich traue meinen Augen kaum. Er ist unser ehemaliger Bäcker von der Trasse. Mario. Mario hat den passenden Nachnamen für einen Gastwirt. Hundertmark. Er bekommt sofort Tränen in den Augen vor Freude.

„Sehen wir uns doch mal wieder! Damit hätte ich nie gerechnet, Karl. Was machst Du jetzt?" Ich stelle ihm Joana vor und sage ihm, wir wären jetzt Hoteliers.

„Da könnt Ihr Euch auf Einiges gefasst machen!"

Die Worte Marios sollten sich später als richtig erweisen. Mario selbst wurde schon von mehreren Investoren bedroht. Auch körperlich.

„Wir gehen, wenn die kommen. Meine Familie ist schon so gut wie weg."

„Wohin wollt ihr gehen?"

„Nach Norwegen."

„Ein ganzes Volk wird von Besatzern vertrieben."

„Von Kriegsverbrechern", sagt Mario. Alle in der Runde nicken zustimmend.

„Bist Du Pächter hier?"

„Ja. Das ist jetzt angeblich eine Wohngenossenschaft. Die Chefs sind alle von Drüben. Meine Miete hat sich verzehnfacht."

Mario spendiert uns den Krimsekt. Er hat welchen. „Beziehungen", sagte er uns. Er kennt sicher einige russische Soldaten aus der Kaserne. „Lange geht das nicht mehr. Sie ziehen ab."

Der Abend war lustig und fast schon ein Treffen verschiedener Trassenbauer. Es fehlten nur jene, welche die Rohre verlegten und zusammen bauten. Wir waren praktisch nur die Versorger. Und die nimmt ja Niemand wirklich ernst bei großen Bauwerken. Trotzdem möchte ich betonen; ohne unsere fürstliche Versorgung, wäre wahrscheinlich niemals ein Rohr in die Erde gekommen. Genau aus diesem Grund, nehmen wir uns heute Abend etwas wichtig und geben die Großen. Wir brechen die Feier gegen Drei ab. Obwohl wir etwas vor geruht haben, wollen wir trotzdem am Morgen frisch die Heimreise antreten. Wer weiß schon, was Karin zu Hause noch alles einfällt. An die zu erwartenden Staus auf der Autobahn möchte ich gar nicht denken. Und schon geraten wir unter Druck. Schaffen wir es rechtzeitig in unser Hotel nach unserem kleinen Urlaub?

Nach drei Stunden kommen wir bei Karin und Steffen an. Wir trinken zusammen Kaffee und essen ein Stück Kuchen.

„Ich fahre Euch nach Hause und Steffen bringt Dir, Euer Auto nach."

Der Vorschlag Karins findet unsere Zustimmung.

Steffen schaut noch etwas verdutzt.

„So viel schneller fährt unser Benz nun auch nicht; wenn überhaupt."

„Die Leute machen aber besser Platz, wenn hinter ihnen ein Benz blinkt."

Wo sie Recht hat, hat sie Recht, muss ich gestehen.

Kurz; wir beschließen das so. Trotzdem verabschieden wir uns so, als würden wir uns nicht bald wieder sehen. Wir fahren sofort los. Sonntags brechen die Pendler in den Westen auf und die wollen wir hinter uns lassen. Karin gibt Gas. Wir fahren zweihundert. Die Reste der DDR fliegen an uns vorbei wie eine Geschichte. An Riesenanschlägen entlang der Autobahn sehen wir Schilder: „Zu verkaufen". Offensichtlich sollen die Besitzer und Werktätigen der DDR, ihre eigenen Werke kaufen. Der Gedanke kann nur geisteskranken Verbrechern entrinnen.

Keine drei Stunden und wir sind zu Hause. Andrea hat den Hof voll. Die Monteure wollen einchecken. Sie hat alle Hände voll zu tun. Jochen ist auch da. Renate schmeißt die Bar. In der Frau steckt eine Energie… .

Karin ruft Steffen an; „wir sind schon da."

„Ich ruhe mich erst noch etwas aus. Ich komme spät abends."

Was das bedeutet, können wir uns sicher denken.

„Ich muss jetzt dringend duschen", sagt Karin und schmunzelt.

Andrea und Jochen übergeben mir die Kasse. Sie haben gut verdient an dem einen Tag. Ich gebe Jochen zu seinen Prozenten noch eine Prämie. Er kann es kaum fassen. „So viel Geld!" Es ist etwa der halbe Monatslohn im Vergleich zu dem, von den Westbesatzern.

„Die haben Deinen Komposthaufen weggebaggert", sagt Andrea. „Ich gehe jetzt mit Joana und Karin nach Oben."

„Sag es bitte Joana nicht. Willst Du Renate mit nehmen?"

Karin ruft Renate und die möchte mitgehen.

Ich gehe schnell an den Briefkasten. Dort haben diese Gangster einen Umschlag reingesteckt. Er ist ziemlich dick.

Den Monteuren gebe ich die Zimmerschlüssel und sie verschwinden umgehend.

„Hat die Bar heute offen?"

„Aber sicher. Jochen wartet auf Euch."

Der Komposthaufen war für meine Blumenkästen vor den Fenstern geplant. Jetzt haben die Besatzer mir den geklaut. Im Schreiben steht, ich hätte das Gesetz gebrochen und müsste die Entsorgung bezahlen. Das Gesindel verlangt von mir glatte acht Tausend Mark. In einem anderen beigefügten Schreiben steht, mein Trinkwasser würde nicht den Normen entsprechen. Dabei haben wir eine Klärgrube, die erst zehn Jahre alt ist. Eine Drei-Kammer-Klärgrube der DDR. Die gibt es noch nicht mal im Westen. Am örtlichen Bach hätten sie bei einer Wasserprobe, Kolibakterien und Fäkalienrückstände gefunden. Sie blasen zu Angriff, die Verbrecher. Ich schätze, deren Finanzierung steht fest. Das sind nicht die einzigen Schreiben. Die Hygiene hat sich auch angekündigt. Wahrscheinlich wollen sie

Wasserproben ziehen. Für den kommenden Montag steht viel Arbeit an.

Der Erpressungsversuch

Der Montag beginnt mit einem Telefonat. Meine Frauen sind alle bei der Arbeit und recht lustig. Ich bin froh, Joana etwas abgeschirmt zu haben von den Erpressungsversuchen. Sie hört aber misstrauisch meinen Telefonaten zu.

Die Angestellten der Steuerbehörde checken ein und bestellen auch gleich ihr Abendessen. Ich biete ihnen das Tagesmenü an, welches wir ohnehin auch ausliefern. Darüber freuen sie sich. Auf diese Art sparen sie sich etwas von dem üppigen Trennungsgeld, das sie bekommen. Die Westbeamten bekommen immerhin mehr Trennungsgeld als wir in der Sowjetunion, sechstausend Kilometer entfernt von der Familie. Offensichtlich gibt es in diesem System nur Trennungsgeld für jene Leute, die sich selbst keinen Pfennig mit Arbeit verdienen. Deren Chefs greifen wahrscheinlich in eine offene, recht üppige, kaum versiegende Beutekasse. Es gibt reichlich Beute in der DDR. Wie sagt ein Sprichwort? „Ein wohl duftender Haufen zieht reichlich Schmeißfliegen an."

Wir werden damit Zeuge, wie sich die einzelnen Besatzungsnetzwerke um die Beute streiten.

Immer wieder fragen uns Vertreter und Berater aus dem Westen, ob wir uns etwas Geld bei Seite schaffen. Was soll ich sagen? Die kennen ihre Landsleute. Uns sind diese kriminellen Seilschaften unbekannt. Eines dürfen wir aber registrieren. Wenn die Besatzer ausgerechnet unsere Stasi als Seilschaft bezichtigen, folgen sie einer Goebbelschen Strategie: „Was ich selber denk und tu, schiebe ich meinen Feinden zu." Das

Sprichwort ist ein fester Bestandteil echter, plündernder Besatzungspolitiker. Kriminelle haben immer das Interesse, von ihren abscheulichen Taten abzulenken.

Beim Telefonat mache ich den Bürgermeister darauf aufmerksam, es bestünde schlicht die Möglichkeit, eine Messung unseres Wassers in der Kläranlage oder an ihrem Auslauf durchzuführen. Gleichzeitig zeige ich den Riesenmisthaufen des Nachbarn an, dessen Gülle in meine Regenabwassersysteme läuft. Die Reaktion dieses Kreuzschwingers fällt bescheiden aus.

„Ich kümmere mich darum."

„Regenwasser ist Trinkwasser, Herr Meister!"

Ich fordere eine Aufklärung des Diebstahles meines Komposthaufens. Immerhin kostet Kompost dieser Qualität in Baumärkten der Besatzer, zehn Mark pro zwanzig Kilo. Ich rede von zehn Tonnen. Dazu mache ich den „Meister" - Bürger in dem Namen muss ich meiden, darauf aufmerksam, bei uns gilt DDR Recht und nicht das der Besatzer! Kein Mensch der DDR hat dieses Recht gewählt oder beschlossen. Auch nicht im so genannten Einigungsvertrag. Ich merke schnell, der Meister wünscht sich seine Drehbank von früher zurück, an der er für tausend DDR Mark monatlich, sein Morgenschläfchen abhalten durfte.

Einer der Finanzbeamten rät mir, ich müsste Widerspruch einlegen, wenn falsche Forderungen kommen. Uns DDR Bürgern ist das neu. Für diese Woche müsste ich sozusagen, vier Widersprüche schreiben. Wer kocht und liefert in der Zeit mein Essen? Im Briefkasten ist noch ein kleiner Umschlag. Eine Kündigung. Die Dragonia kündigt mir den

Bestellvertrag. Sie würden jetzt selbst Kochen und Liefern. Mittlerweile haben die selbst einige Altenheime übernommen und sich dabei intakte Küchen eingeheimst. In den Altenheimen hängt jetzt nicht mehr Erich Mühsam und Lenin, sondern Jesus Christus als übergroßes Bild. Die schönen Bilder von Glasbläsern, Neubaugebieten und Stahlwerkern wurden übermalt. Die Altenheime werden jetzt von Kreuzen und Kirchtürmen verziert. Ein wahrer Fortschritt. Fehlt nur noch, dass man unseren Senioren, geöffnete, wieder verwendbare Särge in den Speiseraum stellt.

Die Kunden der Dragonia muss ich natürlich ersetzen. Mir fehlt sonst der Umsatz. Eine Werbeaktion mit dem Faxgerät soll mir neue Kunden bringen. Meine zwei Lehrlinge, Mischa und jetzt auch Renate, helfen mir in der Küche ganz routiniert. Sie schaffen mir die Freizeit, die ich benötige, um die jeweiligen Telefonnummern heraus zu schreiben. Bei einhundert Adressen fange ich an. Es sind die Adressen von Handwerkern, Kleinbetrieben, Ämtern und Büros. Schon am Abend nach dem Ausliefern unseres Essens, treffen bei uns über zweihundert Bestellungen ein.

„Wir müssen noch mal schnell einkaufen fahren. Unser Essen reicht sonst nicht. Das Geschirr wird auch knapp."

„So viele Bestellungen haben wir bekommen?"

„Ich finde, weil wir in Karl-Marx-Stadt einkaufen, könnten wir auch in Röhrsdorf und in dem Gewerbezentrum Werbung für uns machen."

„Das ist eine gute Idee."

„Ich habe die Nummern schon raus geschrieben."

Im Gewerbezentrum warten immerhin eintausend potentielle Kunden auf uns. Dort gibt es zwar dutzende Imbissmöglichkeiten, aber Wettbewerb schadet keinem.

„Ich muss langsam mal zu meinem Kind", sagt Renate. Renate sieht schon erheblich glücklicher aus als am Vortag. Die Abwechslung scheint ihr gut zu tun. Jetzt steht bald die Frage, für wen sich Renate entscheidet. Für Jochen als Nebenbuhlerin oder für meine Frauen. Ich hoffe doch innigst, der Gummi gewinnt.

Abends kommen unsere Finanzbeamten zum Essen und selbstverständlich die Monteure. Die Monteure wollen mehrheitlich ein Schnitzel essen. Die Beamten wollen das auch und bieten mir einen Mehrpreis an. Mich freut das. Wir haben nämlich nichts übrig von heute. Im Gegenteil. Ich musste mehrere Bestellungen absagen. Heute Abend komme ich recht zeitig ins Bett, schätze ich. Nur Mischa kommt gefahren und fragt, ob er mir morgen helfen kann. Ich bitte ihn, recht früh zu kommen. Irgendwie sind zu viele Probleme auf einmal zu lösen. Ich kann sie nicht liegen lassen. Von der Gemeinde ist ein Bau angekündigt. Sie wollen unsere Einfahrt sperren.

Steffen kommt noch einmal mit Karin herunter. Andrea hat sich schon aus dem Haus geschlichen. Sie wollte mich nicht stören, sagt Karin.

„Wir fahren morgen früh. Du brauchst das Zimmer."

„Für Euch Zwei habe ich immer ein Zimmer frei."

„Willst Du noch eine Behandlung?"

„Dafür bin ich viel zu kaputt heute. Mir stünde nicht mal der kleine Zeh."

„Und schon bist du wieder im alten Trott", sagt Steffen.

Steffen ruft mich an, wenn er wieder kommt. Die Zwei fahren abends. Es wird kaum Stau geben um die Uhrzeit.

„Ich hab Dir zwei neue Schnecken hoch gelegt", sagt Karin und küsst mich dabei. Steffen streichelt mich und sagt, „Lange wird das so nicht weiter gehen bei Dir. Ich suche Dir Etwas für die Zukunft mit."

Steffen kennt die Behörden und ihre Tricks. Er wird seine Firma auch ins Ausland verlegen.

„In erster Linie denke ich an Joana. Sie arbeitet von früh bis in die Nacht. Das ist nicht gut für sie."

Unsere Gäste sind alle zeitig ins Bett gegangen. Morgen kommt der große Ansturm. Mischa verspricht mir, morgen recht früh da zu sein. Er hat die gesamte Woche nichts zu tun.

Joana liegt auf dem Bett in mitten von rund einem dutzend Vibratoren. Einer läuft sogar noch. „Das war eine Kur heute... .Langsam hat mich Karin davon überzeugt, die Dinger regelmäßig zu benutzen."

„Ich spüre das bei Dir. Das tut Dir wirklich sehr gut. Ich glaube, die kommenden Jahre muss ich mich nicht um Ersatz kümmern."

„Du bist der beste Ersatz. Zur Not halte ich Dir einen Elektroschocker an Deinen kleinen Karl für die Vibration."

„Wie viele Handtücher habt Ihr denn heute gebraucht?"

„Zwei Dutzend." Joana lacht ganz frisch. „Am Anfang konnte ich mit den Dingern nicht richtig umgehen. Du musst mit Deinen auch noch recht viel üben."

„Aber bitte nicht heute. Ich bin restlos kaputt."

„Gute Nacht, Schatzi."

Der Morgen beginnt wie immer mit den Ansätzen für unser Lieferessen. Ich bin schon fünf Uhr runter gegangen. Komisch. Andrea kommt zu spät. Eigentlich ist sie um die Zeit schon da. Kurz vor Sechs höre ich sie.

„Guten Morgen, Karl. Die Brücke ist weg."

„Unsere Einfahrt?"

„Ja."

„Wo bist Du rein gekommen?"

„Hinten. Zu Fuß. Ich habe das Auto oben stehen lassen."

Ich habe Andrea eines unserer Lieferautos für den Arbeitsweg überlassen.

„Wir müssen schnell den Zaun öffnen. Unsere Gäste kommen sonst nicht auf Arbeit. Andrea, Du musst unseren Gästen heute erklären, wie sie raus und wieder her kommen."

„Die zwei naheliegenden Straßen sind Einbahnstraßen. Die können sie nicht nehmen. Die Gäste müssen unten am Ortseingang schon abbiegen und die innere Dorfstraße benutzen."

„Busse können auf der Straße nicht fahren."

Ich befürchte Schlimmstes.

„Stehen schon die Umleitungsschilder?"

„Ich habe keine gesehen."

An dem Bach, der durch den Ort führt, bauen die jetzt schon das zweite Jahr. In einem Nachbarort haben sie das auch getan. Seit dem leidet die Bevölkerung unter Überschwemmungen. Viele sind weg gezogen. Das droht uns zusätzlich auch noch in Wunderbachwitz. Unser Bach speist sich aus mehren Quellen und Zuflüssen. Gerade im Frühjahr hat dieser Bach schon gewaltige Hochwasser gebracht. In den Ausdehnungsflächen haben Besatzer schon ihre Häuser

gebaut. Die Natur wird uns von diesem Unrat befreien. Im Nachbarort hat das jedenfalls gewirkt. Die zweihundert Zugezogenen waren schnell weg. Jetzt hat der Ort wieder seine ursprüngliche Größe. Die Bauern können jetzt auch wieder den ganzen Tag, ihre neuen Traktoren aus dem Westen fahren. Sie stören keinen mehr. Ein richtiger Bauer fährt mit dem Traktor auch einkehren bei meiner Mutter. Zumal sich der Schmied und der Friedhof gleich in der Nachbarschaft befinden. Nach dem Kochen rufe ich auf der Gemeinde an. „Der Bürgermeister ist nicht da", schnarrt seine Westsekretärin ins Telefon."Schicken sie ihn heute zu mir. Auf dem kürzesten Weg bitte! Der Weg über die abgerissene Brücke wäre mir der liebste."
„Das haben wir aber im Dorfanzeiger gedruckt."
„Den stellen Sie leider nur ihren Kirchenmitgliedern zu!"
Der Postmann findet den Weg. Ich muss zwei Einschreiben unterzeichnen. Es sind Pfändungsbescheide. Die GEZ von den Goebbels Nachfolgern will Rundfunkbeiträge. Die Kreisverwaltung will den Abtransport unseres Komposthaufens bezahlt haben. Die Aufschläge betragen jeweils tausend Mark und mehr. Ich tippe ihnen zwei Widersprüche, adressiere sie und nehme sie mit zur Post. Mal sehen, ob das Etwas bringt.
Wir haben im Ort eine kleine Druckerei. Dort lasse ich uns das Hausprospekt samt Umleitung drucken. Ich werbe mit Ruhe und diskreter Abgeschiedenheit. Die Druckerei will das Prospekt bereits am Wochenende fertig haben.

Freitags reisen sowohl die Finanzbeamten als auch unsere Monteure ab. Wir sind das Wochenende allein. Klaus hatte uns eigentlich eine Buchung vorhergesagt. Ich rufe bei ihm an. „Die haben abgesagt. Wegen Krankheit", ist seine Antwort. Jetzt bleibt mir nichts Anderes übrig, als beim Fremdenverkehrsamt und bei meinen Kollegen anzurufen. Das Amt hat keine Buchungen, meine Kollegen sind auch leer bis halb leer. „Saure Gurkenzeit", sagt mir ein Kollege aus dem Nachbarort. „Ferien sind doch erst in zehn Tagen", antworte ich ihm. „Naja. Viele nehmen ihre Kinder schon eine Woche vorher aus der Schule und fahren vor der Saison in Urlaub. Das ist billiger."

„Das geht doch eigentlich nur mit einer Krankmeldung."

„Bei mir sind zwei Familien, deren Kinder bei ihrer Anreise einen Verband trugen. Jetzt sind sie wieder gesund."

„Alles klar. Danke. Wiederhören."

Unser Hotel ist kein Ferienhotel. Die Menschen aus der Stadt wollen in die Natur. Und die vom Land? Die fahren wohl eher in Stadthotels. Wegen dem Einkauf. Nach unserer Essenslieferung klingelt das Telefon. Mutter ist dran. „Vater ist im Krankenhaus."

„Wie das?"

„Er ist zusammengesackt. Ich schätze, ein Herzinfarkt."

„Wir kommen mal vorbei."

Joana fährt die Tour in die Kreisstadt. Damit fährt sie auch täglich bei unserer Mutter vorbei. Ich rufe Joana an und sage ihr das. Sie möchte unsere Mutter mitbringen. Wir wollen zusammen zu meiner Mutter fahren. Ich bereite gerade ein Schild vor „Wegen

Krankheit geschlossen", da kommt der Sohn unseres Dachdeckers in die Gaststube.

„Mein Vater ist gestorben."

„Dein Vater ist doch noch nicht mal sechzig!"

„Er ist vom Dach gefallen und im Krankenhaus seinen Verletzungen erlegen."

„Wer führt jetzt den Betrieb weiter. Du wolltest das doch nicht."

„Sein Bruder. Wir werden jetzt eine Firma."

„Wann wollt ihr denn die Trauerfeier abhalten?"

„Übermorgen."

„Ich bereite Alles vor. Das ist sehr traurig. Dein Vater war mein Genosse!"

„Ich weiß. Es kommen viele Gäste, Karl."

Der Bruder von unserem Dachdecker hat seine Firma in dem Ort, in dem wir unsere erste Gaststätte hatten. Er ist auch ein Genosse. Sein Betrieb ist um Einiges größer als der des Verstorbenen. Die Firmen sind sehr beliebt, weil sie eine sehr akkurate Arbeit abliefern und die aktuelle Preistreiberei ablehnen. Die Konkurrenten aus dem Westen sehen das nicht gern. Sie engagieren Scheinfirmen aus unserem Nachbarland Tschechei und unterbieten unsere Handwerker. Die tschechischen Arbeiter werden oft schwer betrogen dabei. Wir haben im Ort zwei solche Baustellen. Dort sind die tschechischen Arbeiter einfach gegangen.

Für unseren Genossen bestellen wir einen Kranz.

Unser Schild „Wegen Krankheit geschlossen" kommt irgendwie gerade zur rechten Zeit. Trotzdem müssen wir den Besuch von Mutter verschieben und Joanas Mutter bei uns zu Hause lassen. Wir können erst nach dem Einkauf hinfahren.

Abends kommen wir zu Mutter. Vater bekommt ein neues Gerät. Einen neuartigen Defibrillator. Einen mit Fernwartung. Die Klinik kann jetzt sehen, wenn es ihm schlecht geht. Sie haben Vater mit dem Hubschrauber nach Dresden geflogen. Mutter ist jetzt allein. Das Haus ist noch voll belegt. Mutters Gäste fahren erst morgen. Das Abendessen soll ich mit kochen. Mutter weint. Joana fährt zu uns und muss dort unsere Lieferung einräumen. Das ist Schwerstarbeit. Vielleicht können ihr Jochen oder die jungen Leute helfen.

Zum Glück kommen alle Monteure zusammen zum Essen. Sie haben auch bei der Lieferung mit geholfen. Joana gibt ihnen dafür eine Runde lokalen Schnaps. Um Neun bin ich schon fertig. Am Wochenende wollen wir Vater besuchen.

Zu Hause angekommen, setze ich die Braten für den kommenden Tag an. Ich koche sie bei Niedertemperatur in der Bain Marie. Pünktlich am Morgen sind sie dann fertig.

Abends kontrolliere ich noch die Bestellungen. Es sind schon Antworten aus dem Gewerbegebiet da. Wenn ich das hoch rechne, dürfen wir mit sechshundert Essen pro Tag kalkulieren. Die meisten Kunden wollen gern eine Probe. Erst danach, für die kommende Woche, wollen sie bestellen. Mir ist das recht. Ich verspreche die Probe im Laufe der Woche. Der aktuelle Einkauf reicht nicht für alle Neukunden.

In der Küche stehen schon reichlich Behälter, die habe ich mit eingekauft. Jochen spült sie gerade mit der Maschine. Renate hilft in der Bar. Die Frau ist unverwüstlich. Jochen jammert etwas. Renate hat ihm abgesagt. Er muss sich eine neue Freundin für den Seitensprung suchen.

„Hast Du das jetzt noch nötig?"

„Eigentlich nicht mehr. Andrea behandelt mich auch ziemlich oft."

Mir fallen fast die Schuppen aus bei der Bemerkung. Andrea behandelt Jochen mit den Gummispielzeug. Und Jochen ist zufrieden damit.

„Was? Macht sie es gut?"

„Ohne Pause! Sie ist wie ein Tier."

„Gratulation Jochen. Da hätten wir Deine Ehe mal wieder auf Vordermann gebracht."

„Danke Karl. Sag Joana auch herzlichen Dank. Andrea hat es mir erzählt."

„Ich denke, wir sollten uns bei Karin und Steffen bedanken. Wenn wir mal Urlaub machen, fahren wir bei ihnen vorbei", sagt Jochen.

„Wir können sie auch einladen und mit ihnen eine schöne Ausfahrt machen", antworte ich ihm.

„Bei mir in der Bar waren zwei Geldeintreiber. Die haben Dich gesucht."

„Wer hat die geschickt?"

„Die kamen vom Kreis. Sie fordern das Geld für den Abtransport unseres Komposthaufens."

„Haben die Etwas gesagt?"

„Sie wollen uns ab kommende Woche das Konto pfänden, wenn wir nicht bezahlen."

„Ich schätze, wir machen in Zukunft unsere Lohnabrechnung wöchentlich am Freitag."

„Irgendwie klingt das nicht gut, Karl. Da ist etwas im Busch."

„Ich rufe morgen mal die Sparkasse an. Schicke bitte Renate ins Bett. Morgen ist viel zu tun."

„Gute Nacht. Bis morgen."

Mir geht das nicht in den Kopf. Ich habe fristgerecht Widerspruch eingelegt und die schicken private Geldeintreiber. Was ist in diesen Ämtern los? Die stellen glatt die sizilianische Mafia in den Schatten.

Am Morgen rufe ich auf der Sparkasse an. Sie wollen abends bei mir sein. Nicht allein. Sie bringen Kollegen von der Bezirksfiliale mit.

Ich habe heute die Runde mit dem Einkaufszentrum gestoppt. Das passt gut in meinen Zeitplan. Die Expansion wird mich zwingen, meine Tour mit einem anderen Auto zu fahren. Ein neuer Lieferwagen steht ins Haus. In meinen Hundefänger gehen ganz sicher keine dreihundert Essen samt Kübel. Ich muss mit Mischa reden.

Kaum bin ich da mit meinem Einkauf, fahren die Sparkassenleute auf unseren Hof. Sie sind zu viert. Nach der Vorstellung kommen wir gleich zur Hauptsache.

„Die Kreisverwaltung will Ihr Konto pfänden. Damit wird Ihr Konto gesperrt."

Ich bedanke mich für die Warnung.

„Die GEZ hat das Gleiche vor."

„Was kann ich dagegen tun?"

„Sie müssen denen ihre Forderungen bedienen!"

„Das sind keine rechtmäßigen Forderungen. Die GEZ schätzt ohne gesetzliche Grundlage und die Hygiene hat mir meinen Komposthaufen gestohlen. Ich habe einen Einspruch, fristgerecht verschickt."

„Wir glauben, das interessiert die wenig."

„Also muss ich jetzt den Kredit bedienen und alle anderen Vorgänge sind gesperrt."

„So in etwa. Lohnzahlungen werden trotzdem gebucht."

„Und das ist sicher?"

„Es gibt Ausnahmen. Das ist aber ziemlich unübersichtlich."

„Naja. Bei unserem Darlehen sehe ich wenig Schwierigkeiten. Nur für meine Daueraufträge. Die muss ich jetzt per Hand vornehmen."

„Das ist auch schon wieder kompliziert. Eigentlich ist das am Rande von Konkursverschleppung."

„Was kennen Sie da für Lösungen?"

„Ja. Wir können ihnen einen Verwalter platzieren und Sie sind dann so etwas wie ein Angestellter."

„Ja. Die unberechtigten Forderungen sind wohl dann vom Tisch?"

„Wir klären das dann auf unsere Art und Weise."

„Gibt es da Unterschiede?"

„Das ist im Grunde Alles, was gesagt werden kann."

„Wie lange hat Unsereiner denn Bedenkzeit?"

„Etwa einen Monat, maximal."

„Trinken wir noch einen Kaffee zusammen?"

„Gerne."

Beim Kaffee trinken kommen noch ein paar persönliche Tipps und einige Anregungen zu Tage. Die haben natürlich Einfluss auf meine Entscheidung. Wir werden den Betrieb einstellen, wenn nichts Entscheidendes passiert. Es liegt nicht an uns, wenn dieses Land keine Firmen mehr hat.

Ab heute ist sozusagen klar; wir werden lediglich die Darlehen und gebuchte Kosten bedienen und sonst nichts. Alles läuft sozusagen a conto, mit Vorzahlungen aus den laufenden Einnahmen. Tageszinsen und so weiter, sind dann mal ausgeschlossen. Uns fehlen wieder einhundert Mark pro Monat.

Joana und ich reden darüber. Joana wäre dafür, sofort hinzuschmeißen. Sie ist ohnehin stark überarbeitet. Mein Argument, noch etwas Geld zu ziehen, überzeugt sie. Mit leeren Taschen ist schlecht reisen. Wir haben nicht vor, in diesem Land zu bleiben. Bekanntlich ist die Suche nach einer neuen Arbeit nicht billig. Zumal wir dann sicher nicht in diesem Land bleiben. Wir lehnen es ab, Besatzern, Steuern zu bezahlen.

Das Ende unseres Hotels

Zur Trauerfeier unseres Dachdeckers musste ich das erste Mal etwas weinen. Ein Handwerker, wie er im Buche steht, verlässt uns. Wir fühlen uns allein. Unsere gemeinsamen Pläne betreffs des Saales, gehen mit ihm dahin. Fast zweihundert Gäste, Geschäftsfreunde und Genossen verabschieden sich von ihm. Steffen und Karin haben ein Telegramm geschickt. Die Familien kennen sich noch von Bauprojekten in Berlin.
Die Postfrau hat geheult bei der Übergabe des Telegramms. Sie wohnt in der Nachbarschaft und kann das nicht fassen. Dazu trägt auch der Abriss unserer Brücke bei, die von allen Nachbarn rege genutzt wurde. Über diese Brücke wurden vor allem die sperrigen Dinge bewegt. Auch Baugerüste.
Bei der Trauerfeier gelangen Gerüchte zu uns, die uns langsam besorgt werden lassen. Man projektiert ohne unser Wissen, ein Altersheim auf unserem Grund. Eigentlich wäre dafür sogar noch Platz bei uns. Es würde uns zu dem, an Wochenenden reichlich Umsätze garantieren. Dem Reden nach wird die Rechnung ohne uns gemacht.
Wir sind davon nicht überrascht. Gastwirte haben das Ohr am Volk. Wir können uns gut vorstellen, man hat die freie Fläche für gebührenpflichtige Parkplätze der Besucher des Altenheimes eingeplant. Was ist wertvoller als ein Parkplatz? Man macht in diesen christlichen Kreisen auch gern Geschäfte mit dem Grundbedarf der Menschen. Das Essen außer Haus ist zwei Mark teurer als unseres. Pro Portion, versteht sich.

Man nimmt gern vom Lebendigen. Wobei in den Kreisen, selbst das letzte Erdloch nicht kostenlos ist. Vom angeblichen Bürgermeister kommt bis jetzt keine Antwort auf meine Anfragen. Am frühen Nachmittag ist er wieder nicht erreichbar. Ich gewinne den Eindruck, der verweigert sich uns gegenüber. Die Trauergemeinde bestätigt mir meinen Verdacht. Die Handwerker haben schließlich ein Ohr in der Gemeindestube.

Ab heute fahren wir auch ins Gewerbegebiet Röhrsdorf. Dort bauen die Unternehmen noch reichlich Gewerbe- und Verkaufsflächen. Ein gleiches Zentrum entsteht gerade in Karl-Marx-Stadt Süd. Glücklicherweise liegt das auch direkt an der Autobahn. Das wäre der nächste Schritt für unsere Kundenwerbung. Sollte noch ausreichend Zeit zur Verfügung stehen, werden wir dieses Gebiet zumindest für eine Woche anfahren. Unser Ziel ist jetzt, noch genug Gewinne abzugreifen. Eine organisierte Vertreibung darf nicht zu unserem Schaden stattfinden. Zumindest die Verursacher sollten gleichberechtigt da stehen. Wir lassen uns doch von Denen nicht drei Mal ausnehmen. Schon gar nicht von plündernden Besatzern.

Joana ist mit meinem Plan zufrieden. Steffen und Karin auch. Andrea, Renate und Jochen sind etwas besorgt. Trotzdem danken sie uns für unser Engagement. Bei dieser Kirchensekte wollen sie nicht arbeiten. Angebote gab es wahrscheinlich schon von der Seite. Wer seine Kinder liebt, wird diese Sekte auch nachhaltig meiden. Ein Gespräch mit Andrea und Jochen bahnt sich an. Joana fragt Jochen, ob er nicht einen Teil ihrer Runde mit übernehmen würde. Jochen müsste also mittags

unser Essen mit ausfahren. Mit den Blick auf ein paar
Rücklagen oder den eventuellen Kauf seiner Wohnung,
erklärt er sich einverstanden. Jochen wird unser neuer
Fahrer. Joana übernimmt Teile meiner Runde.
Wir vereinbaren einen Prämiensatz. Für jede
ausgelieferte Portion gebe ich dreißig Pfennig als
Prämie zum Lohn. Alle sind einverstanden.
Renate geht ab kommenden Morgen mit Zimmer
putzen. Wir haben nur noch halbe Belegung. Viele
Gäste finden unsere Zufahrt nicht. Die Anreisen
entwickeln sich langsam zur Telefonkonferenz. Selbst
bei der Essensauslieferung klingelt pausenlos das
Telefon. Mit jedem Essen verteilen wir auch unsere
Prospekte. Viele unserer Essenskunden buchen auch
Zimmer. Das Essensgeschäft läuft trotz dieses
Handicaps. Wir sind bei fast sechshundert Essen außer
Haus. Mit den Gewinnen könnte ich zwei Raten für
unser Hotel bezahlen. Zum Abgreifen reicht das. Wer
lässt sich schon gern ohne Geld aus dem Haus
vertreiben?
Mischa hat uns einen feinen Transporter gesucht. Der
wird jetzt in Dienst gestellt. Unser Fuhrpark hat jetzt
vier Transporter und unseren Fekta.
Jetzt steht noch die Frage, mit welchem Fahrzeug wir
uns verabschieden. Das möchte etwas länger halten
und ziemlich neu sein.
Klaus ruft an. Am Wochenende kommen doch noch
Gäste. Die DEFA der DDR wurde aufgelöst. Teile von
dem guten Kollektiv kommen zu uns und drehen einen
Dokumentarfilm. Sie haben sich selbstständig gemacht.
„Die bezahlen im Voraus", sagt Klaus. Allein kommen
die nicht. Einige Westler sind dabei. Der Nachwuchs von

dort bekannten Regisseuren. Offensichtlich mussten die sehr guten DEFA-Leute unbequeme Partnerschaften eingehen für das Projekt. „Die suchen Ruhe und Abgeschiedenheit."

Zuerst dachte ich, ‚die waren doch schon mal da. Wahrscheinlich müssen sie ein paar Szenen nacharbeiten.' Klaus sagt aber, es wäre eine andere Gruppe.

Eigentlich wollten wir Renate und Andrea frei geben das Wochenende. Joana will die Zimmer selbst putzen. Am Samstag Morgen kommen Renate und Andrea trotzdem. Sie wollen Joana helfen. Ich denke, sie wollen auch etwas mehr. Sie haben ziemlich große Taschen mit.

Bei der Gelegenheit machen wir gleich eine kleine Versammlung. Wir sprechen den weiteren Verlauf ab. Mischa, selbst Achim und Thomas sind schon da. Die wollten eigentlich einen Frühschoppen abhalten. Sie setzen sich interessiert dazu. Wir möchten unsere Vertreibung so organisieren, damit unsere treuen Mitarbeiter keinen zu großen Schaden nehmen. Alle helfen mit und sind mit unseren Plänen einverstanden. An die Sparkasse haben wir nur noch ein Rate zu drücken. Dann ist das Darlehen der Sparkasse bedient. Der Rest ist wohl eher von Förderbanken, die es schon im Dritten Reich für die Ostgebiete gab. Um deren Darlehen tut es uns nicht leid. Immerhin haben wir mit unserem Zinsdienst, fast die Höhe des Gesamtdarlehens bedient. Den Rest können sich die Banken an unserem Inventar holen.

Meine drei Frauen ziehen sich zurück. Sie gehen putzen. In einer knappen Stunde werden sie damit fertig sein.

Ich denke, sie werden sich den Rest des Vormittags zurück ziehen.

Die Männer treffen sich in der Küche. Mischa kocht mit mir für den Frühschoppen. Es finden sich reichlich Gäste ein; auch aus der Nachbarschaft. Trauergäste von unserem Dachdecker sind mit dabei.

Alle Freunde helfen mir. Wir bekochen und bedienen unsere Gäste. Achim zapft das Bier. Thomas unterhält die Gäste und bedient etwas. Mischa und ich kochen. Jochen bedient und kassiert. Er kassiert besser als ich. Ich vergesse oft diesen oder jenen Posten. Jochen vergisst nichts. Mit dieser Ausbildung wäre er ein idealer Gastwirt.

Das Mittag ist schnell vorüber. Es war ein typisches Stoßgeschäft. Achim und Thomas verabschieden sich bereits. Sie wollen abends noch mal vorbei schauen. Die DEFA-Leute bleiben sitzen und fragen nach Kuchen. Die Tochter eines bayrischen Regisseurs ist bereits strotz besoffen. Zwei Kameramänner bringen sie nach Oben ins Zimmer. „Kontrolliert bitte, dass sie mir nicht das Zimmer vollkotzt."

„Die kotzt höchstens, wenn sie nüchtern ist", antwortet mir einer der Kameramänner. Er ist ein Berliner.

„Irgend woher kenne ich Dich", sage ich zu ihm.

„Von der Trasse. Wir haben den Trassenfilm gedreht."

„Ihr wart damals lange bei uns. Einen Monat."

„Auf dem Film bist Du mit dabei."

„Schicke mir irgendwann mal die Kopie, mei Gutster."

„Das Archivmaterial wurde alles aufgekauft. Ich schaue bei mir zu Hause mal nach."

„Tjaja, unsere Geschichte verschwindet in fremden Tresoren."

„Vor allem in den falschen Taschen", antwortet er mir.

„Ich bin Axel", stellt er sich vor.

„Ich bin Karl. Axel ist ja ein typischer Preußenname", füge ich etwas fragend hinzu.

„Du hast Recht. Ich komme aus Fürstenwalde."

„Dort in der Nähe habe ich mal kurz gedient. Im Roten Luch."

„So trifft man sich wieder. Habt Ihr auch die Eröffnung des Palastes der Republik gefilmt?"

„Bist Du da etwa auch dabei gewesen?"

„Ja. Als Gast auf UE. Das hat mich nur eine Woche gekostet. Ich konnte nicht widerstehen. Dort gab es Radeberger."

„Für Radeberger hätte ich mich auch einsperren lassen."

„Mein damaliger Kompanieführer auch."

Alex lacht.

„Was kostet so eine Kamera?"

„Frag nicht. Die können wir nicht bezahlen. Die hier ist geleast. Und das ist schon ziemlich teuer."

„Naja. Dann bring mal das Fräulein zu Bett."

„Keine Angst. In einer Stunde ist die wieder da."

„Sie hat wohl zu wenig Blut im Alkohol."

Alex lacht laut. „Das ist sicher!"

„Habt Ihr der wenigstens ein Zimmer mit einer großen Dusche gegeben? Ich habe irgendwie Angst, sie fliegt mit der Duschzelle zusammen ins Zimmer."

„Wir werden sie duschen. Das mussten wir schon die gesamte Zeit tun. Sie war keinen einzigen Tag nüchtern."

„Wie kann Euch diese Kollegin helfen?"

„Sie berechnet die Belichtung und die Kameraeinstellungen. Das kann sie gut. Trotz ihres Zustandes."

Mischa schickt mich ins Bett.

„Leg Dich schlafen", sagt er zu mir. „Jochen kommt dann auch noch."

Eine kleine Nachmittagsruhe tut mir schon gut. Wer weiß, wie lange der Abend noch geht.

Ich gehe nach Oben. Andrea steht gerade unter der Dusche. Sie hat sich auch frisch rasiert zwischen den Beinen.

„Trockne mir mal den Rücken."

Auf dem Bett tragen Joana und Renate einen Ringkampf aus. Jede hat den Kopf der Anderen im Schwitzkasten. Andrea greift mir ziemlich fest an mein Gemächt. „Da ist was!" Der kleine Karl ist beim Anblick der nackten Muschi von Andrea etwas geschwollen.

„Aber nur zum Angreifen, mein Liebe."

„Willst Du duschen?"

„Ja. Danach schläft es sich besser."

„Du willst schlafen?"

Ich ziehe mich schnell aus. Andrea will mir beim Duschen etwas helfen. Sie hat schon den Vorsatz für den Hintern montiert. Die Zimmermädchen könnte man glatt als Klempner einstellen. Sie dreht die Dusche auf, drückt mich leicht nach Vorne und zack, hat sie das Klistier versenkt. „Gefällt Dir das?"

„Ich könnte glatt das Lager wechseln bei dem Gefühl."

Andrea hatte eine gute Wassertemperatur eingestellt. Nach einem kurzen Farbwechsel in der Brausewanne, den Andrea schnell wegspült, braust sie mir den kleinen Karl. Der Druck des Wasserstrahles lässt ihn aufwecken.

Andrea klatscht mir leicht auf den Hintern:"Fertig für heute."

„Danke, meine Domina."

Der Begriff war mir an sich neu. Karin hat den zuerst verwendet. Ich plappere das einfach mal nach, ohne recht zu wissen, was das ist. Karin ist da wesentlich informierter. Das gehört einfach zu ihrer Arbeit. Andrea hingegen, kann mit der Bezeichnung etwas anfangen. Sie trocknet mich ab. Auch den kleinen Karl. Und das ausgerechnet in ihrem rasierten Evakleid. Ich komme mir vor wie im Harem. Andrea zieht mich an meinem kleinen Karl in unser Schlafzimmer. Joana liegt mit Renate da. Sie schlafen. Renate hat die Hand auf Joanas schönen Hintern. Joana ihre, auf der wunderschönen Brust von Renate.

„Ziehe noch zwei Mal und ich muss wieder duschen", sage ich zu Andrea. Irgendwie wirkt das bevorstehende Ende des Hotels wie eine Erlösung. Im Grunde hat das Hotel auf mich gewirkt wie Hängolin. Zu viel Arbeit und ständig drückende Schulden.

Meine zwei Mädels wachen auf.

„Oh! Wir haben verschlafen", sagt Joana.

Renate zwickt ihr noch mal in den Hintern. Beide kichern. Das ist ein gutes Zeichen für mich. Joana lacht endlich wieder ein Mal. Sechs Handtücher liegen auf dem Bett. Joana will das Bett neu beziehen. Ich lege mich auf mein Campingbett. „Ich bin heute müde und habe Kopfschmerzen", sage ich zu meinen drei Mädchen. „Hast Du die Pille vergessen?", fragt Andrea. Die Mädels lachen über meinem Vergleich. Alle gehen zur Dusche. Die Zwei waschen zusammen Renate und sie stöhnt gerade in der Duschkabine. Unter Männern

würden wir jetzt sagen, ‚sie wird gerade eingeritten.'
Renate hat genau das , was Männer an Frauen suchen.
Eine schöne Brust und einen Hintern, der in etwa die
Größe von Karins Hintern hat. ‚Gesund und wohl
geformt' , würden wir am Stammtisch sagen.
„Ihr Lieben. Ihr müsst jetzt runter. Unser Haus ist
unbewacht und sitzt voller Alkoholiker."
Die Frauen lachen laut bei meiner Beschreibung. Nach
fast zwölf Stunden Dienst bekomme ich endlich mal die
Augen zu.
Joana weckt mich. „Du hast einen Wald umgesägt."
„Das glaub ich gerne. Ich war schon ziemlich KO."
Ehrlich gesagt, die Woche hat meine Reserven ziemlich
beansprucht. Auch nervlich.
Frisch gewaschen gehe ich nach Unten. Die Gaststube
ist voll belegt mit den DEFA - Leuten. Sie schauen sich
auf kleinen Apparaten ihre Aufnahmen an und beraten,
was sie morgen filmen. Die Besoffene tanzt allein zur
Musik. John Bon Jovi läuft gerade. Es schaut so aus, als
hätte sie nicht mal Unterwäsche an. Mir scheint, sie
sucht dringend einen Mann. Alle gehen einen großen
Bogen um sie. Jene, die sich in ihrer Nähe befinden,
dürfen mit einem Griff ins Gemächt rechnen. Der
Auftritt der Frau wirkt zeitweise ziemlich peinlich. Seien
wir ehrlich. Würde das ein Mann tun, hätte er sicher
schon eine Faust im Gesicht. Alex hält sie fest mit
beiden Händen auf dem Rücken. Sie quiekt und
schimpft wie eine Furie. Die Not muss ziemlich groß
sein, bei dem Ausbruch.
Der Abend geht noch lange. Unsere Jugend, unsere
Freunde und Bekannten, verabschieden sich und gehen
zu Jochen in die Bar. Das Spektakel vertreibt sie

förmlich. Mischa hat dem Filmteam ein kleines Buffet gerichtet. Belegte Brote und ein paar Happen. Sonja, die Betrunkene, stürzt sich wie besessen auf die sauren Gurken und Zwiebeln. Ihren Namen hörte ich nebenbei aus dem Mund eines ihrer Kollegen, der versuchte, sie zu beruhigen. Nach dem Verzehr ging es ihr plötzlich etwas besser. Sie entschuldigte sich bei mir und griff mit fester Hand in meinen Schritt. Noch so ein Griff und ich kann zukünftig auf Sex verzichten. Und das nach dem schönen Nachmittag.

Andrea geht zu Jochen und Renate verabschiedet sich mit einem Küsschen. Mischa geht mit Andrea. Ich soll ihnen bei Gelegenheit folgen. Joana hält Wache. Sie lässt sich bei dem Filmteam selten sehen. Es fehlen nur noch die offenen Fenster. Die Musik ist schon ziemlich laut. Vater hätte jetzt klassische Musik aufgelegt und teilweise aufgestuhlt. Das Team macht keine Anstalten, schlafen zu gehen. Und das nach dieser Woche.

Gegen Fünf verabschiedet sich Alex. Er kommt extra in die Bar zu mir. Wir haben zwischenzeitlich etwas Billard gespielt. Jochen lässt mir gerade den sechsten Kaffee durch. Alex gibt mir einen Breschnew - Kuss und steckt mir zweihundert Mark extra zu. "Für Deine Mühe",sagt er. Er hat keinen Schluck getrunken. Ich lade ihn zu einem guten Cognac ein. Den habe ich mal im Delikat gekauft. Ein kleines Glas trinken wir zusammen. Ein Genuss.

"Ich muss jetzt schnell ins Bett. Nach dem Schnaps bin ich besoffen."

"Wir gehen zusammen, mein Freund."

Joana hat schon das Licht ausgeschaltet und wartet.

"Die Letzten musste ich fast raus schmeißen. Die Frau hat noch gestrippt. Mein Gott! Die Unterwäsche sah aus. Pfui!"
Alex entschuldigt sich mehrfach für das Auftreten dieser Gestalt. Auch bei Joana.
"Wann kommt ihr frühstücken?"
"Gegen Acht. Wir reisen morgen auch ab."
"Das wissen wir von Klaus."
"Wir lassen trotzdem unser Gepäck bei Euch, bis wir mit dem Drehen fertig sind."
"Ist gut, Alex. Wir legen Alles in ein Zimmer", antworte ich ihm.
Sonntagmorgen ist herrliches Wetter. Das ist relativ selten bei uns im Chemnitzer Becken. Genau aus dem Grund, reagieren die Sachsen so flexibel. Ich schlage ein Schild an: Heute Grilltag. Wir stellen unseren Grill auf und marinieren schon das Fleisch. Ein paar Gäste finden zu uns. Der Frühschoppen ist komplett vertreten. Sie möchten Gegrilltes. Ein Tisch setzt sich in die Gaststätte. "Wir möchten kein Gegrilltes."
"Tut mir Leid. Wir haben heute Grilltag. Fleisch, Gemüse und auf Wunsch, Lachs."
"Fast wir in der DDR", ist die Antwort.
"Ich weiß, in der DDR gab es keine Abwechslung. Sonst noch Etwas?"
Ein paar Nachbarn hatten Westbesuch. Man hat sich zur Grenzöffnung kennen gelernt. Die wollen das Kommando des Tisches führen.
"Grillfleisch ist ungesund", sagt mir eine der mit Lametta behangenen Westtanten. Komisch. Waren die alle auf der gleichen Sprachschule? Unterrichten dort Frösche?

"Das ist so, weil Sie in jedes Fleisch eine Tonne Pökelsalz dreschen."

"Warum grillen Sie dann?"

"Weil es schmeckt und wir für den Grilltag kein Westfleisch nehmen."

"Ach so! Dann essen wir auch Gegrilltes."

So leicht kann ich den Propagandakonsumenten ihr Fleisch verkaufen.

"Das schmeckt irgendwie anders. Besser, finde ich."

"Vielleicht ist bei uns hier die Luft noch etwas sauberer."

Die Gäste lachen. Ich gebe ihnen ein Freibier aus. Die Frauen fragen, ob sie das gegen Wein austauschen könnten. Natürlich auch frei.

"Wir haben Nichts zu verschenken, Gnädige."

"Dann trinken wir auch Bier."

Kaum bin ich vom Tisch gegangen, schieben sie das Bier zu ihren Männern. Frei nach der Devise: 'Alles mitnehmen, was einem geschenkt wird.' Dieses Volk geht glatt noch das plündern, was übrig ist. Stoppeln nennt sich das in Sachsen. Trotzdem wissen die von Nichts. Es ist irgendwie herrlich, ein Leben lang nicht aufzuwecken.

Nachmittags kommt das Filmteam wieder. Alex gibt mir noch einmal zweihundert Mark. "Steuerfrei", betont er.

"Wo seid ihr als Nächstes?"

"In Vietnam bei unseren Freunden."

"Grüße Chao und Dang von uns."

"Sie führen uns und wir drehen einen Film über die Solidarität der DDR Bevölkerung."

"Geb ihnen ein Prospekt von uns mit. Wir treffen oft Freunde von den Beiden. Die handeln jetzt an der Tschechischen Grenze."
"Hat Sonja ihre verkeimte Unterwäsche gewaschen?"
"Ich hab das getan. Sie hätte heute gestunken wie ein verfaulter Fischteich. Die Leute hätten sonst mit uns kein Wort gesprochen."
"Das glaube ich gern. Bei den Kontakten an den Haustüren in den letzten Jahren... ."
"Tschüss, mein Gutster."
Ich schätze, das ist ein dauerhafter Abschied. Wir können uns nichts anmerken lassen. Die DEFA - Kollegen geben mir die Hand. Alle Anderen, winken.
Joana kommt. "Ich muss jetzt schnell die Einnahmen zählen. Morgen kommen die Banker", sag ich zu ihr.
Bei der Zählung darf ich feststellen, wir haben mit Abzug der Überweisungen, etwas um die dreißig Tausend. Eine Woche würde reichen. Wir müssen unser Auto gegen ein neues tauschen. Wer weiß, wann wir uns wieder eins kaufen können.
Ich zähle über sechshundert Kunden. Fünfzig Kunden müssen wir mit Einweg Geschirr versorgen. Wir entsorgen das. Das haben wir unseren Kunden versprochen.
Joana trifft sich mit mir beim Einkauf. Ich rechne schnell die Bestellungen zusammen. Es sind jetzt schon sieben Hundert.
Normal würde ich jetzt sagen, wir haben gegen die Großen der Besatzer gewonnen. Für die produziert auch ein ehemaliger Kollege von mir. Den lassen sie sicher in zwei Jahren über die Klinge springen. Der hat sich auch noch ein schönes Haus gebaut. Ein

Westbesatzer wird sich freuen, das für eine Mark rauben zu dürfen. Verträge sind den Besatzern nichts wert. Die leugnen sogar jeden Tonbandmitschnitt und jede Unterschrift. Gegen diese Kreise, kann man sich nur mit der Waffe in der Hand verteidigen. Das wussten schon die Genossen Molotow, Stalin und viele mehr. Zu den dreißig Millionen Sowjetopfern, kommen jetzt noch sechzehn Millionen der DDR hinzu. Rechnen wir jetzt noch den gesamten Ostblock dazu, kommt eine erstaunliche Opferzahl zusammen. Wir reden damit von Völkermördern und schwersten Plünderern; von Gewohnheitskriminellen, die so, selbst den Zweiten Weltkrieg übertreffen.

Für unsere Liebe und Partnerschaft sind das keine guten Bedingungen. Wir müssen uns auf sehr schwere Zeiten einrichten.

Meine Konten sind jetzt gesperrt. Die Sparkasse lässt bisher keinen Einzug von der Dragonia zu. Von der GEZ auch nicht. Sie bräuchten dafür ein Urteil. Ich frage, was an Raten fällig ist und sie übermitteln mir den Saldo. Unsere Essenskunden haben alle überwiesen. Den Restbetrag überweise ich aus dem Portemonnaie. Zusätzlich sind noch Überweisungen eingetroffen, die ich eigentlich schon abgeschrieben hatte. Ohne jegliches Vertrauen in die Besatzerjustiz, habe ich gerichtliche Mahnungen verschickt. Die waren fast so teuer wie der Mahnbetrag. Ein wirklich feines Rechtssystem dieses Rechtsstaates.

Uns fehlen nur noch zweitausend. Wir machen sozusagen die Woche fertig, wenn sie uns lassen und schließen dann.

Nach dem Essen ausfahren, gebe ich der Gemeinde Bescheid, dass wir aufhören. Ich glaube fast, Jubelschreie gehört zu haben. Vielleicht waren es auch unsere Gäste; ich weiß es nicht.

In der Woche gibt es noch viel zu planen. Das Essen ausfahren ist schon fast Nebensache. Ich rufe Steffen an und sage ihm Bescheid. Zunächst wollen wir einen Urlaub mit Suche nach einem Arbeitsplatz antreten. Karin hört mit und ruft: "Wir fahren mit!" Steffen sagt, "wir buchen und bezahlen das." Langsam kommt der Punkt, an dem ich mich schäme. 'Er hat das sicher nicht so gemeint', denk ich mir.

Ich bitte alle Angestellten und Helfer, bei der Lieferung zu sagen, wir arbeiten die letzte Woche. Unter der Woche gibt es kaum Probleme. Wir sind bei sieben Hundert und Fünfzig angekommen. Pünktlich am Freitag, liegen alle Umschläge und diverse Abschiedsgeschenke bereit. Angefangen bei Socken, Badehosen und Bikinis in DDR Qualität, sind auch Präsentkörbe und wirklich schöne Karten dabei. Das Postfach für Emails quillt über. Der Provider mahnt schon, Platz zu machen.

Zwischendurch bin ich noch auf das Kreisamt gefahren. Ich hab die Schließung samt Konkurs bekannt gegeben. "Was wollen Sie jetzt tun?", fragt mich die Beamtin. "Haben Sie irgend ein Angebot?"
"Sie könnten bei uns Sozialarbeiter machen."
"Also, ich soll die Leute trösten, die Sie beklaut und betrogen haben?"
"Naja. Zumindest unsere Sozialfälle."
"Das tut mir Leid. Ich kann Ihnen unmöglich die vielen Handwerker, Pendler, Kollegen und deren Angestellte

aus den Särgen holen. Gehen Sie bitte zu einem Richter. Die sind dafür zuständig."
"Tut mir sehr Leid um Sie. Wir haben gern bei Ihnen und Ihrer Familie gegessen."
"Ich schreibe ihnen, wenn wir in einer echten Ersatzheimat wieder Essen kochen."
Sie weint etwas. Ich weiß nicht, ob gekünstelt oder nicht.
Ich frage den Banker, ob wir uns ein Auto kaufen dürfen für unsere Arbeitssuche. Oder ob sie uns das weg pfänden. "Ich schreibe einen Freistellungsantrag. Morgen kann ich Bescheid geben."
"Danke. Wir lassen Ihnen Alles zur Verwertung stehen wie es ist."
"Wir werden das Haus versteigern und kümmern uns um die Konkursmasse."
Das Gespräch ging schnell und unbürokratisch.
Unsere Akten fahren wir zu meiner Mutter. Auch alle Belege. 'Man weiß nie, wohin und wie lange der Zug fährt in einer Diktatur wie dieser', denk ich mir.
Joana hat plötzlich den Wunsch, zu heiraten. Wir entschließen uns, kurzfristig zu heiraten und so unseren neuen Lebensabschnitt zu meistern. Ein Liebesbeweis der ganz besonderen Art. Montag ist das Aufgebot bestellt. Wir laden eh nur die Eltern und Geschwister ein. Gefeiert wird nicht groß. Schon am Mittwoch geht es zu Steffen und Karin. Der lang ersehnte Urlaub ruft. Nach einer ergebnislosen Rückkehr wollen wir uns in Deutschland kümmern, ob da ein Plätzchen für uns ist. Wenn nicht, geht die Suche in Europa los.
Mit der Pfändung unseres Hauses habe ich mich obdachlos gemeldet. Auf die Frage nach einer

Postanschrift, durfte ich antworten: "Ich erwarte von Besatzern keine Post!"

"Sie dürfen ein Auto kaufen. Aber bitte keinen Luxusschlitten", sagt mir der Banker am Telefon.

Wir gehen zum Händler und kaufen einen Benz. Nicht neu, aber mit nur zwanzig Tausend Kilometern. Er schwört mir, "der Wagen hält länger als Sie. Der hat noch Garantie und auch eine Zusatzgarantie für Sie." Immerhin waren diese Leute unsere Essenskunden. Das war sozusagen, ein Abschiedsgeschenk der Belegschaft. Wir setzen uns rein und das Ding fährt wie auf Schienen. Die Belegschaft hat uns ein Hochzeitsträußchen drauf montiert. Eigentlich fehlen nur noch Radeberger Büchsen hinten dran.

Mit dem Auto fahren wir zum Standesamt. Alle Familienmitglieder sind da. Auch unsere italienischen. Die haben es gerade so geschafft. Wir hören John Bon Jovi, Aerosmith und Guns and Roses. Nur das Feinste. Nach anfänglicher Kritik, weinten unsere Mütter literweise Wasser. Die gute Titelauswahl hat dafür gesorgt. Ich habe nur die allerfeinsten Herz- und Seelentröster gewählt. Die Standesbeamtin wollte umgehend das Band. Ich glaube fast, sie hat die Marsch- und Blasmusik auf den Eine - Mark - Scheiben aus dem Westen ins Feuer geworfen.

Noch am Abend brechen wir auf zu Steffen und Karin. Sie erwarten uns mit einer Überraschung. "Steffen wird schön staunen über unser neues Auto", sagt Joana. Sie fährt gerade. "Du musst nicht mehr fahren."

Die Hochzeitsreise

Kaum sind wir bei Steffen angekommen, begrüßt uns Karin wieder in ihrem üblichen Outfit. Sie schlägt an der Tür die Beine übereinander wie Marilyn Monroe auf dem Bademoden Laufsteg. Steffen hat uns Kaffee gekocht und sagt, wir müssten ziemlich flott aufbrechen. Die Besetzten müssen sich gefälligst nach Frankfurt - West begeben, um in die Karibik zu fliegen. Die Zone hat schließlich keine Flugplätze.

Karin fragt Joana, ob sie sich noch etwas frisch machen möchte. Was sie meint, ist uns klar. Steffen schmunzelt. Joana ist ziemlich aufgeregt und antwortet Karin, im Moment würde das wenig bringen. Karin hat ein Einsehen. Sie kann warten. Trotzdem geht Joana sich etwas waschen. Karin hilft ihr sicher dabei.

Steffen fragt mich derweil, wie wir zu dem schönen Auto gekommen sind. "Essen außer Haus, gute Beziehungen und etwas Geld."

"Du bist jetzt wirklich pleite?"

"So kann man das auch nennen. Alle meine Konten sind gesperrt."

"Ich hab es Dir gesagt. "

"Vielleicht schauen wir mal im Urlaub, wie es mit uns weiter geht. Das Amt hat mir eine Stelle als Sozialarbeiter angeboten."

"Eine Frechheit! Die produzieren Not und schieben die Opfer, Opfern zu."

"Fast wie im Kindergarten."

"Haben die Dir wenigstens eine anständigen Lohn geboten?"

"Soweit sind wir nicht gekommen. Ich habe das vorher beendet. Für Besatzer arbeite ich nicht. Schon gar nicht, für Kriminelle."

"Naja. Dann lass uns los fahren!"

Unser Auto lassen wir bei Steffen. Dort steht es etwas sicherer, denken wir. Immerhin hat bei uns jetzt die Westkriminalität, Einzug gehalten. Unsere Omas und Opas halten ihre Haustür jetzt grundsätzlich geschlossen. Andere würden dazu, eingesperrt, sagen. Es kommt eben darauf an, wer hinter dem Lautsprecher sitzt.

Wir wollen in der Nacht fahren. Den Tagesverkehr kennen wir zur Genüge. Wobei wir das ganz sicher nicht als Verkehr bezeichnen können. Wenn ich Millionen Autos produziere, möchte ich bitte auch dafür sorgen, die Käufer damit fahren zu lassen. Zumindest, wenn ich von Reisefreiheit schwafele.

"Willst Du fahren, Joana", fragt Steffen.

"Jetzt, nachdem ich das Fahrzeug kenne, geht das schon. Aber bitte erst auf der Autobahn. Hier ist mir das zu hektisch."

Wir laden unser Gepäck um.

"Du bist aber sparsam", sagt Karin zu Joana.

"Karl ist der Sparsamste. Er kommt mit einem Drittel Koffer aus", scherzt Joana.

"Trassenerfahrung", sagt Steffen.

Wir kommen in Frankfurt an und Steffen hat da einen Freund, wo wir parken können. Er fährt uns zum Flughafen. "Die Parkgebühren hier sind teurer als der gesamte Urlaub. Willkommen im Westen!",sagt er ganz trocken in norddeutschem Dialekt. "Ich komme aus Stralsund."

Steffen schlägt ihm auf die Schulter. Karin spendiert ihm einen Kaffee am Flughafenimbiss. Für den Preis bekommen wir zwei Kilo im Laden. Der Kaffee schmeckt schlimmer als unser Kaffeemix, der mit fünfzig Prozent Malzkaffee versehen wurde. Wir bereuen, selbst keinen Kaffee mitgenommen zu haben. Steffen findet einen Automaten. Komisch. Der Kaffee schmeckt.

An der Zollabfertigung findet der Zöllner bei mir achttausend Deutsche Mark in bar. "Das ist zu viel", bellt er mich an. "Ich habe in Deutschland kein Konto."

"Sie müssen dafür ein Formular ausfüllen."

"Ach so. Das ist also die frei konvertierbare Deutsche Mark."

Steffen, Joana und Karin warten vor der Tür. Karin wird langsam etwas lauter. Die Leute schauen schon alle in unsere Richtung. Der Zöllner lässt mich gehen. "Sie wollen sich wohl absetzen?"

"Haben wir nun Reisefreiheit oder nicht!"

"Wir können auch anders!"

"Gerne. Wenn Sie auf den Finger geschissen bekommen wollen, bitte."

Sein Kollege hat ein Einsehen und zieht den Stänker zurück. Entschuldigen tun sich die Zwei nicht.

"Steffen. Das nächste Mal fliegen wir bitte aus Holland. Von diesem Fleck möchte ich nicht mehr fliegen."

"Entschuldige Karl. Die haben unsere Daten und fühlen sich damit überlegen."

"Ich kann mir gut vorstellen, wie die zu Hause mit ihren Kindern umgehen."

Die Abfertigung ist überstanden und wir sitzen trotzdem noch eine halbe Stunde, ehe es los geht. Karin

sagt, sie hat im Koffer drei Dildos. Die sind noch original verpackt. "Keiner hat sich an diesen Dingern gestoßen. Die haben mich nur etwas wässrig angeschaut."
Steffen lacht noch im Flugzeug darüber.
Vor uns liegt ein Flug von fast zehn Stunden. So, wie die Plätze eingerichtet sind, würden wir eher einen Gefangenentransport vermuten als einen für Touristen.
"Das wird eine harte Übung", sage ich.
"Vergleich das mal mit Interflug und Aeroflot!"
"Pst. Redet mal nicht so laut, stöhnt Joana flüsternd. Die hören uns schon alle zu."
Joana und Karin haben in diesen Plätzen etwas weniger zu leiden als wir. Die zwei dicken Frauen vor und neben uns, sehen das etwas anders. Sie besprühen sich pausenlos mit irgendwelchem Parfüm. Langsam fängt es an zu stinken. Jetzt kommt etwas zu Essen. Ein Wagen mit Getränken folgt dem Speisewagen. Von einer Stewardess höre ich einen Sächsischen Akzent. Diese Frau wird sich beim Flug um uns kümmern. Sie freut sich, endlich mal wieder ein richtiges Deutsch zu hören. Die Kolleginnen würden sie mobben wegen ihrem Akzent. "Die Zahnspangen Sprache aus dem Westen überhören wir bewusst", tröste ich sie.
Im Flugzeug wird ausnahmslos Westbier und Westschnaps angeboten. Wir verzichten. Einige der Touristen, der Sprache nach Schwaben, sind schon ziemlich besoffen. Denen ihre Frauen sehen aus wie die der Via Monza in Mailand. Im Vergleich gewinnen die Frauen der Via Monza. Die machen sich wenigstens anständig zurecht und waschen sich für ihre Freier. Nach zehneinhalb Stunden landet der Flieger. Bei sowjetischen und Interflug Flügen, haben wir

wesentlich bessere Landungen erlebt. Die Westler klatschen vor Erleichterung. Für was? Die haben doch bezahlt, oder?

Die Zollabfertigung geht um Längen schneller als im unterentwickelten Westdeutschland. Man begrüßt uns mit einheimischer Musik und wirklich guter Stimmung. Im Nu sind unsere Koffer da und vor uns steht wieder ein Westdeutscher Reiseführer. Der lügt das Blaue vom Himmel. Wir verstehen eh nur die Hälfte. Die einheimischen Helfer müssen sich deren struppige Befehle anhören. Grausam. Steffen kennt sich gut aus. Er war hier schon mal.

"Wir fahren gleich mit dem Taxi. Der Bus dreht eine Riesenrunde."

Wir nicken das ab und schon geht es los. Der Fahrer spricht besser Deutsch als die Westdeutschen. Im tropischen Winter würde er in Deutschland arbeiten. Zwischen den Worten spüren wir eine Ablehnung. Sie würden ihnen das schwer verdiente Geld für die Übernachtung wieder abnehmen. "Dabei hausen wir in verschimmelten Schuppen", klagt er.

Karin gibt ihm ein gutes Trinkgeld. Wir sind in Sosua. Unser Resort hat drei Sterne. Für Arbeiter ist das genug Luxus.

Die Gastgeber führen uns in eine Art Zweifamilienhaus. Wir haben keine Nachbarn. Das Häuschen gehört uns.

"Hast Du das so gebucht?", fragt Joana.

"Nein. Das ist unser Glück."

Karin lacht. Ihre Reaktion zeigt uns, er hat das so gebucht.

Wir legen uns in den Garten. Die Gegend und die Luft sind nach unserem Geschmack. Entspannend.

"Was macht jetzt Alex und Gabi?", fragt Steffen.
"Die Zwei wurden von einem anderen Betrieb übernommen. Ich habe etwas gekämpft. Das war nicht sicher. Die Eltern von Gabi haben auch noch ein paar Beziehungen. Die brauchen sie heute bedeutend öfter als in der DDR."
"Die arbeiten also jetzt direkt für Besatzer?"
"Gabi nicht. Alex schon. Das nimmt kein gutes Ende."
"Was machen wir nach diesem Urlaub?", fragt Karin.
"Wir werden dann eine Rundreise durch Europa unternehmen."
"Wir kommen mit", sagt Karin.
"Mit ein paar Unterbrechungen", fügt Steffen dazu.
Wir freuen uns, Freunde als Begleiter zu haben. Steffen hat ziemlich viel Erfahrung mit ausländischen Kunden. Das wird uns nützen.
Abends am Buffet dürfen wir sofort den Unterschied zwischen einer FDGB - Ferienanlage und einem Westresort kennen lernen. Während sich in einem FDGB - Ferienheim die DDR - Urlauber untereinander höflich benahmen, dürfen wir die anderen Deutschen im Resort schon fast als Schweine kennen lernen. Das reicht von skrupellos bis hemmungslos. Uns wundert nicht mehr, warum die so einen Ruf haben. Genau das bezeichnen die auch noch als Freiheit. Wie weit sie mit dieser Freiheit gehen, dürfen wir schnell kennen lernen. Am Morgen gehen wir das Resort erkunden, den Strand und die Freizeitanlagen. Wir entscheiden, uns etwas an den Strand zu legen. Nach dieser Qual im Flugzeug benötigen wir unbedingt etwas Ruhe. Am ersten Tag möchte ich nicht unbedingt fünfzehn Minuten überschreiten. Steffen denkt ähnlich.

Vor und neben uns sitzen unglaublich fette Menschen.
Sie reden englisch. Steffen sagt, das wären Amerikaner.
Ich glaube, er hat es an den Riesenbechern voller Cola,
an den Bierflaschen und an den fünf und zehn Liter
großen Popcorn in Eimer förmigen Behältern erkannt.
Wie kann man sich den ganzen Tag irgendein Fressen in
den Hals stopfen? Die Frauen sehen aus wie rosa
Schweine. Einer der Männer mit südlichem Aussehen,
bedeckt sein Schweinchen mit irgendeinem Schaum aus
der Sprühdose. Die leere Dose schmeißt er in den
Strandhafer. In zehn Sekunden war ein Einheimischer
zur Stelle, um die Dose zu entfernen. Man ist also gut
beobachtet am Strand. Die Männer der Amis fangen
sofort an, Fotos vom Strand zu schießen. Sie achten
peinlich darauf, Joana oder Karin mit im Bild zu haben.
Wir können es ihnen bei den Drachen, die sie mitführen,
nicht verdenken. Karin und Joana werden jetzt zur
Vorlage. Wir scherzen gerade darüber, wie es sich
anfühlt, auf einer wenig aufgeblasenen Luftmatratze zu
schwimmen. Bei jeder Bewegung möchte der Kapitän
darauf achten, nicht irgendeinen Magenrest angespien
zu bekommen.
Nachmittags gehen wir zu dem örtlichen Strandmarkt.
Die Händler bieten uns neben Kram auch viele schöne
Sachen an. Uns gefallen die sehr schönen Bilder und
Schnitzereien. Wir kaufen zehn Bilder und teilen. Joana
schaut sich einen geschnitzten Neger an. Der Händler
kommt und hebt ihm seinen Lendenschutz. Darunter
schnappt ein übergroßer Penis hervor. Die Frauen
lachen. Wir kaufen die wirklich schöne Handarbeit.
Steffen möchte auch so eine. "Morgen!", sagt der
Händler. Er identifizierte uns sofort als Deutsche. Noch

dazu, als Ostdeutsche. Danach wird es uns fast peinlich. "Ihr seid die besseren Deutschen", sagt er. Wir wissen nicht, ob das nur ein Kompliment ist, um etwas zu verkaufen.

Zum Abendessen dürfen wir wählen zwischen dem Buffet für die Masse oder gegen Aufpreis, ein Menü im Restaurant. Wir gehen zum Buffet. Essen bleibt Essen. Mich freut am meisten, nur Einheimische hinter den Ständen zu treffen.

Den Abend lassen wir an der Bar ausklingen. Karin fragt die Baristin nach drei Namen. Die Baristin sagt ihr, die kann sie morgen im Büro treffen. Die Getränke sind kostenlos. Landestypische Drinks werden in Ananas oder Kokosnüssen serviert. Joana ist wie ich, nach einem Drink schon ziemlich betrunken. Karin tätschelt Joana am Oberschenkel und Joana weiß sofort, was sie möchte. Karibik, Sonnenschein und Liebesgefühle. Die Zwei verabschieden sich von uns. Eigentlich haben wir nicht vor, lange hier stehen zu bleiben. Unsere Nachbarn, fast alle Schwaben, sind seit heute Mittag an der Bar und entsprechend abgefüllt. Das Lallen dieser Leute geht uns fürchterlich auf den Geist.

Neben mir taucht ein Paar auf und begrüßt uns in Sächsisch. Steffen fragt die Zwei umgehend, ob sie sich mit uns an einen Tisch setzen wollen. Die Frau wird von den Besoffenen primitiv belästigt. Ich kann mir gut vorstellen, wie die sich zu Hause mit ihren Kolleginnen und Frauen unterhalten. Hier spielen sie wilde Sau und zu Hause sitzen sie unter der Teppichkante.

Am Tisch stellen sich die Zwei vor. Jens sagt, er sei Moderator beim Radio. Bärbel stellt sich als Schneiderin mit einem kleinen Geschäft in Leipzig vor. Sie ist

Mieterin des Geschäftes und muss es wohl zukünftig aufgeben. Ich hab ihr von meiner Werbung mittels Fax erzählt und geraten, von zu Hause aus zu arbeiten wie unsere Vietnamesischen Freunde. Steffen hat ihr gesagt, was er tut und sie war begeistert davon. Jens müssen wir die Meinung etwas aus der Nase ziehen. Die Vergatterung durch die Besatzer, scheint in seinem Beruf zu greifen. "Ich bin kein Angestellter und kann jederzeit entlassen werden." Damit ist uns Allen klar, wie die freie Meinung durchgesetzt wird in den Kreisen. Er bestätigt damit die Aussagen der Kameramänner. Ein Pärchen kommt an den Tisch. Es sind die Urlaubsbekanntschaften von Jens und Bärbel. Sie entschuldigen sich Beide. Übermorgen fliegen sie nach Hause.

Innerlich freuen wir uns eigentlich über das schnelle Ende des Treffens. Bärbel hatte ein ziemlich luftiges Kleid an. Steffen hat den schönen Hintern gesehen und sich eine Schlange in der Hose eingefangen. Bei mir würde das wahrscheinlich kaum Jemand bemerken; bei Steffen schon. Ich ziehe schnell mein Hemd aus und gebe es Steffen in die Hand. Er hat sofort begriffen. Wir können uns zu unseren Frauen schleichen. Das Ding von Steffen wächst und selbst das Hemd kann es nicht mehr verbergen.

An unserer Villa angekommen, hören wir altbekannte Laute. Zum Glück, nicht nur aus unserem Haus. In der Hecke nebenan, geht es rund. Viele einheimische Frauen vom Zimmerservice gehen sich etwas Geld verdienen nebenbei. Die zweite Schicht ist so zu sagen, noch beim Abdecken. Ein schöner mehrdeutiger Begriff für das Aufschlagen des Bettes.

Unsere Mädels duschen gerade. Die Laute, die sie von sich geben, sind das Ergebnis von kaltem Wasser. In der Karibik würde ich auch kein warmes Wasser erwarten. Bei den Temperaturen. Karins Dildos liegen nicht auf dem Bett. "Im Urlaub ist Handwerk angesagt", sagt sie lüstern zu mir. Als sie Steffens Schwert bemerkt, ruft sie: "Dusche frei!"

Karin hat auch den Vorsatz mit für den Hintern. Der ist schon in Gebrauch. Mit kaltem Wasser. Sie füllt ein paar Tropfen milde Intimseife hinein. "Das geht gut bei kaltem Wasser." Bei Joana hat sie es schon getan. Das war eine Ursache der Laute. Steffen geht leicht in die Vorbeuge und Karin schiebt ihm das Ding rein. Steffen kichert. Doch zeitgleich nimmt sie die Riesenstange in die Hand und reibt. Keine zehn Mal hin und her und Steffen spendet einen halben Liter. "Hast Du Dich wieder aufgegeilt bei den hübschen Schnecken!" Karin klatscht Steffen auf den Hintern. "Fertig!"

Steffen sieht nicht so aus als wäre er fertig. Das Ding steht sogar trotz kaltem Wasser. "Die Urlaubsgefühle gehen durch mit mir", stöhnt er. "Keine Angst. Den bekomme ich schon kleiner", antwortet Karin ganz gelassen. Joana schaut begeistert zu. "So ein Riesending bekäme ich nie rein."

"In Dein Schneckchen passt der nicht", antwortet die Professorin.

"Das braucht lange Übung."

Karin hat die Übung. Wir können das bestätigen. Steffen sagt, "Karin war die einzige Frau, die mein Ding annehmen konnte. Die anderen Freundinnen haben das abgelehnt. Auch an der Trasse."

Die Zwei lieben sich und sind gleichzeitig eine Zweckgemeinschaft.

"Aber wenn Dir Joana jetzt den Riesen reibt, gefällt es Dir", sage ich zu ihm. Joana hat genickt.

"Kommt darauf an, ob sie das richtig kann."

"Dann erkläre es ihr. Du hast sie doch eingewiesen."

"Ich kann es wohl noch nicht gut?", fragt mich Joana leicht drohend.

"Schon. Ich würde es aber gern sehen, wenn Du das Riesending unseres Freundes mal massierst. Schließlich haben sich unsere Freunde auch um meinen Winzling gekümmert."

"In diesem Urlaub, lieber Steffen, werde ich Dir die Stange mal richtig durchwichsen", sagt Joana. Karin hat dabei schon wieder die Hand an Joanas Möse. Sie zieht ihn an der Stange aufs Bett. Karin steckt mich unter die Dusche. Sie drückt mir am Rücken. Ich soll in die Vorbeuge gehen. Jetzt zieht sie mit mir das gleiche Programm durch wie mit Steffen. Ich bin ziemlich erregt. Sie braucht keine zehn Striche für mich. Zack. Ein halber Liter. "Du warst doch gar nicht so lange in der Sonne. Oder haben Dich die fetten Weiber angeregt?"

"Hör auf! Ich muss kotzen bei dem Gedanke!"

Karin geht leicht in die Vorbeuge und zeigt mir ihre rasierte Schnecke. "So etwa, stelle ich mir das Paradies vor."

"Danke, mein Lieber." Karin rubbelt mich ab und zieht mich an meinem Pinsel aufs Bett neben Steffen. Der schießt gerade wieder. Ich bekomme etwas ab. Joana ruft voller Begeisterung, "Hui!" Joana hat sich so gesetzt, dass Steffen ihre Muschi sehen kann. "Kommst Du noch mal?", fragt sie Steffen. "Mach weiter. Frag

bitte nicht so viel!", bettelt er. Karin schiebt bei mir wie immer, den Finger in den Po. Joana sieht das und macht das bei Steffen auch. Mir scheint, aus den achtundzwanzig Zentimetern werden jetzt dreißig. Das sieht richtig gut aus. Steffens Köpfchen glänzt schon wieder. Er wird sicher gleich los legen. Karin sieht das und wird schneller bei mir. "Jetzt, jetzt, ruf ich." Und schau. Ich treffe den Ventilator über unserem Bett. "Du hast doch schon in unserem Container die Decke bemalt!", ruft Karin. "Das liegt an Deinen Goldhänden, meine Liebe." Ich spiele ihr nebenbei etwas an ihrer Muschi. Sie unterbricht öfters meine Massage. Karin kommt leicht. Ich glaube fast, ihre extra erogene Zone beginnt am Bauchnabel und endet in den Kniekehlen. Egal, wo ich Karin berühre, sie ist sofort erregt. Das Phänomen bei Karin ist, die Erregung schaltet bei ihr nicht das Gehirn ab. Sie ist immer auf der Suche nach dem vollendeten Genuss. Völlig unverkrampft.
Unser Abend geht ziemlich lange. Karin und Joana bieten uns eine Extrashow. Sie tun es vor uns und wollen, dass wir es ihnen gleich tun. Dieser Sex ist Steffen und mir fremd. Probieren tun wir es für unsere lieben Frauen. Was soll ich sagen? Schön und schöner. Männer wissen einfach, wie sie die Schnecke anzugreifen haben. Bei Steffen muss ich nicht lange reiben. Karin schaut uns zu und kommt schon wieder. Joana hebt ihren Kopf gar nicht mehr. Sie ist schon im Himmel. Bei Steffen und mir werden die Gaben langsam weniger. Zuletzt sind es eher noch ein paar Tröpfchen. Gelegentlich rückt Karin näher und schleckt die Reste von Steffens Kolben. Langsam bekommt er ein

gewöhnliches Aussehen. Karin scherzt, "Schau. Thüringer Roster."

"Mit uns ist nichts mehr anzufangen", stöhne ich. Wohl in dem Wissen, dass aus Meinem eher ein Nürnberger Würstchen geworden ist.

"Naja. Draußen sind noch schöne braune Jungs", entgegnet Karin.

"Mit mir nicht mehr", seufzt Joana.

Karin lacht. "Die haben genug mit den deutschen Strohwitwen zu tun."

Wir fallen alle auf den Rücken und schlafen ein. Ein wunderbarer Schlaf.

Wir werden geweckt. Von einem Zimmermädchen. Sollen wir die jetzt nackt empfangen? Voller Liebessäfte? Wir brauchen nicht öffnen. Sie schließt auf und ruft,"Oooh." Zwei andere Zimmermädchen hören das und kommen in unser Zimmer gerannt.

Von "Eija" bis "Je" ist alles dabei an Rufen. Uns scheint, die Mädels feiern das. Sie sagen uns, sie kommen später wieder.

"Die Eine kann auch da bleiben", sagt Karin ganz ruhig. Steffen lacht schon wieder. Ich kann es mir auch nicht verkneifen. "Hunger", ruft Joana. "Ich habe Hunger!" Es ist wirklich Zeit für das Frühstücksbuffet.

Nach dem Duschen, dieses Mal warm, gehen wir zum Frühstück. Auf das Bett haben wir etwas Geld gelegt. Die Mädchen werden sich freuen.

Wir gehen fast geschlossen zum Stand, an dem ein einheimischer Koch, Eier zubereitet. Karin bringt uns die Getränke. Am Getränkeservice unterhält sie sich mit einer Serviererin. Eine hübsche Frau. "Karin ist wieder voll bei der Arbeit", sagt Steffen. Karin fragt nach bestimmten Namen. Den Frauen hat sie im letzten Urlaub die Dildos versprochen. Der Koch hinter dem Eierstand erinnert uns an den Kochkollegen bei Louis de Funes in "Brust oder Keule." Die Rühreier werden sehr gut. Ich bat ihn in Französisch, uns die Eier mit Butter zu zubereiten. Er antwortete in Französisch. Wir erfahren, er kommt aus Haiti. Aus dem Geschichtsunterricht wissen wir, was diesem Volk nach der Befreiung vom Kolonialismus alles angetan wurde. Ein ähnliches Schicksal erwartet jetzt die DDR Bürger. Wobei unsere Besatzer aus der Sowjetunion sicher keine Kolonisten waren; im Gegenteil. Sie haben mit uns gemeinsam, die echten Plünderer und Völkermörder besiegt.

Karin sagt, die Frauen, denen sie die Dildos versprochen hat, sind im Büro. Sie sind auch Zimmermädchen. Die putzen morgens zuerst das Bürogebäude. Dort sollen wir so und so heute hingehen.

Nach dem Frühstück holt Karin die drei Geschenke. Wir gehen gemeinsam zum Gebäude. Davor stehen etwa zehn Busse, die Touristen abholen und bringen. Hier herrscht ein reger Betrieb. Es dauert keine drei Minuten und die Frauen erkennen Karin. Die Freude ist riesengroß. Wir verabreden uns auf den späten Nachmittag. Sie wollen uns zeigen, wo sie wohnen und wie sie leben.

Wir gehen an den Strand und tun das, was ich nicht extra lange beschreiben muss; faulenzen. So in etwa wird sich der gesamte Urlaub gestalten. Mit ein paar Ausnahmen natürlich.

Zu Mittag gehen wir essen. Das Buffet sieht wirklich gut aus und bietet Alles, was das Herz begehrt. Nach dem

Essen stellt sich sehr schnell eine Müdigkeit ein. Wir gehen in unser Traumschloss.

Die Zimmermädchen haben die gesamte Bettwäsche zu Herzchen geformt. Auf das Bett von Karin und Steffen haben sie zwei kleinere Mango und in deren Mitte, eine große Banane gelegt. Wie das aussieht... . Wir lachen ziemlich laut. Die Zimmermädchen stehen vor einem anderen Haus und tuscheln lachend zusammen. Es soll tatsächlich Länder und Völker geben, die sich über Sex ganz unbeschwert, kollektiv freuen und das auch zeigen.

Nach dem Duschen gehen wir einzeln in unsere Betten. Joana küsst meinen kleinen Karl. "Ui, der schmeckt salzig heute!"

"Eine Salzstange", antworte ich. "Ich werde mal die Auster kosten. Ui! Die schmeckt auch salzig! Sie stachelt aber etwas."

"Ich muss sie wieder rasieren" antwortet meine Joana. Lachend schlafen wir zu unserer Siesta ein.

Karin weckt uns. Nicht etwa Joana zuerst. Nein. Die hat auch meinen kleinen Karl im Mund. "Der schmeckt so salzig wie der von Steffen."

"Lass mich Deine Auster kosten."

Ich greif sie an. Glatt wie wie ein Babypo. "Frisch rasiert?"

"Nur für Dich und Joana."

"Du kannst Joana mal bei Rasieren helfen."

"Nichts tu ich lieber als das." Sie reckt mir ihre Muschi ins Gesicht. So weich und zart, wie ein frischer Mozzarella. "Schmeckt auch salzig." Wir duschen wahrscheinlich mit Meerwasser.

Es dauert nicht lange und unser Zimmermädchen kommt uns abholen. Das Taxi zahlen wir. Vor dem Hotel stehen zehn Taxen. Wir müssen nicht warten. Wir fahren in Richtung Cabarete. Kurz vor dem Ort biegen wir ab in eine Siedlung. Die Siedlung ist ziemlich neu. Vor dem Betreten passieren wir einen Wachschutz. Eines der Zimmermädchen redet ziemlich gut Deutsch. Die Wohnungen sehen gut aus von Außen. Alles ist sauber und sehr gut gepflegt.

"Wir machen das selbst, "sagt ein Mädchen zu uns. Eleonora ist ihr Name. Sie wird unser Dolmetscher. Karin kann auch gut mitreden. Da staunt selbst Steffen. Sie zeigt uns ihre Wohnung. Kinder hat sie noch nicht. Ihr Mann, Pedro, ist Koch. Er arbeitet in geteilter Schicht, zwölf Stunden täglich als Abteilungschef. Kein Wunder, dass Eleonora unbedingt einen Vibrator braucht. Eleonora bestätigt Karin, sie wird oft von ihren Kolleginnen besucht. Wir fragen nicht weiter. Sie haben jetzt ein Dreier Sortiment in ihrem Bekanntenkreis. Karin hat jeder Zimmerfrau einen anderen geschenkt. In jedem Zimmer hängen Kreuze und Eleonora bekreuzigt sich immer, wenn sie eines passiert.

Ihre Wohnung kostet sie umgerechnet, dreißig Tausend Dollar. Das ist eigentlich preiswert, denken wir. Im Moment kostet ein Dollar um die zwölf Peso. Eleonora sagt uns, die Landeswährung wäre gegen den Dollar in den letzten drei Jahren um die Hälfte gefallen. "Die wollen uns kaputt machen!"

"Was verdient Ihr?"

"Etwa sechzehntausend Peso pro Monat."

Das Land hat die Zinsen recht tief angelegt. Es ist ein Förderprogramm für die Einheimischen. Sie müssen pro

Monat knapp sechstausend bezahlen, wenn sie in sechs Jahren schuldenfrei sein wollen. Sie sind im dritten Jahr. Sie überstehen das relativ gut, weil Eleonora recht viel Trinkgeld bekommt. Sie verdient damit mehr als Pedro. "Bei uns führen die Frauen das Regiment", sagt sie uns breit lächelnd. Ein Auto wollen sie nicht haben, "die Straßen sind nicht gut und Autos sind wirklich sehr teuer bei uns."

"Joana und ich würden gern ein kleines Hotel, Restaurant oder einen Imbiss betreiben hier. Wo müssen wir da hin gehen?"

"Auf die Gemeinde. Ich gehe mit und ich habe dort auch Bekannte."

Die alte Leier der Beziehungen. Angeblich sei das eine kommunistische Krankheit, sagen die Propagandamedien des Westens. Ich muss etwas grinsen dabei.

"Gibt es hier eine deutsche Siedlung?"

"Ja. Aber Einige sind nicht besonders beliebt hier."

"Am liebsten würden wir bei Einheimischen wohnen. Wir sind Arbeiter."

"Dann bist du richtig hier in der Siedlung."

Damit wäre ja die Wohnungsfrage geklärt. Jetzt bleibt nur noch die Gemeinde und die Hürden.

Die Nachbarinnen von Eleonora kommen alle zu Besuch. Sie streicheln uns auf der Haut. Karin ist begeistert. Steffen auch. Wahrscheinlich hat sich die Größe von Steffens Schnecke schon herum gesprochen. Die Frauen haben selbstgenähte Tangas mit, die sie Steffen schenken. Er soll sie sofort ausprobieren. Am Hintern ist nicht ein Gramm Stoff vernäht. Die Frauen

warten jetzt auf die Show. Steffen soll sich im Bad umziehen. Ich auch. Joana lacht sich krumm mit Karin. Nach dem Umziehen gehen wir zusammen auf den Laufsteg vor den Frauen. Sie applaudieren uns zu als wären wir die Dream Boys. Nach dem vierten Umziehen, kommt eine gut gebaute Nachbarin von Eleonora und greift Steffen in den Schritt. Das lange Ding von Steffen dreht sich beim Anziehen der Hose wie eine Bratwurstschnecke. Mit dem Griff richtet sich Kleinsteffen etwas zurecht. Der String verschwindet komplett in der Poritze. " Con esa cosa, puedes perforar a dos mujeres." Eleonora übersetzt: "Mit dem Ding, kannst Du zwei Frauen durchbohren."
Karin applaudiert. "Los coglioni son suficientes para dos millones de niños", fügt die Dominikanische Kollegin noch dazu. "Die Bälle reichen für zwei Millionen Kinder." Joana und Karin müssen sich setzen vor Lachen. Ihnen tut schon der Bauch weh.
Die Frauen kochen uns einen Kaffee. Es gibt ein paar hausgebackene, kleine Kuchen, die uns sehr an Sachsen erinnern. 'So verschieden kann die Welt nicht sein', denke ich mir. Zwischendurch kommen ein paar Männer der Frauen nach Hause. Sie gehen zur Mittagsruhe. Alle arbeiten in Hotels. Vor den Wohnungen stehen drei Transporter mit Sitzen. Die Bewohner haben zusammen gelegt und sich diese Kleinbusse für ihren Arbeitsweg gekauft. Damit gehen die Frauen auch zusammen einkaufen. Man könnte meinen, wir stehen in einer Wohn- und Lebensgenossenschaft. Eleonora sagt, sie will uns mal zu so einem Einkauf mitnehmen. Karin ist begeistert. Die Eintönigkeit von Strand, Fressen und

Saufen scheint besiegt. Wir verabreden uns auf Übermorgen. Morgen winkt die Gemeinde.

Zwei der Männer arbeiten in unserem Resort. Sie nehmen uns mit. Es gibt Tränen beim Abschied. Wir finden es sehr schön, bei Menschen zu sein, die noch Gefühle besitzen.

Der Händler, der uns den handgeschnitzten Neger versprochen hat, steht vor dem Resort und winkt. Er gibt uns zwei für den Preis von Einem. Wir geben ihm das Geld für Zwei. Diese wirklich herrliche Kunst darf nicht verschenkt werden. Schon gar nicht an Touristen. Zum Abendessen sind wir am Buffet. Nach dem Essen entdecken wir eine Tischtennisplatte. Keiner spielt. Steffen hat in Berlin, Bezirksliga gespielt und ich zu Hause, Kreisliga. Zu mehr hat es bei mir nicht gereicht. Den herrlichen Sport habe ich leider zu spät entdeckt. Meine Arbeit ließ mir auch keine großen Sprünge zu. Schließlich arbeiten Gastronomen auch an Wochenenden, an denen eben die Punktspiele stattfinden. Leider sind wir deshalb von jeglichem Kräftemessen in Form von Sport ausgeschlossen. Auch vom gesellschaftlichen Freizeitspaß. Die Folge ist eine Form der Einsamkeit und bisweilen, Mobbing.

An der Bar fragen wir, ob es auch Schläger und einen Ball gibt. Die jungen Gastgeber sind neugierig und geben uns Schläger und Bälle. Keine zehn Ballwechsel und wir spielen vor Publikum. Steffen setzt fünfzig Peso und ich halte dagegen. Wir einigen uns auf drei Gewinnsätze. Joana und Karin fiebern mit uns. Es gibt reichlich Applaus nach gelungenen Angriffen und Abwehrversuchen. Schon ab dem dritten Satz, ich führe mit einem, kommen die westdeutschen Säufer von der

Hofbar. Sie gehen unsere Frauen an und befingern sie. Die jungen Einheimischen helfen uns und behindern die Säufer. "Woher haben die Genossen aus dem Osten das Geld, hier her zu fahren?", grölt das strotzbesoffene Gesindel. Es gibt zwei, drei Versuche, mich mit der Faust zu treffen. In Gastwirtsmanier a la Papa gebe ich natürlich eine passende Antwort. Ich nehme das Gesicht des Angreifers. Er soll es sich merken. Inzwischen haben die jungen Leute das Wachpersonal gerufen. Wir treffen unseren Taxifahrer vom Nachmittag wieder. Das Wachpersonal ist nicht ganz so schüchtern wie wir. Die Säufer bekommen Hartgummi und einen Resortverweis.

Nach der kurzen Unterbrechung spielen wir fertig und Steffen verliert. In der Bezirksliga werden schon ziemlich spezielle Schläger und Beläge gespielt. Steffen kann mit dem einfachen Schlägern wenig anfangen. Die jungen Leute hängen mir und Steffen einen Kranz um. Gestern gab es im Resort einen Wettbewerb im Tischtennis. Die gesunden, leistungswilligen Touristen haben nicht daran teilgenommen. Kostenloser Alkohol und junge einheimische Mädchen sind gesünder, meinen sie. Die Kränze waren einfach übrig.

Karin entdeckt das Billard. Sie spielt das so gern wie Joana. Die zwei Frauen spielen Billard und unsere jungen Gastgeber sind absolut begeistert von ihnen. Im Nu spielen sie zu Viert.

Inzwischen wollen die Zuschauer unseres Spieles bei uns Tischtennis lernen. Vier Jungs stehen plötzlich mit Schlägern bewaffnet neben uns. "Wir spielen Chinesisch", sagt Steffen. Bei der Gelegenheit können wir uns gleich die Kalorien ab rennen. Einer der jungen

Leute sprach uns an und sagt, wir sollen öfters mal verlieren. Wir bekämen die Getränke kostenlos. Sie müssen das bezahlen. Die Animateure sollen bezahlen. Eine wirklich feine Idee. Gut. Betrunkene Animateure will kein Hotel. Die Unbeweglichkeit der Chefetagen kennen wir zur Genüge seit der Annexion. Wir dachten nicht daran, dass sich das bis in die Kolonialgebiete so ausbreitet. Ab dem Zeitpunkt gewannen nur noch unsere Gastgeber. Der Abend wurde lustig.

Der Abend war sehr schön und wir gehen etwas angeheitert in unser Häuschen. Mein Bett haben die Zimmermädchen heute auch garniert. Sie haben mir eine etwas größere Zucchini zwischen zwei Orangen gelegt. Als Trostpreis, so zusagen. Karin und Steffen kommen zu uns. Karin möchte die Nacht mit Joana schlafen. "Und ich?"

"Du bekommst Steffen. Ihr seid eh besoffen."

Wo sie Recht hat, gewinnt sie. Karin lässt keine Gelegenheit aus. Es ist Urlaub.

Am Morgen werden wir geweckt. Vor mir steht Joana mit frisch rasierter Muschi. Die drückt sie mir gleich ins Gesicht. Es duftet nach Flieder. "Dreh Dich mal bitte um."Joana dreht sich um und ich schnuppere wie ein Haushund an Joanas entzückendem Hintern. Flieder. Joana lacht. "Du Schnüffler." Ich mache die Hüftprobe. Joana lässt sich sofort ins Bett fallen. Sie kichert und ist schwer zu beruhigen. Selbst ein Küsschen am Hals oder an der Brust, wirkt nicht beruhigend. "Was hast Du gemacht, Karin?"

"Geheime Verschlusssache."

Steffen versucht das Gleiche bei Karin. Bei jedem Küsschen, kichert sie. "Ihr Zwei kommt ohne Männer ziemlich gut zurecht, denke ich", sagt Steffen.

"Aber nur wir Zwei. Keine Orgien!"

Nach dem Frühstück versuchen wir es am Strand. Wir treffen wieder zwei DDR Bürger. "Gibt es hier auch FKK?", fragen wir die Zwei. Sie scheinen schon länger hier zu sein. Sie sind braun gebrannt. "Weiter hinten." Sie zeigt uns die Richtung. Wir gehen langsam mit Blick auf den Sand. Der Weg dahin scheint endlos. Wir laufen bereits eine Stunde. Gelegentlich finden wir eine kleinere Muschel, die wir mit nehmen.

Jetzt! Wir sehen die ersten Nackten. Am Strand steht eine kleine Bar. Die wird von einem holländischen Paar betrieben. Endlich können wir die Badesachen ausziehen. Für heute gefällt uns das. Uns ist aber der tägliche Weg einfach zu lang. Bei drei Mahlzeiten am Tag, wären wir vier Stunden allein mit dem Weg beschäftigt.

Zurück müssen wir nicht laufen. Das holländische Pärchen fährt uns bis an unser Resort. Sie sind Surfer. Auf die Art verdienen sie sich den Surfurlaub. Den abendlichen Abschied verbinden wir mit dem Versprechen, in den kommenden Tagen wieder vorbei zu schauen bei den Zweien.

In der Zwischenzeit sind unsere Zimmermädchen fertig mit ihrer Arbeit. Sie versammeln sich bei uns vor dem Häuschen. Eine Kollegin ist noch in unserem Zimmer. Sie putzt gerade die Dusche. Karin schaut hinein. Das Mädchen hat unter ihrer sehr kurzen Schürze einen zu kleinen Schlüpfer an. Der ist in ihrem großzügigen

Gesäßfleisch nahezu unsichtbar. Karin kann nicht widerstehen. Sie klatscht ihr auf den nackten Hintern. "Es fehlt ein Zungenkuss", scherzt Steffen.

Das Zimmermädchen bleibt provozierend in dieser Position und Karin spendiert ihr einen Zungenkuss auf den schönen Hintern. Sie quiekt vor Freude. Die anderen Mädels applaudieren wieder.

Eleonora hat schon ihren Freund bestellt. Er wartet auf uns. Heute fahren wir mit einem Geländewagen. Den nutzt die Hausgemeinschaft für Einkäufe im Hinterland. In knapp zehn Minuten sind wir schon auf der Gemeindeverwaltung. Ein sehr helles, schönes Gebäude. Modern eingerichtet. Das haben wir so, nicht erwartet. Die Beamten sind sehr freundlich. Sogar die Polizisten geben uns freundlich die Hand.

Eleonora meldet uns an. Kurz darauf werden wir ins Amtszimmer gebeten. Nach einem Gespräch mit entsprechenden Offerten wird uns schnell klar, die Lizenzen, Kosten insgesamt und die Abhängigkeit von falschen Partnern, ist nicht unsere Sache. Wir sind schlicht zu arm für dieses Land. Eleonora bestätigt uns das auch mit ihrer eigenen Meinung. Steffen hat schnell mit den Kopf geschüttelt.

Also, lassen wir es bei diesem Urlaub mit unseren Freunden. Der Spaß kommt ja bis jetzt nicht zu kurz.

Am Abend beschließen wir, mit Eleonora und ihren Kolleginnen zusammen, eine kleine Kneipentour bei einheimischen Gastgebern zu unternehmen. Die Frauen wollen sich dafür etwas herrichten.

Der Moment ist gekommen und wir fahren los nach Sosua. Bars gibt es an sich genug. Die werden aber oft von Ausländern betrieben. Das allgemeine Angebot richtet sich an Touristen und ist entsprechend angepasst. Einheimische können das weder bezahlen noch würden sie das konsumieren. Die Frauen führen uns in Viertel, die von den einheimischen Arbeitern bevorzugt werden. Wir sind die einzigen Ausländer und werden freundlich empfangen. Die Speisen und Getränke sind uns teilweise fremd, schmecken aber erheblich besser als die im Touristenangebot. Zumindest dann, wenn der Gast, Fisch, Rum und einheimische Produkte bevorzugt. Der Abend war sehr unterhaltsam und gesellig. Die Heimfahrt übernehmen wieder die Männer der Frauen. Die Rechnung für alle haben wir bezahlt.

Karin ist etwas enttäuscht. Sie hat etwas mehr erwartet. Joana tröstet sie. Steffen gibt Karin einen langen Kuss zum trösten. "Heute bist Du dran", flüstert sie. Beim Aussteigen muss Steffen schon wieder Etwas vor seine Hose halten. Karin hat ihn wahrscheinlich schon gereizt. Joana lacht und gibt ihm ihre Jacke. Wie es scheint, hat sich schon ein kleines Vorsämchen verabschiedet. In der relativ hellen Hose über dem Knie bildet sich ein kleines feuchtes Fleckchen. Kaum sind wir in unserem Häuschen angekommen, springt Karin unter die Dusche. Joana soll folgen. Der Vorsatz ist schon montiert. Die Zwei rubbeln sich ab und Steffen ist der Nächste. Sein Schleppseil steht schon auf Halbmast. In eine gängige deutsche Duschkabine könnte Steffen schon nicht mehr freihändig einsteigen, ohne an die Kabine zu schlagen. Das Ding ist schon jetzt ein erstaunliches Rohr. Es ist immer wieder schön, so ein Naturwunder anschauen zu dürfen. Auch für mich. Neid entsteht bei mir keiner. Eher Bewunderung. Bei

Männern ist es fast wie bei Frauen. Kaum eine Frau möchte Riesenbrüste. Bei Männern ist wahrscheinlich der Wunsch eher ein Traum als der Umgang mit der Realität. Ich stelle mir gerade vor, wie ich auf einem Motorrad oder Fahrrad sitze und wie mich das behindert. Steffen jedenfalls, gesteht mir oft die Probleme beim Motorrad fahren. Nach jeder zweiten Kurve muss er fast anhalten und seine Riesenschnecke umlegen. Mit einer Lederkombi aus dem Laden konnte er nichts fahren. Er musste sich seine Kombi umschneidern lassen. Und das war teuer. Wenn wir jetzt die Kombi anschauen, müssen wir lachen. Die sieht aus, als hätte er sich im Schritt einen nicht aufgeblasenen Fußball annähen lassen. Er schämt sich etwas mit dieser Kombi. Wie wir oft bemerken, hat das Gute viele Feinde. Er sagt, wenn er scharf bremsen muss, ist das Leiden besonders stark. Vor allem wegen der zwei Bälle. Die haben immerhin die Größe von Kinderfäusten. Hühnereier der Gruppe C würden blass bei einem Vergleich.

Joana und Karin liegen schon auf dem Bett. Karin stöhnt und ruft Steffen. Der schiebt mir gerade den Duschkopf in den Hintern. "Mach das selbst fertig", sagt er. Er geht schnell ans Bett.

Joana wird jetzt Zeugin, wie ein Akt mit so einem Riesending abläuft. Das ist nicht einfach. Uns erklärt das später auch, warum es Karin so gern mit Frauen tut. Joana soll das Ding mal einführen. Den Riesen nimmt sie gern in die Hand. Wenn sie den Kopf angreift, hat sie das Gefühl, als hätte sie ein Herz in der Hand. "So schön samtig", hat sie mir gestanden.

Ich bin fertig mit Duschen und geselle mich zu der Schlacht. "Steck mal rein", sagt Joana zu mir. Karin sagt mir, ich soll bitte aufpassen. "Höchstens die halbe Länge!"

Das erste Mal im Leben sehen wir Zwei unsere Lieblingsbeschäftigung aus einer anderen Perspektive. Mit einer Hand führe ich Steffens Schnecke. Mit der anderen, reize ich Joanas feines Nest. Sie hat sich frisch rasiert beim Duschen. Blitzeblank und so schön weich. Karin stöhnt. Joana reibt weiter. Karin hört nicht gern auf zwischendurch. Joana bekommt fast einen Krampf in der Hand. Steffen kommt und stöhnt ziemlich laut. Den Zustand scheint Karin zu wollen. Jetzt wird Steffens Stab angenehmer. Er wirkt für sie jetzt fülliger; nicht mehr so lästig. Karin entlässt mich von meiner Beobachter Position und zieht Steffen förmlich aufs Bett. Joana rollt sich schon in ihre Lieblingsposition. Meine Befruchtung ist in fünfzehn Sekunden schon erledigt. Der Anblick von Karin, Steffen und Joana hat mich entfesselt. Irgendwie hilft mir der Urlaub, meinen vergangenen Unwillen abzubauen und zu vergessen. Meine lieben Freunde und Joana möchte ich dabei nicht vergessen. Ein ganzes Team von Freunden und Joana hat einen kranken Mann auf Vordermann gebracht. Ohne Ärzte und Spezialisten. Ich weiß nicht, wie ich das jemals wieder gut machen kann. Ich habe mein vollwertiges Leben zurück.

Steffen dankt mir für die Hilfe. Wir reden noch etwas darüber und werten Alles aus nach Brigademanier.

"Ich glaube, nach Deinem ersten Orgasmus hast Du und Karin den besten Sex."

Karin küsst den kleinen Karl für diese Bemerkung.

"Das wissen wir schon ziemlich lange. Deswegen lieben wir uns auch."
Unsere Freundschaft ist wie eine funktionierende Ehe. Es gibt wirklich kein Tabu. Wir reden über Alles. Und das fällt uns besonders leicht, weil wir ehrlich zueinander sind. Wieso fremd gehen, wenn wir den Spaß zusammen haben wollen und können? Das ist Gleichberechtigung.
Karin hat noch nicht genug. "Schlappmänner", hat sie gestöhnt. Joana soll zur Abwechslung Steffens Schnecke mal einführen. Steffen sagt, ihm gefällt das mehr. Meine Kochhände wären etwas zu weich. Joanas Hände sind etwas rauer. Das weiß er. Steffen wird schön erschrecken. "Oh ja", stöhnt Steffen. "Joanas Hände haben die richtige Reibung." Ich feuchte den Finger etwas an und stecke ihn Steffen in den Hintern. Steffen schießt schon wieder. Jetzt kann er nicht mehr. Er rollt ab wie ein Hase. Wir lachen zusammen. Steffen streckt Arme und Beine hoch, wie die Hasen nach dem Abrollen. Seine Thüringer reicht bis weit über den Bauchnabel. Ein herrlicher Anblick. Karin nutzt das aus und bringt Joana zum Zittern.
"Ich hab jetzt wieder Hunger!", stöhnt Joana.
"Wir könnten an der Bar fragen, ob es noch Etwas zu Essen gibt", sagt Steffen. Er geht duschen und die Frauen sollen mich bearbeiten. "Ich hab auch Hunger."
"Zuerst wirst Du kalt gemacht", sagt Karin.
Karin zögert nicht lange und schiebt mir den Finger in dem Hintern. Joana steigt auf wie eine Reiterin."Passt der Frauensattel?", frage ich sie. "Schön." Karin reibt sie mit der freien Hand. Ich kann ruhig da liegen und voll genießen. Wie im Harem. Was gibt es Schöneres?

Ein halber Liter wird es nicht mehr. Dafür aber ein unwiederbringliches Erlebnis mit meinen Freunden. Und meine liebste Joana kommt nicht zu kurz. Sie senkt den Kopf schon wieder. Die Hand in Karins Schoß tut Ihres. Karin kommt zusammen mit Joana.

Schade, dass wir zu Viert nicht heiraten können. Unsere Ehe wäre perfekt. Leider sehen wir uns etwas zu selten. Mit etwas mehr Routine würden wir uns den schönsten Sex bereiten, den sich Menschen vorstellen können. Steffen kommt mit einem Tablett voller Toast, Hähnchen und Braten zurück. Die Köche waren noch da und haben vom Rücklauf des Buffets abgeschnitten. In die Mitte haben sie eine Schale mit Schokomousse gestellt. "Der Zimmerservice ist perfekt", stöhnt Karin. Wir gehen zusammen duschen. Steffen trägt schnell einen Tisch und vier Stühle raus. Wir essen im Freien. "Ich hole schnell noch Getränke", sagt Steffen. Die hat er schon an der Bar bestellt. Er kommt zurück mit vier Bechern voller Mixgetränke. "Wein ist hierzulande unbezahlbar", sagt er. "Wir sind keine Weintrinker", sagt Joana. "Wein trinken wir schon. Aber nur süße Weine", gebe ich zu. "Tokaj, Marsala und solche Sorten." "Oh. Die schmecken uns auch", sagt Steffen.

Wir haben sogar den gleichen Geschmack. Trockene Weine waren in der DDR, Ladenhüter. Auch sehr berühmte Sorten.

Nach dem Duschen sitzen wir noch den ganzen Abend im Freien. Zwischendurch kam zu uns sogar ein Kellner. Er fragte, ob wir noch etwas trinken möchten. Wir bestellten noch einmal vier Becher dieses guten Mixgetränkes. Er stellte uns ein Sturmlicht auf und sagte, es gäbe dann eine kurze Stromunterbrechung.

"Dann gibt es noch eine blinde Kuh", sagt Karin.
"Ich bin KO", sagt Steffen. "Ich auch", antworte ich.
"Haben wir Euch zu wenig befriedigt heute?"
"Naja. Eine doppelte Dosis hätte nicht geschadet",
antwortet Joana. Kaum hat sie das gesagt, konnten wir
beobachten, wie sich Karins Ohren zuspitzten. Ihre
Brustwarzen wurden knochenhart. Warum sind wir
Männer bedeutend eher schlapp als unsere Frauen?
Könnte es sein, dass die Spermaproduktion so viel
Energie benötigt? Wir unterhalten uns gerade über das
Thema. An einem Stammtisch wäre das schlecht
möglich. "Lass uns unseren Frauen noch etwas helfen",
bettelt mich Steffen. Wir einigen uns darauf, unsere
Frauen zu streicheln und zu massieren, während sie sich
untereinander befriedigen. Steffen macht es bei Joana
und ich bei Karin. Karin stöhnt schon kurz nach der
ersten Berührung. "Du hast Goldhände." Sie meint
meine weiche Kochhände. Steffen dreht mit der einen
Hand an Joanas harten Brustwarzen und mit der
anderen, streichelt er den Pförtner. Karin hat nur eine
Hang frei. Sie setzt einen Griff an, der einem
Doppeldildo ziemlich ähnelt. Joana ist komplett
ausgefüllt und beschäftigt. Die zwei Frauen kommen
tatsächlich zusammen wie ein Ehepaar. Und schau.
Steffens Stab steht schon wieder auf Halbmast. Bei ihm
verabschieden sich ein paar Nachzügler. Karin sieht das
und küsst sie weg. "Mmmh. Salzstange", schmatzt sie.
Und schon verwandelt sich der Stab in einen leeren
Schlauch. "Ich bin fertig", keucht er. Nach den Drinks ist
das auch kein Wunder. Ich bin auch besoffen. Die Baristi
sparen wirklich nicht mit Rum. Unsere Frauen werden

irgendwie hemmungslos. Sie übergehen die Orgasmen, als wäre das Nichts. Wir rollen uns ab wie die Igel.
Am Morgen staunen wir nicht schlecht. Die Zwei liegen jeweils mit dem Kopf zwischen den Beinen der Freundin. So sind sie eingeschlafen.
"So will ich gern sterben", scherzt Steffen. Unsere Frauen wecken durch uns auf. Sie hören uns, wie wir Lachen und Reden. Karin schmatzt noch einmal richtig laut und Joana tut ihr es nach.
Es ist schon neun Uhr. Unsere Frauen gehen zusammen duschen. Unser Bett sieht aus. Ein Forschungslabor für Sexualität hätte Vorrat von allen Intimproben für ein halbes Jahr. Und das von nur zwei Paaren. Ich hebe Steffens Hoden etwas an und sage: "Bis die wieder voll sind, braucht es zwei Tage."
"Die müssen nicht voll sein. Er muss nur stehen", scherzt Karin.
"Ja. Aber für die Rakete braucht Steffen drei Liter Blut." Steffen krümmt sich vor Lachen. "Ich hab einen Kater."
"Heute gibt's Rührei mit Roter Beete", scherze ich.
Es dauert nicht lange und Eleonora steht bei uns im Zimmer. Anklopfen ist hier ein Fremdwort. Eleonora staunt über die Schönheit unserer Frauen. Die stehen gerade vor der Dusche und trocknen sich ab. Mich würde nicht wundern, wenn sie gleich mit Rubbeln möchte. Der zweite Blick trifft Steffen.
"Mein Gott! Wie die Geschnitzten", ruft sie. Ihre Kollegin kommt und hält sich sofort die Augen zu. Sie hätte sich eher die eigenen Brustwarzen bedecken sollen. Die werden umgehend hart.
"Dein Kittel geht kaputt", sage ich. Eleonora lacht und übersetzt. Selbst die wirklich schön gebräunten Frauen

werden rot. Knallrot. Karin läuft schnell hin und zwickt ihr in den Hintern. "Ein Traum", ruft sie. Eleonora übersetzt das.

"Machst Du schon wieder Termine", scherzt Steffen.

"Die Kollegin wird von ihrem Mann abgeholt. Der ist kein Zarter", sagt Eleonora. "Der wiegt hundertfünfzig Kilo." Sie übersetzt das ihrer Kollegin.

"Wann fahren wir heute los?", frage ich Eleonora.

"Wir sind gegen Mittag fertig. Pedro auch."

"Wir gehen jetzt Duschen und dann Frühstücken."

"Geht ruhig. Wir stören Euch nicht."

Karin und Joana hatten noch etwas warmes Wasser. Unseres ist kalt. Entsprechend kurz, duschen wir. Bis zum Mittag können wir auch etwas Meerwasser und Sonne besuchen.

Unser Frühstück fällt ziemlich üppig aus. Guter Sex scheint hungrig zu machen. Zumindest wird der Appetit deutlich angeregt.

Nach dem Frühstück gehen wir ans Meer. Es weht eine leichte Prise. Bisweilen sehen wir Surfer und viele Menschen, die das probieren. Bei stärkerem Wind geht das wahrscheinlich nicht. Wir haben an diesem Sport kein Interesse. Unsere Freizeit ist nicht planbar. Der Sport benötigt einfach zu viele günstige Bedingungen. Günstiges Wetter, geeignete Gewässer, reichlich Freizeit, Mobilität. Uns ist das zu viel Druck für etwas Spaß.

In zwei Stunden haben wir schon gewaltig Farbe bekommen. Und das, trotzdem wir mit den Einheimischen etwas Volleyball spielen. Nur das Springen fällt uns etwas schwer nach der Letzten Nacht. Karin und Joana laufen die ganze Zeit am Strand entlang und suchen ein paar Trophäen. Sie haben reichlich gefunden. Man könnte meinen, irgendwann würden die Funde weniger. Solange Leben in unseren Meeren herrscht, werden wir auch Etwas finden. Mit dem großen Nachbarn hingegen, sieht es schlecht aus für die Zukunft.

Eleonora und ihre Freundinnen kommen an den Strand uns abholen. Mein Gott, sind das schöne Menschen. Die Farbkästen und den Kleister zum Beschmieren der Visagen können die sich sparen. Nachdem sie ihre Kittel abgelegt haben und kurz ins Wasser schreiten, darf ich sehen, wie die Fotoapparate der Amis arbeiten. Deren Wellfleisch liegt uninteressiert und halb verbrannt in den Sandburgen. Jetzt wissen wir, warum Miss Piggy in den USA so ein Erfolg ist.

Jetzt kommt Pedro. Er will uns alle abholen. Groß umziehen müssen wir uns nicht.

Die Fahrt ins Hinterland führt uns in ein scheinbar völlig anderes Klima. An fast jedem Eingang zu einer Farm, steht irgendein Schild von einer Firma, die dort einkauft. Jetzt fehlt nur noch, dass die Bewohner das Schild am Körper zu tragen haben. Wir bekommen krass den Unterschied zwischen Sozialismus und Kapitalismus gelernt. Auf dem Land, also bei der Bevölkerung, die alle ernährt, stehen hier verfallene Hütten. In sozialistischen Ländern bekommt diese Bevölkerung die schönsten Häuser und Wohnungen. Und das mit Recht. Diese Menschen haben eine Sieben-Tage-Woche und ihnen ist unser Leben anvertraut. Wir sehen bitterstes Elend. Auf den Farmen arbeiten ausnahmslos Haitianer. Sicher schwarz. Versicherungen, Unterstützung oder sonstige Hilfe, gibt es nicht.

Zwanzig Kilometer entfernt, schmeißt eine fette, dumme Touristenschar deren Produkte achtlos in den Sand. Es fehlt nur noch, dass die dem lieben Gott für die Speisen danken.

Die Landbevölkerung ist ein guter Partner der Sklaven in den Hotelanlagen. Man beschafft sich das Essen eben in bester Qualität bei denen, die es herstellen. Wir kommen unangemeldet. Sonst stehen die Schlachttermine und Handelstage fest. Die Preise sind zivil. Trotzdem reicht der Lohn gerade so, um sich mit Lebensmitteln einzudecken. Alle Bauern lassen uns probieren. Ein echter Feinschmecker würde hier sofort ein Zelt aufschlagen. Man tauscht. Fisch gegen Fleisch und Gemüse. Als Zugabe gibt es Selbstgebrannten oder Wein aus Honig mit Palmsaft. Nahezu jedes Gut stellt ein Produkt aus den Rohstoffen her. Abfälle gibt es nicht. Es gibt keine befestigten Straßen. Wer von einem tropischen Regen überrascht wird, kann nur Zuflucht im nächstgelegenen Gut finden. Wir treffen viele freundliche Leute, aber nicht einen faulen, dreckigen Lumpen. Der Clou ist ein Zigarrenerzeuger. Er verkauft mir eine Zigarre, die so dick und lang ist wie Karins Arm. Eleonora übersetzt: "Die kannst Du einen ganzen Tag lang rauchen." Der Verkäufer macht mir die Zigarre rauchfertig. Er steckt einen Span auf der Mundseite hinein. Ich soll sie anbrennen. Köstlich. Ich erwartete einfach ein Husten oder zumindest eine Ursache, die Husten auslöst. Nichts. Joana sagt: "Die riecht nicht lästig. Sie duftet." Ich beschließe, die Riesenzigarre an zu lassen zum Rauchen. Auch, wenn sie einen ganzen Tag brennt.

Die Frauen haben ein Spanferkel gekauft. Wir haben das bezahlt. Das wollen wir zu Hause verzehren. Gegen Abend ist es besser, aus dem Dschungel heraus zu sein. Abends regnet es fast immer und wir könnten in Schwierigkeiten geraten.

Der Grill ist schnell aufgebaut. Das Schweinchen haben die Einheimischen so zerteilt und geschnitten, dass es in wenigen Minuten, herzhaft knusprig und saftig, verzehrt werden kann. Die Gewürze sind landestypisch, aber nicht frei von kolonialen Zugaben wie Pfeffer. Das landeseigene Cerveza passt zu dem Mahl. So ganz landeseigen ist das mexikanische Bier nicht. Zumal es ein belgisches ist. Dafür lässt es aber Zutaten zu, die wirklich landestypisch sind und den Geschmack prägen.

Der Abend war relativ schnell vorbei und Pedro fährt uns wieder ins Hotel. Eleonora fährt mit und gesteht uns, "das Bier war nicht billig." Sie bettelt uns praktisch an. Steffen zahlt es ihr. Eleonora verspricht, die Frauen würden dafür bezahlen. Die Andeutung lässt uns Einiges vermuten. Pedro hat dazu genickt.

Den Abend lassen wir fast ohne Sex verstreichen. Karin und Joana betreuen heute ausschließlich uns. "Ihr seid viel zu kurz gekommen in den letzten Tagen", sagen sie. Eigentlich stimmt das so nicht. Unser Patronengürtel hätte auch keine Munition zusätzlich gehabt. Trotzdem ergeben wir uns dem Angebot. Wir sind Heute auch nicht so besoffen wie Gestern.

Der Morgen hat schon etwas von Routine. Vor dem Frühstück beruhigen wir unsere Frauen und uns. Nach dem Frühstück geht es kurz ans Meer, auch Sonne tanken. Unmittelbar nach dem Mittag, also mit vollem Magen, kommen unsere Zimmermädchen. In Gruppe.

Duftend wie ein Buschrosenstrauch, leicht bekleidet. Sie möchten uns verwöhnen. Landestypisch, versteht sich. Unsere Gastgeberinnen verstehen unser Liebesverhältnis nicht. Im Grunde schließt das Freundschaftsgeschenke dieser Art aus. Es kann durchaus sein, unser Anliegen widerspricht denen unserer Gastgeberinnen. Wir wollen sie nicht enttäuschen und bestehen darauf, nur massiert zu werden. Eleonora hat das gefühlvoll übersetzt. Wir wollen unsere Gastgeberinnen nicht kränken oder gar verhindern, sie von ihrer Gegenleistung abzuhalten. Das Angebot nehmen sie gern an. Wir müssen uns teilen. Steffen und ich, legen sich in Steffens Bett, während Karin und Joana sich in unseres legen. Schon nach fünf Minuten kommen wir uns vor wie Ölsardinen. Nach zehn Minuten sind wir Ölsardinen ohne Eingeweihte. Das Bettlaken ist Klitsche nass. Die Mädchen massieren ehrgeizig weiter. Beim Anblick von Steffens Wunderrute samt den Ergüssen, können sie nicht an sich halten. Sie streicheln sich ihre rasierten, wunderschönen Muschis gegenseitig bis zum Höhepunkt. Nicht nur einmal.

"Ihr habt es aber nötig", stöhnt Steffen. Eine Kollegin Eleonoras wollte uns jetzt einen Gummi aufziehen. wahrscheinlich wollten sie aufsteigen.

"No, No", hab ich gerufen. "Solo Massaggi."

Den Begriff hatte ich mir im Vokabeltrainer gesucht, weil wir eigentlich vor hatten, ein Massagestudio zu suchen. Steffen und Karin hatten davon geschwärmt vor unserer Abreise.

Wir liegen noch erschöpft da als unsere Frauen und ihre Begleiterinnen glücklich ins Zimmer tanzen. Zum

Abschluss laden wir unsere Masseusen ein, mit uns noch einen Drink zu konsumieren. Sie nehmen dankend an. Wir sitzen zusammen, bis sie von Rolfo abgeholt werden. Worte wechseln sie untereinander keine. Aber Blicke. Rolfo scheint darüber glücklich zu sein. "Respekt", sagt er zu uns. Und das ausgerechnet in Deutschem Akzent. "Du hast uns die ganze Zeit gut verstanden", sage ich zu ihm. Er lacht mit einem breiten Mund, der bis zu den Ohren reicht. "Danke für das wunderbare Essen", fügt er lachend an.

Der Bauer wollte eigentlich zwanzig Dollar für das Schweinchen. Wir gaben ihm hundert. Den Touristenpreis. Wir stellten fest, selbst Geschenke und Gesten der Einheimischen, werden mit all inklusive Angeboten, wertlos gestellt. Die Bevölkerung wird gezwungen, für Geschenke und Dankesgesten, teures Kunsthandwerk zu verwenden. Damit wird deren Kunsthandwerk zu einer Ramschware deklassiert.

An der Kunst, misst sich die Wertigkeit eines Volkes. Und diese Kunst hat an Ursprünglichkeit und Tradition sehr viel zu bieten. Dagegen ist westdeutsche, bildende Kunst der Abklatsch billigster Schmiererei.

Der Morgen beginnt wie immer. Duschen, etwas Sex zum Warm machen, Frühstück und Strand. Nach dem Mittag führen wir eine Siesta ein. Manchmal mit etwas Sex und ein anderes Mal mit purer Müdigkeit. Außer unserem guten Sex wird der Tagesablauf, touristisch eintönig. Unsere Gastgeber wissen das und beglücken uns mit Konzerten, Tanzabenden und wirklich beeindruckender Folklore. Selbst bei der Beköstigung suchen unsere Gastgeber alle Möglichkeiten der

Abwechslung. Wir können von einem wirklich gelungenem Urlaub sprechen.

Am Tag vor der Abreise, liegt unser Bett voller Geschenke. Bilder, Schnitzereien, Webereien, Körbe, Schuhe und Taschen. Selbst Rum in vielen Varianten liegt dabei.

"Das bekomme wir hier nie weg", sagt Karin.

"Höchstens per Post", antwortet Steffen.

Wir fragen beim Resortmanagment nach. Das Schicken, gut eingepackt, kostet etwa fünfzig Dollar. Das erscheint uns günstig. Wir füllen die Körbe, stecken sie zusammen, verschnüren das und gehen wiegen. Knapp fünfzehn Kilo mit nur zwei Flaschen Rum. Mehr würde der Zoll nicht akzeptieren. Der Postmann verpackt unser Geschnürtes in einen Sack und adressiert diesen.

"Das funktioniert", sagt er aus Erfahrung in gutem Deutsch.

Die übrigen Flaschen Rum geben wir der Barfrau. Eleonora hat das uns gesagt. "Das ist gut so."

Eleonora hat sich wieder so leicht bekleidet und sie duftet nach Lotus.

"Willst Du Abschied feiern? Sollen wir Dich mal massieren?", fragt Karin.

Wir sehen wie sich Eleonora aufs Bett fallen lässt. Mein Gott, ist das ein schönes Weib. Aus der Tasche zieht sie einen der Vibratoren. Karin versteht die Einladung.

"Die Schule wirst Du nicht so schnell vergessen", sagt sie.

Steffen und ich warten den zweiten Höhepunkt ab. In Unserer Hose regt sich Nichts mehr. Wir beschließen, an die Bar zu gehen. An der Bar trinken wir einen Kaffee mit Kakao. Einen karibischen Cappuccino. Nach dem

Dritten, kommen die Frauen zu uns. Eleonora läuft mit weichen Beinen. Sie wirkt überglücklich. Karin lacht.
"Sie hatte es wirklich nötig."
"Du aber auch. Du wolltest nur mal die dicke Muschi massieren."
"Dick, schön, weich und saftig", antwortet Karin.
"Ihr wart also zur Pflaumenernte", sagt Steffen belustigt.
"Und wir haben sie vorher speziell geduscht. Dabei hatte sie schon ihren Ersten."
"Ihr Genießer", antworte ich.
"Das war ihr nicht neu. Diesen Sex haben sie oft. Sie wollen keine Kinder. Pillen sind zu teuer."
"Und wenn sich Pedro sterilisieren lassen würde?"
"Das musst Du mal Pedro sagen", antwortet Eleonora.
Joana und Karin trinken einen Ananas-Kokos-Drink ohne Alkohol. Eleonora und die Frauen, mit.
Pedro holt die Frauen ab. Ich versuche ein Gespräch über die Sterilisation. Eigentlich könnte ich eine Mauer ansprechen. "Ich nix verstehe", wimmelt er mich ab.
"Wir können uns nicht einmischen, Eleonora."
Pedro lacht breit übers Gesicht und zwinkert. Mir scheint, der Hinweis vergeht nicht spurlos. Seine Chefin wird das schon richten.
Unsere Abreise ist zwischen Frühstück und Mittag. Wir essen also mäßig in dem Wissen, im Flugzeug ein Mittag zu bekommen. Nichts wäre uns peinlicher, als pausenlos auf die Toilette zu stürzen. Karin isst nur Eier. Wir essen Eier mit Speck und Schinken. Das drückt wenigstens nicht bis zur Landung.
Die Zimmermädchen geben uns ein kleines Ständchen. Selbst unsere Barfrau ist dabei. Alle küssen und

drücken sich. Wir sollen bald mal wieder vorbei schauen. Es gibt Tränen.

Im Bus sitzen schon Fluggäste aus anderen Hotels. Auf dem Heimweg bleiben uns die Umwege erspart. In einer Stunde schon sind wir am Flugplatz.

In der Wartehalle gibt es Krach und Streit. Ein paar restlos besoffene Westdeutsche werden vom Flugpersonal zurück gewiesen. In dem Zustand will die keiner transportieren. Die Polizei führt die ab in eine Ausnüchterungszelle. Die Touristen sind der Spiegel der jeweiligen Gesellschaft, aus der sie kommen.

Die Kapelle versucht, den Krach mit etwas mehr Krach zu überspielen. Das klingt nicht mehr ganz so harmonisch wie zur Anreise. Trompeten und Trommeln werden besonders strapaziert. Als die Störenfriede weg sind, gibt der Sheriff ein Zeichen und schon wird die Musik erträglich.

Der Flug ist, wie bei der Anreise, eine Strapaze der Oberklasse. Selbst bei Schweinen werden Tierrechte gefordert. Ein Schwein bekommt links und rechts, einen halben Meter Platz. Offensichtlich gilt das nicht für zahlende Menschen. Wir schwören uns, diese Art des Transportes zukünftig zu meiden.

Beim Auschecken werden wir von dem Idioten wieder angepöbelt: "Ist wohl nichts geworden mit der Ausreise?"

"Für Sie haben wir schon Sibirien gebucht", antworte ich dem Trottel.

Er fühlt sich jetzt ermächtigt, Joanas gebrauchte Unterwäsche zu inspizieren.

"Die sieht etwas besser aus als die ihrer Frau", provozieren ich ihn. Joana tritt mich in die Wade.

Sein Vorgesetzter rettet uns wieder.

"Wie war die erste Auslandsreise?"

"Es war nicht meine erste, dafür aber eine Lehre."

"Standen etwa die Sitze zu eng? Wir fliegen nur noch Business deswegen."

"Tja. Wir sind Arbeiter. Und wie mit deren Gesundheit bei Ihnen umgegangen wird, wissen wir jetzt."

"Aber sonst war der Urlaub schön?"

"Für einen Obdachlosen war er schon mal nicht schlecht."

Der Beamte lacht. Er zeigt etwas Mitgefühl. Ich weiß nicht, ob geheuchelt oder ernst.

"Der Ernst des neuen Lebens beginnt jetzt für uns", sage ich ihm.

"Ich wünsche Ihnen viel Glück dabei."

Steffen und Karin kommen wieder ungeschoren durch die Kontrolle. Sie müssen wegen mir warten.

"Mit Dir zu reisen, ist ein Risiko", scherzt Steffen.

"Für die Besitzerinnen getragener Frauenunterwäsche schon auch."

"Karin zieht deswegen gar keine Unterwäsche an. Sie will es den Masturbanten hinter dem Röntgen etwas leichter machen."

Wir lachen. Steffen geht gleich vor das Flughafengebäude und sucht seinen Kollegen aus Mecklenburg. Das Auto steht schon davor auf dem Kurzzeitparkplatz. Der Kollege steht am Imbiss und schlürft einen Kaffee. Die Begrüßung ist herzlich. Steffen gibt ihm Geld. Wir nehmen in zu sich nach Hause mit.

Auf der Autobahn nach Hause sagt Steffen, er würde uns gern mal nach Cap d' Agde entführen.

"Heute noch oder morgen", fragt Joana.

"Ihr wollt doch eh europaweit nach einer Arbeit suchen. Das ist eine Gelegenheit."

"Naja. Gegen Frankreich haben wir nichts. Karl hätte auch sprachlich kaum Probleme."

"Zumindest in der Küche nicht", füge ich an. "Wir haben schließlich Fachfranzösisch gelernt in der DDR."

"Wir werden Euch bei den Bewerbungen etwas begleiten", sagt Karin.

Zu Hause angekommen, fragen die Zwei, wie lange wir bleiben wollen. Also Obdachlose sind wir dankbar für jedes Dach über dem Kopf.

Ende Erster Teil

Nachwort

Im **Zweiten Teil** von "Joana" entführe ich Sie nach
Europa.
Sie lernen europäische Gegenden kennen und viele
Freunde als auch Feinde der Gastronomie.
Die neuen Kollegen sind sehr oft aus Osteuropa.
Es gibt sehr viele kriminelle Handlungen durch
Arbeitgeber/Verpächter und Vermieter.
Angefangen von Erpressung bis hin
zu Betrug und Diebstahl.
Unsere Liebe zu Karin und Steffen leidet etwas wegen
Zeitmangel. Trotzdem sind wir uns treu.
Wir bekommen ziemlich oft, Hilfe in letzter Not von den
Beiden. Und nicht nur durch sie.
Oft sind die gegenseitigen Besuche zu teuer.
Sie lernen eine kapitalistische Bürokratie kennen, die
genau so aufgebaut ist, damit Sie um den Großteil ihrer
Einnahmen gebracht werden.
Karl Marx würde sagen:
"Die rauben Ihnen den schwer erarbeiteten
Mehrwert samt den Grundwert."
Behandelt werden wir wie Zigeuner.
Dabei lernen Sie sehr schnell, wie Menschen mit
Zigeunern umgehen.
Kein Teil unseres restlichen Besitzes ist sicher.
Wir bekommen kaum ein Konto eröffnet.
Wir haben eine Krankenversicherung, bei der
wir nicht einmal für einfache Messerschnitte versichert
sind.
Wir bekommen keine sonstigen Versicherungen.
Wir sind vogelfrei!
Und Alle sagen uns, "Wir sind Europa."

Herstellung und Verlag: BoD – Books on Demand, Norderstedt
ISBN: 9783754336649